KB161071

박물관 행성

III

환희의 송가

박물관 행성
III
환희의 송가
스가 히로에 장편소설
정경진 옮김
한스미디어

차례

박물관 행성 아프로디테 조직도

[사랑과 미美의 신]*

종합 관리 부서

아폴론
[태양과 예술의 신]

⋮

종합 데이터베이스

므네모시네
[기억의 신]

관리자

에이브러햄 콜린스(아프로디테 관장)

소속 직원

다시로 다카히로

나오미 샤함

매슈 킴벌리

주요 부서

음악과 무대예술·문예 전담 부서

뮤즈[시와 음악의 신들]

아글라이아[광채의 신]

소속 직원

회화와 공예 전담 부서

아테나[지혜와 기예의 신]

⋮

부서별 데이터베이스**

에우프로시네[기쁨의 신]

소속 직원

네네 샌더스

칼 오펜바흐(분석실 실장)

동식물 전담 부서

데메테르
[대지와 자연의 신]

탈리아[활기의 신]

소속 직원

카밀로 크로포토브

롭 롱샤르

타냐 술라니

그 외 부서

정동 기록 부서

데이터베이스(최상위 권한)
가이아[신들의 어머니이자 창조의 신]

소속 직원
다시로 미와코

행성 자치 경찰(VWA)

데이터베이스
디케[정의의 신]

관리자
스콧 은구에모

소속 직원
타라브자빈 하스바토르
효도 겐

---

* [ ]로 표기된 설명은 독자의 이해를 돕기 위해 그리스 신화에서 해당 이름의 신을 설명한 것이다.

** 데이터베이스의 이름 또한 그리스 신화에서 따온 것이다. 특히 아글라이아, 에우프로시네, 탈리아는 사랑과 아름다움을 관장하는 신 아프로디테의 하위 신이자 자매 신으로서, 셋을 묶어 삼미신이나 카리테스라고 부른다. 작중에서도 세 데이터베이스를 묶어 카리테스라 부르곤 한다.

I

벌레에게도 영혼이

지구와 달 사이의 중력 균형점 중 하나인 제3라그랑주점에는 소행성을 끌어와 만든 박물관 행성 아프로디테가 있다. 그곳에서는 다양한 분야의 학예사*들이 우주의 온갖 아름다움을 수집하고 연구하기 위해 밤낮으로 고군분투하고 있었다.

이들 대다수는 고도의 외과수술을 통해 뇌를 데이터베이스에 직접 접속함으로써 도자기의 곡선이나 현악기의 음색, 나뭇잎 향기의 미묘한 차이 같은 말로 표현하기 어려운 막연한 인상도 간편하게 검색해 찾아낼 수 있었다.

* 박물관이나 미술관, 화랑 등에서 소장품에 대한 관리, 전시 기획, 학술 연구 등의 업무를 수행하는 직업.

회화와 공예를 전담하는 부서인 아테나(지혜와 기예의 신)에는 에우프로시네*라는 데이터베이스가 있고, 음악과 무대 예술, 문예 전반을 담당하는 부서인 뮤즈(시와 음악의 신들)에는 아글라이아**가, 동식물 부서인 데메테르(대지와 자연의 신)에는 탈리아***가 딸려 있다.

종종 작품 관리권을 두고 다툼을 벌이고, 때로는 책임을 서로 떠넘기는 세 여신들 사이에서 의견을 조율하고 중재하는 일은 태양신의 이름을 부여받은 종합 관리 부서 아폴론의 역할이었다. 권한이 가장 강해서 아폴론의 데이터베이스 므네모시네(기억의 신)는 어느 분야의 데이터베이스에도 자유롭게 접근할 수 있지만, 실상은 여신들의 심부름꾼이나 다름없는 고생스러운 부서였다.

8인승 제트기 앞자리에 앉은 아폴론 학예사 다시로 다카히로의 뒷모습에서는 이미 초췌함이 느껴졌다. 아프로디테는 마이크로블랙홀을 만들어 그 중력으로 공기층을 간신히 유지하고 있어서, 제트기처럼 내연기관이 달린 항

* 그리스 신화에서 아프로디테를 따르는 카리테스 세 자매 중 한 명으로 '기쁨'을 상징한다.
** 카리테스 세 자매 중 한 명으로 '광채'를 상징한다.
*** 카리테스 세 자매 중 한 명으로 '활기'를 상징한다.

공기를 사용하려면 기상대에 사정 아닌 사정을 해야 한다. 탑승하기 전에 한바탕 홍역을 치른 게 틀림없었다.

하지만 VWAVigilante With Authority(행성 자치 경찰)인 효도 겐으로서는 그에게 당장 해줄 수 있는 일이 없었다. 제트기를 사용해야 할 만큼 긴급한 상황임을 명심하는 것밖에는.

겐은 연거푸 한숨을 내쉬고 무릎 위에 올려놓은 두 손을 굳게 맞잡았다.

괜찮아, 괜찮아. 사람을 잡으러 가는 게 아니다. 이 손을 직접 쓰지도 않는다. 그저 VWA가 가진 편리한 기계를 현장에 풀어놓으면 그만인 임무다. 별일 아니야, 별일 아니야.

그는 열심히 스스로를 타일렀다. 선배인 타라브자빈 하스바토르도 있고, 무엇보다 권한 A를 가진 다카히로가 동행하니 틀림없이 어렵지 않게 해결될 것이다. 늘 그렇듯 들러리가 한 명 붙었지만, 그건 뭐 참기로 하자.

"앗, '새'가 한 마리 붙잡은 것 같습니다."

다카히로 옆에 앉은 들러리, 즉 아폴론의 신입 학예사 나오미 샤함이 앞에서 쨍쨍한 목소리로 보고했다.

"데메테르 공항 근처 가로등에 있었나 봐요. 역시 별로 멀리 가지는 않았네요."

나오미는 F(필름형) 모니터를 펼치고 진지하게 경과를 지켜보고 있었다. 데메테르가 관리하는 로봇인 '새'는 보통 광대한 삼림 지구를 순찰하는 데 사용되기 때문에, 이번처럼 작은 생물 여러 마리를 잡기에는 그 수가 적다. 그래서 VWA가 사용하는 로봇 '곤충'도 데메테르 지부에서 15마리를 지원받았지만 그래도 안심할 순 없었다. 겐과 타라브자빈은 본인들이 사용하는 곤충 44마리를 추가로 투입하기 위해 아프로디테 중심가에서 합류했다.

다카히로가 옆에서 나오미의 F 모니터를 들여다봤다. 평소 온화한 그 얼굴에 긴장감이 감돌았다.

"저 벌레는 딱지날개 속으로 뒷날개를 접어 넣지 않아서 빠르게 날아오를 순 있지만 빠른 속도로 움직이지는 못해. 오리지널 비단벌레와 비슷하다고 봐야겠지."

겐 옆에 앉은 타라브자빈이 굳은 목소리로 응수했다.

"일반 비단벌레보다 크니까 눈에 쉽게 띌 테고, VWA의 곤충까지 투입하면 어두워지기 전에 27마리 모두 포획할 수 있지 않을까 싶은데요."

이들이 쫓고 있는 건 유전자조작 비단벌레였다. 생태계에 침투하면 번식이나 교잡에 어떤 영향을 줄지 알 수 없기 때문에 한시라도 빨리 격리할 필요가 있었다.

자료에 따르면, 일명 무지개비단벌레라고 불리는 그 곤충은 딱지날개를 장식용으로 쓰기 위해 비밀리에 만들어졌다고 한다. 그래서 학명조차 부여받지 못한 채 브로치나 반지가 돼 세상에 널리 퍼져 있었다.

개량되지 않은 비단벌레는, 그중에서도 특히 일본종은 금속성 광택이 도는 아름다운 초록색 딱지날개를 가지고 있다. 오팔의 변채變彩*와 마찬가지로 구조색構造色**인 까닭에 죽어서도 광채가 변하지 않아 예로부터 공예품에 많이 사용됐다. 유전자조작으로 탄생시킨 무지개비단벌레는 이름처럼 무지갯빛을 띠고, 몸길이도 일반 비단벌레의 곱절로 대략 7센티미터나 된다. 잘 양식하면 번식이 가능하다는데, 양식업자가 침묵을 지키고 있어서 자세한 내용은 아직 불분명한 상태였다.

양식업자 이시드로 미라예스는 사흘 전 스페인 현지 모 대학에 무지개비단벌레의 알이 잘 부화하지 않는다며 조사를 의뢰했다가 무허가 유전자조작 혐의로 현장에서 체포됐다. 이시드로는 체포 당시 어리둥절해했다고 한다.

* 광물에 빛을 비출 때 광물의 방향이 바뀜에 따라 다양한 색이 나타나는 현상.
** 물질이 가진 고유의 색채에 의존하지 않고, 물질 구조에 따라 빛의 회절이나 간섭을 받아 나타나는 색.

"곤충 품종 개량이 불법이라고요? 오렌지를 크게 하는 거랑 벌레를 크게 하는 게 뭐가 다릅니까?"

오렌지의 경우는 오랜 연구와 엄격한 심사를 거쳐 허가를 받은 뒤 유통되는 거라고 출동한 경찰이 설명하자, 이시드로는 더욱더 얼빠진 얼굴을 했다.

"그럼 개나 고양이 신종은요? 납작코 개나 귀가 처진 고양이 같은 것들도 일일이 다 허가를 받았다는 말이오?"

반려동물의 품종 개량은 대부분 단순 교배로, 오랜 세월 행해져오면서 지구 환경에 대한 안전성이 검증됐기 때문에 따로 허가를 받지 않아도 된다고 설명하자 이시드로는 그제야 상황을 받아들였다. 자연계에서도 발생할 확률이 있는지 여부가 불법과 합법을 가르는 기준 중 하나인 것이다.

이시드로는 '유전자변형 생물체 사용 등의 규제에 의한 생물 다양성 보존에 관한 법률', 즉 '카르타헤나 의정서'*

* 정식 명칭은 '바이오 안전성에 대한 카르타헤나 의정서The Cartagena Protocol on Biosafety: CPB'다. 1992년 브라질 리우데자네이루에서 제정된 '생물다양성에 관한 협약Convention on Biological Diversity: CBD'의 부속의정서로 1999년 콜롬비아 카르타헤나에서 개최된 회의에서 제안됐다. 2000년 특별당사국총회에서 채택됐고, 2003년부터 공식 발효돼 국제법으로서 효력을 지니게 됐다. 유전자변형생물의 국가간 이동시 사전 통보와 동의 절차, 사전 예방 원칙, 위해성 평가와 관리, 유전자변형생물체의 운반 · 저장 · 이용방법의 표시 등의 내용을 담고 있다. 미국을 제외한 대부분의 나라에서 이를 비준 및 승인했다.

의 존재도 그때 처음 알았는지 즉시 입을 닫고 변호사를 불렀다.

유전자조작 관련 지식이 전무하고 무방비하게 대학에 자문을 구하러 찾아갔다는 데서, 실제로 무지개비단벌레를 만들어낸 인물은 따로 있으며 전문 지식을 가진 비밀 조직이 이시드로에게 양식과 환금을 맡겼을 가능성이 점쳐졌다. 그가 매출금을 어디에 상납했는지는 조사 중이다.

무지개비단벌레 양식장은 사업 정지 처분을 받았을 뿐만 아니라 물리적 공간도 즉각 폐쇄됐다. 부지 일대는 말할 것도 없고 상공에도 차폐 패널이 둘러쳐져 있었다. 현장에서는 아직도 출입 조사가 계속되고 있다.

조사를 담당하는 곳이 경찰인지 보건소인지 대학인지 아니면 모두 다인지는 모르겠지만, 아무튼 겐은 그 자리에 있지 않아도 된다는 사실에 마음속 깊이 감사하고 있었다. 벌레가 바글거리는 곳에는 절대로 가고 싶지 않았다. 아무리 예뻐도 벌레는 벌레다. 가느다란 다리와 긴 더듬이, 덤벼들 듯이 펄쩍 날아오는 그 움직임. 그나마 딱정벌레목目*인 게 불행 중 다행이다. 만약 앞으로 잡을 놈이

* 생물 분류 단위로 과科의 위, 강綱의 아래에 해당한다.

나비나 나방 같은 나비목이었다면 겐은 꾀병을 부려서라도 이 제트기를 타지 않았을 것이다.

—겐.

머릿속에서 부드러운 남자의 음성이 겐을 불렀다. 겐에게 직접 접속된 정동情動 학습형 데이터베이스 다이크다. 본명은 디케[*]지만 겐이 쉽게 공감대를 형성하기 위해 남자 이름으로 바꿔 부르며 친근하게 대해서인지, 다이크는 겐을 배려하듯 조심스럽게 말을 건넸다.

—당신의 표정과 심장 박동 패턴을 고려한 결과 신체의 긴장도가 다른 사람들보다 높습니다. 이쪽으로 전달되는 의식 레벨에 미치지 못하는 미묘한 낌새로 추측건대 당신은 벌레가…….

—그만해!

겐은 신경질을 내며 다이크의 말을 가로막았다. 다카히로까지 나설 정도의 사태였으니 개인적인 트라우마와 마주하고 있을 때가 아니었다. 그는 두 손을 꼭 쥐고서 자신은 VWA라고, 벌레 따위는 무섭지 않다고 스스로를 계속 타일러야 했다.

[*] 그리스 신화에 나오는 정의의 여신. 'Dike'를 '다이크'로 읽으면 남자 이름이 된다.

나오미가 꼼짝 않고 있는 겐을 수상쩍은 눈길로 흘끔 돌아봤다. 녀석에게만은 절대로 들키고 싶지 않았다. 약점을 잡히는 날에는 어떤 모욕적인 말들이 날아올지. 겐은 꽉 쥔 손에 더욱 힘을 줬다.

"타라브자빈."

다행히 때마침 울린 다카히로의 목소리 덕에 겐은 부정적인 사고회로에서 빠져나올 수 있었다.

"용기容器 건과 관련해서 새롭게 들어온 정보는 없나?"

"네, 고의인지 과실인지 아직 밝혀지지 않았습니다. 부주의로 일어난 사고라고 우기면 어쩔 수 없을 거예요. 확실한 증거가 있는 것도 아니고."

벌레가 담겨 있던 용기가 망가진 게 사달의 원인이었다. 데메테르는 면밀한 조사를 위해 무지개비단벌레 암컷 27마리를 지구로부터 전달해 받았다. 나중에 영상을 확인해보니, 양식장 측에서 준비한 용기는 가로세로가 50센티미터쯤 되는 정사각형 모양에 높이가 35센티미터쯤 되는 투명 플라스틱이었다. 강도 검사에서는 이상이 없었는데, 데메테르 공항에서 화물칸을 열었더니 벌레들이 일제히 날아올랐다. 용기는 흐물흐물 녹아 있었다. 아무래도 쓸모를 다한 벌레의 사체를 묻을 때 쓰는 생분해성 플라스틱

소재로 만들어진 것 같았다.

용기가 아프로디테에 도착할 즈음 타이밍 좋게 분해됐기 때문에, 학예사들은 이 사건이 이시드로 일당이 계획한 일일지도 모른다고 의심하고 있었다. 무지개비단벌레를 자세히 조사하면 곤란해지는 일이 있어서 이를 막으려 한 건지, 아니면 단순히 이쪽을 혼란에 빠뜨리려는 의도였는지도 아직 조사 중이다.

타라브자빈은 머뭇거리며 다시 말을 꺼냈다.

"그런데 그 무지개비단벌레가 제트기를 타고 날아가서 우리 곤충을 투입해야 할 정도로 위험한 놈입니까? 음, 그러니까 환경적으로……."

다카히로는 몸을 돌려 타라브자빈을 쳐다봤다. 겐의 자리에서 보이는 태양신의 옆얼굴은 분명히 쓴웃음을 짓고 있었다.

"모르니까 서두르는 거야. 지구에서 대강 분석한 결과 사배체四倍體*란 건 알았지만."

데이터베이스에 직접 접속돼 있지 않은 타라브자빈이 겸연쩍은 듯이 물었다.

* 염색체 수가 생식세포 염색체 수의 네 배인 개체.

"사배체가 뭡니까?"

"인간은 부모로부터 염색체를 각각 한 개씩 물려받아 한 세포 안에 염색체가 두 개 존재하는데, 이런 개체를 이배체二倍體라고 해. 사배체는 그 두 배로, 염색체 네 개가 한 묶음이지. 농작물로 개량된 밀은 다배체多胚體야. 낟알을 크게 만들어 수확률을 높이려고 그렇게 만들었어. 듀럼밀* 은 사배체, 빵밀**은 육배체六倍體."

타라브자빈은 고개를 주억거리며 목덜미를 긁었다.

"허허, 우린 그런 걸 예사로 먹고 있었군요. 그래서 그 사배체란 건, 우리가 이번에 안심할 수 있는 이유가 되는 겁니까?"

다카히로는 아주 살짝 어깻죽지를 올렸다.

"상식선에서는 그렇지. 사배체와 보통의 이배체 비단벌레 사이에서는 번식이 불가능해. 혹 자식 세대가 태어나더라도 손자 세대는 발생하지 않아. 그런데……."

다카히로의 얼굴이 눈에 띄게 어두워졌다.

* 벼과의 한해살이풀로 마카로니밀이라고도 불린다. 종자의 가루가 점성이 강해 주로 스파게티나 마카로니를 만드는 데 쓰이기 때문이다.

** 빵이나 면을 만드는 데 사용하는 밀로, 전체 밀 생산량의 90퍼센트 이상을 차지해 보통밀이라고도 불린다.

"무지개비단벌레는 암컷만으로도 번식할 가능성이 높아. 검사한 개체가 암컷뿐이었던 건 양식장에 수컷이 없었기 때문이야."

"암컷뿐인데 어떻게 번식을 하죠?"

"이시드로는 입을 굳게 다물고 있지만, 양식장에서 무지개비단벌레를 인공적으로 번식시키고 있었던 정황이 포착됐어. 과거에 견직물을 증산할 목적으로 유전자조작을 통해 커다란 사배체 누에를 만드는 연구가 성행하던 시절이 있었어. 그때는 미수정란을 온열 처리해서 암컷 누에를 발생시키는 게 가능했다더군. 원시적인 기술로 클로닝*을 했던 거지. 데메테르 담당자는 이시드로 일당도 그런 식으로 비교적 간단하고 효율적으로 암컷만을 번식시켰다고 생각하고 있어."

나오미가 보충설명에 나섰다.

"그 간단하다는 게 문제거든요. 아프로디테에는 다양한 환경이 있잖아요. 저중력 지대도 있고, 툰드라 기후도 있죠. 클로닝에 적합한 온풍과 온수도 갖춰져 있고. 메뚜기

* 인공적인 방법으로 부모 개체와 유전적으로 똑같은 자식 개체, 즉 복제 개체인 클론을 만드는 일.

처럼 번식하지 않으리란 보장이 없어요."

—괜찮습니까?

눈앞을 까맣게 뒤덮은 메뚜기 떼를 상상한 겐에게 다이크가 걱정스럽다는 듯 조용히 물었다. 하지만 겐은 손톱이 파고들 정도로 주먹을 움켜쥐면서도 일일이 묻지 말라고 되레 화를 냈다.

"그것참, 제트기를 띄울 만한 상황이긴 하군."

타라브자빈은 한숨을 후 내쉬며 등받이에 등을 기댔다. 이번에는 나오미가 몸을 비틀어 뒷좌석으로 얼굴을 들이밀었다.

"타라브자빈 씨가 느끼는 위기감이 카밀로 씨에게도 좀 있으면 좋을 텐데요. 아, 카밀로 크로포토브라고 데메테르 담당자인데 태도가 뜨뜻미지근해서요. 계속 번식하지 않을 거라고만 하고. 최악의 사태를 대비해 살충제도 개발하고 있는 모양인데, 무지개비단벌레에게만 효과가 있고 다른 생태계에는 영향을 주지 않아야 해서 시간이 많이 걸린다나 뭐라나 그러더라고요."

다카히로는 여전히 무거운 표정을 하고 있었다.

"아까 포획한 놈을 이미 유전자 분석기에 돌렸다고 하니까 표적 살충제는 금방 완성되겠지. 하지만 가능하면 사용하지 않는 편이 좋을 거야. 효과는 당장에 나타나겠지만 생태계에 영향이 없다는 걸 입증하기란 어려운 일이잖아. 더구나 인공적으로 만든 아프로디테의 좁은 생태계는 바늘로 탑을 쌓은 것처럼 아슬아슬하게 균형을 유지하고 있으니까."

"뭐, 지금으로선 한시라도 빨리 무지개비단벌레를 한 마리도 남김없이 포획해서 이곳에 알을 낳지 않도록 하는 게 가장 확실한 방법인 것 같군요."

"응. 그때까지는 전문가인 카밀로 씨의 판단을 믿는 수밖에."

"기장입니다. 앞으로 5분 뒤에 착륙합니다."

기내에 방송이 흘러나왔다.

아아, 벌레 소굴이 가까워지고 있구나.

아니, 괜찮아. 간단한 일이다. 선배들도 있고, 실제 작업은 VWA의 곤충들이 해줄 것이다. 괜찮아, 괜찮아.

나오미가 앞으로 돌아앉기 전에 흘끔 기분 나쁜 시선을 던졌다. 하강하기 시작한 제트기 안에서 겐은 꼭 쥔 손을 풀지 못했다.

광활한 동식물원을 가진 데메테르는 아프로디테 중심

가의 반대쪽인 소행성 뒤편에 있다. 겐은 환한 하늘을 보자 기운이 빠졌다. 현지 시간으로 낮 11시 반. 저쪽에서 밤 10시가 넘어 출발했는데, 퇴근하자마자 다시 출근이라니 하루를 손해 본 기분이 들었다.

게다가 이제부터 벌레를…….

겐은 세차게 머리를 흔들었다. 생각하지 마. 나는 훌륭한 VWA의 일원이다. 제트기를 타고 날아와야 할 정도로 위험한 생물재해를 눈앞에 두고 개인적인 두려움에 매여 있을 수는 없다.

공항에는 나오미가 뜨뜻미지근하다고 욕한 데메테르 학예사가 마중 나와 있었다.

"데메테르의 카밀로 크로포토브입니다. 권한 B-, 비접속자*입니다. 주로 곤충을 연구하고 있답니다. 따분한 분야지요."

햇볕에 그을린 피부에 턱수염을 기른 원숙한 학예사는 힘없이 웃었다. 그는 데메테르 청사로 향하는 5인승 차량을 자율주행으로 전환하면서 가볍게 말했다.

* 뇌외과 수술을 받지 않아 아프로디테의 자료 데이터베이스에 직접 접속하지 못하는 사람.

"아마 괜찮을 겁니다. 재래종과 교잡하더라도 손자 세대는 발생하지 않을 테니……."

"서두를 것 없다는 말씀인가요?"

다카히로가 묻자, 카밀로는 미적지근하게 대답했다.

"아마도요. 새와 VWA의 곤충이 27마리 중 11마리를 포획했으니 그럭저럭 괜찮지 않을까요."

"아직 16마리가 남았습니다. 전혀 괜찮다고 생각되지 않는데요."

뒷자리에 앉은 나오미가 차갑게 쏘아붙이자 카밀로는 어깨를 으쓱했다.

"으음, 글쎄요. 어떨까요."

말을 두루뭉술하게 하는 게 그의 버릇인 것 같았다. 나오미가 이런 유의 사람을 견디지 못한다는 사실을 겐은 경험을 통해 알고 있었다.

"잡종이 한 세대로 끝나는 건 다행한 일이지만, 문제는 암컷만으로도 번식이 가능할지도 모른다는 것 아닌가요? 남은 16마리가 밖에서 알을 낳으면 큰일입니다."

"흐음, 그렇지요."

나오미가 고함을 지르기 전에 다카히로가 나섰다.

"일몰까지 여섯 시간 정도 남았습니다. 밤이 되면 비단벌렛과 벌레는 나무 틈새나 낙엽 아래로 숨어버리기 때문에 그때까지는 찾아내고 싶습니다. 타라브자빈, 가져온 곤충은?"

"준비됐습니다. 바로 풀까요?"

"그렇게 하지."

타라브자빈이 차창을 열고 손에 든 알루미늄 케이스의 뚜껑을 열었다. 금속 곤충 44마리가 투명한 날개를 힘차게 펼치고 창밖으로 날아갔다.

—다이크.

—감지했습니다.

겐은 다이크에게 확인한 후 보고했다.

"다이크가 곤충 제어를 시작했습니다. 이미 활동 중이던 곤충도 가디언 갓*으로부터 권한을 넘겨받아 현재 전부 다이크의 지휘 아래로 들어왔습니다."

"다이크?"

카밀로가 되묻자 겐이 설명했다.

"저와 직접 접속된 정동 학습형 데이터베이스입니다.

* 국제경찰기구의 데이터베이스. 치안에 도움이 되는 정보가 들어 있는데, 겐은 가디언 갓에 직접 접속하는 일반적인 경찰들과는 달리 그 사이에 다이크를 끼고 있다.

국제경찰기구의 가디언 갓보다 빨리 대응할 수 있어서 지휘권을 넘겨받았습니다."

카밀로가 희미하게 웃으며 살짝 고개를 끄덕였다.

반면에 나오미는 뭔가 납득이 가지 않는다는 눈빛으로 겐을 쏘아봤다.

"이제야 입을 여네? 너, 제트기 안에서부터 줄곧 이상했어. 평소랑 달라."

"어? 아아, 아니, 아닌데. 으음, 음."

아뿔싸, 나오미가 싫어하는 어중간한 말을 하고 말았다.

"얼버무려도 소용없어. 눈빛이 흔들려. 너 혹시…… 살아 있는 벌레, 무서워하니?"

입에서 나온 말이 "어"인지 "헉"인지는 겐 스스로도 알 수 없었다.

나오미는 눈에 띄게 당황하는 겐을 쌀쌀맞게 쳐다봤다.

"역시."

"허허, 정말이야? 그래서야 이번 일 할 수 있겠어?"

타라브자빈까지 합세하자 겐은 욱해서 되받아쳤다.

"할 수 있습니다. 문제없습니다. VWA로서 제대로 해낼 겁니다. 곤충 제어는 현지에 있는 저와 다이크가 적임자입니다."

"가디언 갓과 직접 접속된 다른 VWA 대원을 불러도 상관없는데?"

"이제 와서 무슨 말씀입니까? 괜찮다니까요. 잘할 수 있습니다."

겐이 가슴을 펴 보였지만 나오미는 콧방귀를 뀌었다.

"멍청하게 굴다가 괜히 엄한 사람 발목 붙잡지 말고."

그 말에 그만 벌레 몸통에서 다리가 잡아떼지는 장면을 상상해버리고 말았다. 겐은 소름이 돋은 피부를 나오미가 알아채지 않기를 바랄 뿐이었다.

언덕 위에 세워진 데메테르 청사는 한낮의 햇살을 받아 한층 하얗게 보였다.

임시대책본부가 마련된 곳은 가장 넓은 A 회의실이었다. 50명쯤 들어갈 수 있는 정사각형 방에서는 학예사 세 명과 사무원 다섯 명이 벽에 수십 개의 영상을 띄워놓고 표시된 수치며 화상통신을 체크하는 중이었다. 그 안에는 전에 함께 일했던 타냐 술라니의 모습도 있었는데, 트레이드마크인 캡도 쓰지 않고 머리카락을 하나로 질끈 묶은 채 일에 몰두하는 걸 보니 적어도 이 방 안에 있는 직원들은 카밀로와 달리 위기감을 갖고 직무에 임하고 있는 것 같았다.

카밀로는 가장 큰 영상인 포획 상황 지도 앞에서 고개를 크게 끄덕였다.

“예상대로군. 포획 장소를 시계열時系列로 보면 무지개비단벌레는 공항에서 가장 가까운 활엽수림 지대로 이동하고 있어. 아마…….”

“일본종 비단벌레의 성질을 물려받아서 느티나무나 팽나무를 향해 가고 있군요.”

므네모시네를 통해 일본종 비단벌레의 생태를 예습해온 듯한 나오미가 발돋움을 하고 지도를 올려다봤다.

“여기에 쓰러진 나무가 있나요?”

카밀로는 어딘지 만족스러운 눈빛으로 그녀를 봤다.

“있지요. 활엽수림 지대는 산책용으로 나 있는 오솔길 외에는 거의 자연 그대로를 재현하고 있으니까. 일본종 비단벌레는 병든 나무나 쓰러진 나무에 산란합니다. 음, 뭘 걱정하는지 이해는 합니다. 음, 네.”

—다이크, 알겠지? 나오미가 가리킨 곳에 중점적으로 곤충을 날려. 특히 느티나무나 팽나무를 잘 살펴봐.

—알겠습니다. 느릅나뭇과 식물은 특별히 유의해서 살펴보겠습니다.

겐 본인은 느티나무나 팽나무가 어떻게 생겼는지 잘 모르지만 데이터를 쉽게 모을 수 있는 영리한 다이크가 있으니 안심이었다.

다카히로가 조용히 카밀로에게 다가갔다.

"벌목용 기계를 좀 쓸 수 있을까요?"

"예? 왜 벌목용 기계를?"

"제가 조사한 바로는 일본종 비단벌레는 나무 높은 곳을 좋아하고, 나무 속살에서 풍기는 냄새에 이끌린다고 합니다. 그래서 나무 위쪽 가지를 조금 잘라 적극적으로 유인해보면 어떨까 하는데요."

"그런 성질이 있는 건 맞습니다만……."

카밀로는 턱수염을 쓰다듬으면서 머뭇거렸다.

"나무를 자른다는 건 좀…… 그건 제 권한 밖이라, 그러려면 여기저기서 허가를 받아야 하는데요……."

다카히로 옆에서 나오미가 이를 갈고 있었다. 무슨 말이 하고 싶은지는 알 만했다.

"허가는 받았습니다. 데메테르 식물 담당 학예사 롭 롱사르, 권한 A-. 현장 판단에 맡기겠다고 말했습니다."

"아, 그러시구나. 과연 권한 A-군요. 아, 아니요, 아니요. 직접 접속자끼리는 얘기가 빨라서 좋겠다는 말입니다."

다카히로보다 열 살은 넘게 연상일 텐데 카밀로는 한없이 심약해 보였다.

참다못한 나오미가 둘 사이에 끼어들었다.

"다시로 씨, 제 제안은요?"

"아아, 그것도 해야지. 카밀로 씨, 지금부터 데메테르 홍보과에 연락해 이벤트를 시작할까 합니다. 데메테르에 있는 관광객들을 대상으로 무지개비단벌레를 발견하는 즉시 신고하게 하고, 신고한 사람에게는 기념품을 주는 거죠."

"그렇군요. 아이들이 아주 좋아하겠어요. 부럽군요. 직접 접속자는 두뇌가 기민해서."

이런 건 카밀로 쪽에서 먼저 제안해야 하지 않나, 하고 겐도 슬슬 짜증이 나기 시작했다.

그러나 다카히로는 미소를 잃지 않았다.

"그럼 그렇게 하겠습니다. 낮은 곳에 있어도 절대 만지지 말고 바로 신고하라고 주의사항을 일러두고, 신고가 들어오면 새나 곤충을 보내 무지개비단벌레가 맞는지 확인하면 될 것 같습니다."

—감지했습니다. 신고 즉시 이동, 확인 후 영상 송신. 곤충에게 지령을 내렸습니다.

"그렇군요. 그런 거군요."

다이크가 시원스럽게 응답한 것과는 대조적으로 카밀로는 수염을 쓰다듬으며 나른하게 대답했다.

"다이크가 곤충에게 지령을 전달했습니다."

겐이 일부러 딱딱한 목소리로 말했지만, 카밀로는 눈을 휘둥그레 뜨고 멍청한 감탄사만 내뱉을 뿐이었다.

—저 아저씨, 나사가 풀린 것 같아!

마침내 나오미의 불평이 직접 통신으로 날아들었다.

—원래 느긋한 성격일 거야. 개성은 인정해야지.

—생물재해가 발생할지도 모르는 이 긴급한 상황에서도?

"아, 굉장하네요. 신고가 벌써 네 건 들어왔습니다."

카밀로가 지도를 가리켰다. 지도 위에서 네 개의 점이 깜박이고 있었다.

—곤충이 현장에 도착해 수색을 시작했습니다.

—알았어.

다카히로는 평소처럼 온화한 얼굴을 하고 있었다. 하지만 목소리는 단호했다.

"겐, 새 제어도 다이크에게 맡겨. 새와 곤충이 협력하는 게 좋겠어."

"네, 알겠습니다."

대답하면서 겐은 다카히로 역시 카밀로의 둔감함을 위태롭게 보고 있다는 사실을 느낄 수 있었다.

타냐는 모니터를 노려보면서 들어오는 정보와 씨름하고 있었다. 반면에 카밀로는 포획 정보에 신경 쓰는 기색도 없이 따분한 얼굴로 손에 든 커피만 물끄러미 바라보고 있었다. 컵을 입으로 가져가 후후 불어 식히면서 그는 단조로운 목소리로 말했다.

"아프로디테의 생태계가 얼마나 깨지기 쉬운지 저도 알고 있습니다. 다만 교잡도 대량 발생도 벌레의 세계에서는 흔한 일이고, 사배체도 클론도 그다지 새롭지 않아서…… 더 재미있는 현상이라면 좋겠지만……."

나오미가 눈을 부릅떴다.

"이게 재미가 있고 없고의 문제인가요?"

"그럼요. 단순하잖아요. 표적 살충제도 개발하고 있고, 여차하면 그걸로 박멸하면 그만이죠, 조용히."

"살충제 사용은 최대한 피하고 싶다고 아까부터 몇 번이나 말했는데요."

카밀로는 히죽 웃으며 입술을 비죽거린다.

"저도 그건 싫습니다. 생태계에 미치는 영향은 말할 것도 없고, 이게 아프로디테가 아니라 넓은 지구에서 일어난 일이라 해도 인간의 손으로 만들어낸 종을 인간의 손으로 멸종시킨다는 건 너무 오만한 행동이니까요."

카밀로는 커피를 한 모금 마셨다. 이어지는 목소리는 지금까지보다 약간 딱딱했다.

"하지만 살충제를 써야 한다면 써야겠죠. 그때는 인간의 오만함이라는 꼬리표를 스스로 붙일 각오를 해야 할 겁니다."

나오미는 대꾸하지 않았다. 다카히로도 타라브자빈도 잠자코 듣고만 있었다.

겐은 다이크에게 질문하지 말라고 부탁했다.

인간이 만들어내는 종. 예를 들면 자연에서는 얻을 수 없는 상등의 육질을 가진 가축과 엄청난 수확량의 작물들. 생명 유지에 필요한 먹거리만이 아니라, 단지 인간의 즐거움을 위해 지금 이 순간에도 새로운 반려동물과 화려한 꽃들이 유전자 가위로 만들어지고 있다. 겐은 그런 현실에 대해 다이크에게 제대로 설명해줄 자신이 없었다.

인간이 손바닥 위에서 주무르고 있는 생명에 대해 이야기를 시작하면, 언젠가는 인간에게 감정을 주입당한 기계의 존재에 대해서도 언급해야 하기에 더욱…….

오후 4시 28분. 아프로디테에 서식하는 인류에게 나쁜 소식이 날아들었다. 이 시점에서 포획 수는 21마리. 앞으로 여섯 마리만 더 잡으면 되는 상황이었다.

스페인의 양식장에서 입수해 조사하던 검체檢體가 샬레 안에서 알을 낳았다고 한다. 원래는 양식장에 있던 쓰러진 나무에 낳아야 했겠지만, 참지 못했던 것 같다. 이는 활엽수가 없는 지역에서도 산란할 가능성이 있다는 사실을 시사했다. 그래도 여기까지는 괜찮았다. 설사 부화하더라도 식수植樹가 없으면 죽고 말 테니까.

최악의 소식은 타임머신 바이오테크 기술로 급속 부화시킨 알 중 절반이 수컷이었다는 사실이다. 수컷과 암컷이 만나면 어떻게 되는지는 자명한 일이다.

"암컷만 있어야 할 텐데!"

타라브자빈이 누구에게랄 것 없이 목청을 높였다.

"음. 일부러 암컷만 번식시킨 게 아닐까 싶어요. 사배체 누에처럼 온열 처리로 미수정란을 발생시키면 암컷만…… 하지만 자연계에서는 수컷도…… 아니, 하지만……."

그때까지 느긋하게 의자에 앉아 있던 카밀로가 천천히 일어섰다.

"샬레인가? 샬레는 환경 악화에 해당하니까, 어쩌면…… 음, 그래그래."

카밀로의 목소리가 점점 커졌다.

"이거 재미있는걸. 아주 흥미로워! 살충제는 안 써. 쓰게 할 수 없어, 절대로!"

조금 전까지는 오만함이라는 꼬리표를 달더라도 여차하면 쓸 수밖에 없다더니. 겐은 카밀로의 표변豹變을 이해할 수 없었다.

"무지개비단벌레의 유전자 분석, 하고 있죠?"

카밀로가 획 돌아보며 매섭게 묻자 다카히로는 순간 움찔했다.

"분석 중입니다. 유전자지도 해독은 몇 시간 걸린다는군요."

"개미…… 흰개미, 바퀴벌레…… 아니, 목目이 달라. 나무좀…… 그래, 나무좀과 관련이 없는지 조사해보라고 전해주세요. 참고할 게놈 영역이나 좌표는……."

그는 말하면서 근처 책상으로 다가가 단말기를 조작했다. 손가락의 움직임이 도망치는 거미처럼 민첩했다.

"보냈습니다. 아아, 직접 접속자였다면 이런 작업을 하지 않아도 될 텐데. 설명을 계속할게요. 나무좀은 비단벌레와 같은 딱정벌레목으로, 단위생식[•]이 가능한 종류도 있습니다. 게다가 성염색체를 가지지 않는 반수배수성半數倍數性[••] 단위생식……. 좋아, 가까워, 분류학적으로도 가까워. 벌이나 개미와 같은 번식법을 가진 벌레가 딱정벌레목에도 있어! 번식능력이 떨어졌던 건 동질배수체同質倍數體[•••]였기 때문인가? 그렇다면 어떤 계기로 이질배수체異質倍數體[••••]가 되면 손톱개구리처럼 번성할 수도 있다는 건가?"

절반은 혼잣말이었다. 다카히로는 이 이야기를 전부 이해했을까, 하고 겐은 생각했다.

"그러니까……."

• 암컷과 수컷이 교접하지 않고도 새로운 개체를 만드는 생식법.
•• 반수성半數性은 염색체수가 반감되어 있는 상태를 말한다. 보통 배우자 및 그 세대의 염색체수를 반수 또는 단수라고 한다. 배수성은 세포당 염색체쌍의 수에 관한 용어로 1쌍인 경우를 단상성, 2쌍인 경우를 이배성이라 하고, 3쌍 이상을 총칭하여 배수성倍數性이라 한다.
••• 같은 종의 상동염색체가 두 벌 이상 있는 개체.
•••• 동질배수체에 대응하는 말로, 유전적으로 다른 종 사이의 잡종에서 염색체수가 배가됨으로써 형성된 배수체. 근연종에서 발견되는 자연배수종의 대부분이 이에 속한다.

입을 연 다카히로에게 카밀로가 지그시 검지를 들이댔다.

"타임머신 바이오테크가 있잖아! 그래, 그걸 써야겠어. 다음 세대를 봐야지. 여기서든 지구에서든 어디서든 좋아. 샬레에서 태어나는 녀석들에게 생식능력이 있다고 가정하면, 지금 세대의 손자 세대 수정란은 환경 악화에 대비한 보존용인가? 무시무시하군. 굉장해. 아주 흥미로워! 어쩌면……."

그다음은 어려운 학술용어가 줄줄이 이어져 도저히 알아들을 수가 없었다. 턱수염은 이미 지저분하게 흐트러졌다. 흥분으로 얼굴이 상기된 곤충학자는 조금 전까지 보인 느긋한 태도가 마치 거짓이었던 것처럼 중얼중얼 혼잣말을 하며 빠른 걸음으로 주변을 맴돌기까지 했다.

나오미는 관자놀이를 누르며 눈을 감고 있었다. 므네모시네에게 질문하는 듯했는데 따라가기 버거운 눈치였다. 다카히로는 이런 상황에 익숙한 듯 작게 한숨을 내쉬며 카밀로가 진정되기를 기다리고 있었다.

"이건 뭐 물어볼 사람도 없고, 들어도 이해할 수 없을 것 같네."

질려버린 듯한 타라브자빈에게 겐은 맥없이 고개를 끄

덕여 보이는 수밖에 없었다.

해가 지도록 카밀로의 흥분은 가라앉지 않았다. 아무래도 그의 머릿속 나사는 너무 느슨하거나 지나치게 단단하거나 둘 중 하나일 것이다. 일단 흥미를 가지면 주위 시선은 아랑곳하지 않고 내달리는 학자 타입. 그는 맹렬한 기세로 여기저기 통신을 하고, 날카로운 목소리로 쏟아내듯 마구 지시를 내렸다. 부화한 수컷이 반수체半數體*임을 알고서는 주먹을 하늘로 치켜들고 쾌재를 불렀다.

"수컷은 반수체였어! 예상대로야. 시시해, 시시해. 이제 재미있어질 거야!"

말이 뒤죽박죽이었다. 그 단편들을 어떻게든 짜 맞추자, 무지개비단벌레는 유전자조작에 의해 반수배수성 성 결정 시스템을 따르며 그 사실이 무척 흥미롭다는 뜻으로 해석됐다.

반수배수성 성 결정 시스템이란 성염색체를 갖지 않고 염색체 수에 따라 성이 결정되는 방식이다. 개미나 벌 등

* 감수분열을 통해 염색체 수가 절반으로 줄어든 세포 또는 개체. 진핵생물의 경우 보통 이배체인 경우가 많은데, 그 반수의 염색체를 갖는 세포 또는 개체를 말한다. 일배체라고도 한다. 단위생식을 하는 생물에서는 반수가 형성된다(예를 들면 벌의 수컷).

의 벌목目에서 볼 수 있으며, 감수분열로 염색체가 절반이 된 미수정란이 수컷이 되고 수정란은 암컷이 된다.

수정 과정을 거친 알은 내구란耐久卵이 될 수 있다. 내구란은 물벼룩의 그것이 물 뺀 논에서도 살아남아 이듬해에 부화하듯이 환경 변화에 강한 성질을 띠는 알이다. 온열처리로 사배체 암컷만 번식시키던 양식장의 무지개비단벌레는 조절된 환경에서 샬레로 옮겨진 것에 스트레스를 느껴 미수정 상태에서 이배체 수컷을 발생시켰다. 그 수컷과 교배해 수정란을 만듦으로써 손자 세대를 내구란으로 진화시키려는 거였다.

아프로디테에서 풀려난 커다란 사배체 무지개비단벌레는 딱지날개의 금속성 광택과 느티나무나 팽나무를 지향하는 성질은 비단벌레의 특성을 그대로 계승하면서, 번식은 과科는 물론 목目을 초월한 형태를 취한 것이다. 곤충학자에게는 자기 턱수염을 잡아 뜯을 만큼 흥분되는 일이었다. 다카히로는 고취된 상태의 카밀로가 자칫 잊을 수 있는 중대 문제를 끈질기게 되풀이해 일깨웠다.

"지금은 포획이 우선입니다. 연구는 나중에 얼마든지 할 수 있어요. 양식장 밖에서의 번식법이 특이하기 때문에 번식능력도 남다를 수 있고, 행여 내구란이 발생하면 살충제도 무용지물이 될 가능성이 있습니다. 이 순간에도 어디선가 알을 낳고 있을지도 모릅니다. 메뚜기나 매미처럼 대량 발생해 침입종이 토착종을 몰아내는 상황은 절대 피해야 합니다."

오후 5시 50분.

곧 일몰 시간인데, 남은 두 마리가 도무지 발견되지 않았다.

데메테르 청사 언덕길에 가로등이 희미하게 밝혀졌다. 해는 벌써 저물었다.

겐은 대기실로 지정된 작은 방에서 어두운 창밖을 원망스레 바라보며 꾸물꾸물 장비를 챙기고 있었다. 생물안전도 1단계에서 착용하는 얇은 방호복, 광량과 색감을 조절할 수 있는 라이트, 나무를 파낼 때 쓰는 연장 한 벌, 그리고 가능하면 사용하고 싶지 않은 포충망. 겐은 얼굴을 향해 날아오는 무지개비단벌레와 아무것도 하지 못하고 비명만 지르는 자신의 모습이 눈에 보이는 듯했다.

이제부터 남은 두 마리를 찾으러 가야 한다. 새도 곤충도 다양한 탐사법을 구사해 아직 추적 중이다. 인간만 편안하게 있을 수는 없었다.

"할 수 있다고 큰소리친 거치고는 행동이 굉장히 굼뜬데?"

먼저 준비를 마친 나오미가 겐을 보며 빈정거렸다. 그러자 포충망에 찢어진 곳이 없는지 점검하던 타라브자빈이 겐을 변호하고 나섰다.

"됐어, 얘 뒤치다꺼리는 내가 해. 누구나 싫어하는 거 한두 가지쯤은 있는 법이야. 그런데 벌레의 어디가 그렇게 싫은 거야?"

이건 변호가 아니다. 타라브자빈도 놀리고 있는 거였다. 그 증거로, 그는 보기 드물게 느물느물 웃고 있었다. 겐은 체념하고 솔직하게 말했다.

"쉽게 부서지잖아요. 살짝만 잡아도 다리가 떨어지고 날개가 바스라지고, 배에서 액이…… 윽."

말하다가 속이 울렁거렸다.

"아무튼 한없이 약한데 그게 생명이라는 점이 싫어요."

"네가 실수로 죽일지도 모른다는 공포 때문이란 거야? 그럼 모기도 못 때려잡아?"

"그거랑은 좀 달라요. 즉사하면 괜찮은데, 눈앞에서 괴로워하는 걸 볼 수가 없어요."

"벌레는 고통을 안 느낄 텐데."

겐은 그렇게 말한 타라브자빈을 저도 모르게 노려보고 말았다.

"일본에는 '한 치의 벌레에게도 닷 푼의 혼이 있다'라는 속담이 있어요. 벌레도 인간이 감지할 수 없을 뿐이지 고통을 느낄지도 모른다고요."

"이 임무가 고작 길 잃은 불쌍한 벌레를 찾아주는 일이었다니."

나오미는 팩하고 발길을 돌려 재빨리 방을 나가려 했다.

"VWA가 저렇게 못 미더워서야, 정말 짜증나."

어라, 하고 겐은 고개를 갸웃거렸다. 나오미가 초조했던 까닭은 카밀로의 우유부단함 때문만이 아니었나? 내가 못 미더워 보인 탓도 있었던 건가? 그 말은 나를 의지하고 싶다는 것……?

생각을 좀 더 정리하고 싶었지만 때마침 천장 스피커에서 소집 명령이 떨어졌다.

"모두 와줘. 이시드로 측 변호사한테서 연락이 왔어."

다카히로의 목소리는 얼굴이 보이지 않아도 얼마나 곤란한 상황인지 추측할 수 있을 만큼 무거웠다.

A 회의실 벽면에 크게 확대된 변호사의 모습이 비치고

있었다. 반듯한 양복 차림에 통통하게 살찐 변호사는 흰 손수건으로 이마의 땀을 닦으며 두툼한 입술을 일기죽거렸다.

"거래가 아닙니다. 이건 이시드로 미라에스 씨의 호의입니다. 단, 조건이 붙습니다."

겐은 조건이라는 말을 듣고 순간 발끈했다. 조건이 붙으면 그건 이미 호의가 아니다.

"이시드로 씨는 모르고 한 일이지만 그래도 처벌을 달게 받을 생각입니다. 다만, 벌금이 됐건 구속이 됐건 죗값을 치르고 나면 그때는 정당한 절차로 허가를 받아 무지개비단벌레를 계속 양식하고 싶다고 합니다."

—겐.

겐은 다이크의 의중을 감지하고는 무슨 말을 하려는지 알고 있다고 한순간의 사고로 대답했다.

—생각을 공유할 수 있어서 기쁩니다. 이시드로 미라에스의 신변 데이터는 그가 이번 유전자조작이 불법이라고 어렴풋이 알고 있었음을 보여주고 있습니다.

—계속 조사해줘. 변호사 주변도.

—알겠습니다.

"이시드로 씨는 정말 선한 분입니다. 우수한 형질을 갖고 태어난 생명의 혈통을 지켜주고 싶어 해요. 연구한다고 괴롭히는 것도 가슴 아픈데 해충 취급을 하는 건 참기 어렵다고 합니다. 종이 끊기는 일은 당치도 않다고 눈물 지으시는데…… 하아, 진정한 부모의 마음이 그런 것이겠죠."

뭔가 말하고 싶은 듯 몸을 흔드는 카밀로 옆에서 다카히로가 조심스레 한 걸음 앞으로 나섰다.

"만일 아프로디테가 양식을 지속할 수 있도록 어떤 조치를 취해준다면 그쪽에서는 저희에게 뭘 제공하실 건가요?"

변호사는 땀을 꾹꾹 눌러 닦고 나서 거드름을 피우며 입을 열었다.

"그쪽은 벌써 해가 졌겠죠. 나무껍질을 한 장 한 장 벗겨서 무지개비단벌레를 찾기는 어려울 겁니다. 이시드로 씨는 그 벌레를 쉽게 잡을 수 있는 방법을 알려주겠다고 합니다."

"혹할 만한 제안이군요."

다카히로가 미소를 짓자 변호사는 우쭐해졌다.

"그럼요. 호의는 호의로 갚는 게 도리죠. 그럼 우선 보석 청구를 할 테니 검찰에 선처를 부탁드리겠습니다. 기소를 취하하라고 하지 않는 게 어딥니까? 참으로 너그러운 분이지요."

다카히로도 변호사를 흉내 내 약간 거들먹거리며 말했다.

"그쪽 호의가 확실한 건지 입증하는 일이 먼저 아닐까요? 뭔가 증명할 만한 게 있습니까?"

"물론 준비돼 있습니다."

피둥피둥한 얼굴이 빙긋이 웃은 순간, 다이크의 다급한 보고가 뇌리에 찌릿하고 꽂혔다.

이시드로는 양식장에서 무지개비단벌레의 행동을 통제하고 있었다. 다이크가 광대한 정보의 바다에서 그 사실을 건져 올린 것이다. 겐은 즉시 다카히로와 통신할 긴급회선을 열었다.

—놈들은 벌레를 어느 정도 조종할 수 있는 것 같습니다. 다이크의 추측으로는 아마도 이런 방법으로…….

다음은 말이 아닌 정보의 덩어리를 그대로 던졌다. 벌레의 움직임을 컨트롤하는 수단이라면……. 아까 다시로 씨도 말한……. 벌목……. 그렇다면 교섭 카드는……. 모든 것을 언어화하지 않아도 영리한 므네모시네는 정확하게 전달해줄 것이다.

화면 너머에서 변호사가 종이를 손에 쥐었다.

"전자데이터보다 물리적으로 뭔가가 존재해야 거래 효과가, 아니, 납득하실 것 같아 출력해 왔습니다. 이겁니다. 여기에 무지개비단벌레를 유인하는……."

종이가 힐끗 뒤집혔다.

"다이크!"

"므네모시네!"

겐과 다카히로가 동시에 외쳤다. 다이크가 조금 빨랐다.

"감지했습니다. 정지 영상 취득. 흔들린 부분, 집중 수정 완료. 확대 투영합니다."

다이크의 음성이 스피커로 울려 퍼졌다.

변호사가 어어, 하고 목멘 소리를 내면서 심하게 눈을 슴벅거렸다. 그러나 회의실 벽에는 이미 분자식 일부가 변호사의 얼굴보다 크게 떠올라 있었다.

카밀로가 검지를 들이밀었다.

"엔도-브레비코민! 나무좀류의 집합 페로몬! 그렇다면 효소 촉매 비대칭 아세틸화 반응으로!"

그는 큰 소리로 외치더니 곧장 회의실을 뛰쳐나가 버렸다. 비접속자가 복잡한 분자구조를 그 자리에서 읽어냈다고는 볼 수 없었다. 풀린 나사를 조인 뒤 여러 곳에 연락을 취했을 때 무지개비단벌레의 페로몬 물질을 철저히 조사하라는 지시를 내렸던 게 틀림없었다.

변호사의 이마에는 땀이 송골송골 맺혀 있었다.

"도대체……."

"여신의 말을 통역해드릴까요?"

다카히로는 두려움마저 느껴질 정도로 여유가 있었다.

"여신은 이렇게 말씀하시는군요. 작은 벌레의 영혼을 사랑으로 품으리라."

속성으로 합성된 페로몬 물질은 안전기준 규정을 확인하는 게 고작이었으므로 무지개비단벌레뿐만 아니라 대량의 비단벌레와 나무좀, 심지어 바구미까지 불러 모았다. 겐은 상상하기조차 싫어서 포획에 관한 자세한 내용은 듣지 않았다.

어쨌든 포획 작전은 성공적이었다. 27마리의 산란관과 난소를 조사한 결과 몰래 알을 낳은 개체는 없었다. 겐은 검사에 관한 자세한 내용 역시 듣지 않았다. 하지만 영상은 봐야만 했다. 다카히로가 보라고 했기 때문이다.

포획 작전 일주일 후, 아폴론 청사 다카히로의 사무실에 겐과 나오미, 타라브자빈이 소집됐다. 세 사람은 영상이 잘 보이도록 나란히 소파에 앉았다. 덩치가 좋은 타라브자빈이 끼어 있어서 좀 비좁았다.

타라브자빈과 겐 사이에 오도카니 앉은 나오미가 새치름한 얼굴로 말했다.

"괜찮아. 영상 속 벌레는 바스러지지 않으니까."

"참나."

"아, 팔에 닭살 돋았다. 재밌네."

"그런데 저 숲은 어딥니까? 처음 보는 지형인데요."

타라브자빈이 물었다. 그라면 아프로디테에 있는 수많은 시설의 도면뿐만 아니라 숲의 식생이나 산맥도 파악하고 있을 텐데, 본 적이 없다니 어떻게 된 일일까.

"저기 보이는 산은 올림포스산*이야."

"그럴 리가요. 올림포스산은 관광 명소라서 저도 몇 번 가본 적이……."

반론하던 타라브자빈이 아, 하고 작게 외쳤다.

* 그리스 신화에 따르면 제우스를 비롯해 헤라, 아프로디테, 아폴론, 헤파이스토스 등 일명 '올림포스의 12신'이 살고 있다고 전해지는 산. 그리스인들은 신들이 가장 높은 산에 산다고 생각해 올림포스산이라고 불리는 산이 계속 바뀌었다. 현재는 북부 그리스의 테살리아 지방과 마케도니아의 경계에 있는 산에 이 이름이 붙어 있다.

"키프로스섬* 쪽의 올림포스산입니까? 그럼 그린라인의……."

"맞아, 그쪽."

"저희도 알아들을 수 있게 설명해주십시오. 지구 얘기는 아니죠? 아프로디테에는 키프로스섬이란 곳이 없는 걸로 아는데요."

"아, 미안."

다카히로는 그렇게 말하고서 데메테르 지도를 띄워 먼바다 한 지점을 가리켰다.

"실은 이곳에 외딴섬이 있어. 면적은 대략 9,300제곱킬로미터. 지구의 키프로스공화국과 거의 같은 크기야."

그곳은 일반인에게는 알려지지 않은 섬이었다. 상공을 비행할 수도 없다. 섬에 사는 생물들이 각각의 서식 환경에 따라 완벽하게 격리돼 있기 때문이다. 티레누스 바다를 불가시不可視 유리로 구분해 수족관을 만들어놨듯이, 바람과 온도에 맞춰 구획된 숲, 들판, 강, 황무지에 특별한 존재가 살아 숨 쉬고 있었다.

* 지중해 동쪽에 있는, 지중해에서 세 번째로 큰 섬. 현재 키프로스공화국으로 독립해 있다. 과거에는 오리엔트 세계와 에게해 세계 사이에 위치해 문화의 교류지로서 독자적인 예술을 만들어냈다.

그 불가침 영역에 있는 것은 아프로디테에서의 연구를 위해 격리된 생물, 그리고 무지개비단벌레처럼 인간의 손에 의해 만들어진 유전자조작 생물이었다. 유전자조작 생물 대부분은 자손을 남길 능력이 없다. 적어도 수명이 다할 때까지는 안락하게 지내게 해주고 싶다는 게 여신의 뜻이었다.

그 섬에 있는 인공물이라고는 항구 하나와 십자로 놓인 도로, 연구자가 사용하는 방갈로 단지뿐이었다. 항구나 도로에서 환경유지 지역으로 출입할 때는 철저한 소독 절차를 거쳐야 했다. 격리된 공간과의 경계선은 그린라인이라고 불렸다. 지구의 키프로스섬을 남북으로 분할하는 경계선과 같은 이름이다.

아프로디테의 키프로스섬은 그 존재를 아는 자에게 끝없는 물음을 던진다. 인간을 위한 동물실험은 바람직한가? 실험과 흥미 본위의 행위를 나누는 기준은 무엇인가? 천연 잡종과 유전자조작 생물의 차이는? 불임인 노새*나 레오폰**은 고독을 느낄까? 세계 각지로 퍼져 나가 토착화

* 말과 당나귀 사이에서 태어난 종간잡종種間雜種.
** 암사자와 수표범의 종간잡종.

한 유럽의 서양민들레는 침입 의지를 가지고 있는가? 멸종은 피해야 할까, 순순히 받아들여야 할까? 최후의 핀타섬땅거북 '외로운 조지'*는 보호구역 철창 안에서 행복했을까? 그리고 끝내는 동물원의 존폐 여부까지. 명확하게 구분할 수 없는, 눈에 보이지 않는 선들이 키프로스섬에서는 무수한 구획이라는 형태로 눈앞에 나타나 있다. 선의와 간섭의 경계가 희미해지는 그곳은 그리스 신화에서는 아프로디테가 태어난 곳이기도 한 까닭에 신화와 우화의 경계조차 불분명해진다.

카밀로가 퍼부은 무시무시한 통신 공세 중에는, 키프로스섬에 무지개비단벌레 구획을 만들 준비에 대한 내용도 포함돼 있었던 모양이다.

"카밀로 씨의 생각을 알고 솔직히 기뻤어. 나도 예전부터 키프로스섬을 좀 더 신경 써야 한다고 생각하고 있었거든. 지도에 올려 섬의 존재를 널리 알리고, 가능하면 누구나 방문할 수 있게 해서 미의 여신의 자애로움을 전할 수 있으면 좋겠어."

* 1971년 핀타섬에서 처음 발견된 수컷 거북의 이름. 같은 종의 암컷은 발견되지 않았다.

"개인적으로는 우여곡절이 있었지만, 그래도 예쁜 컬렉션이 추가됐으니 잘된 일이라 생각합니다."

별생각 없이 응수한 겐에게, 다카히로는 단호히 부정의 뜻을 표했다.

"아니, 그런 게 아니야. 여신은 그 자체의 아름다움보다 더 큰 아름다움을 추구하고 있는 게 아닐까?"

겐은 그 말이 무슨 뜻인지 알 수 없었다. 더 큰 아름다움이란 무엇일까. 도와달라고 타라브자빈과 나오미를 흘끔거렸지만 두 사람 역시 아리송한 표정을 짓고 있었다.

다카히로는 아련한 눈빛으로 먼 곳을 응시했다.

"우리에겐 이미 오만이라는 꼬리표가 붙어 있어. 아름다움을 향한 욕망을 좇아 소행성 위에 바다와 산과 건물을 만들어 생명을 살게 했으니까. 아프로디테가 인간에 의해 자의적으로 만들어진 공간이라면, 거기에는 자연계에 존재하는 것 이상의 행복이 있어야 한다고 생각해. 나는 아프로디테가 어떤 생물에게도 낙원이었으면 좋겠어. 키프로스섬은 숨겨서는 안 돼. 저 섬까지 포함해 이곳은 낙원이라고 자신 있게 말할 수 있어야지."

눈매는 온화했지만, 그의 목소리는 결의에 차 있었다. 겐은 벌레에 대한 혐오감으로 머릿속이 꽉 찼던 자신이 한없이 작게 느껴졌다.

"카밀로 씨도 다시로 씨와 같은 이상을 품고 있었나요? 그래서 무지개비단벌레에게 안식처를 주려고 했던 건가요?"

그렇게 묻자 다카히로는 훌쩍 현실로 돌아온 듯 눈을 빛내며 언뜻 웃었다.

"카밀로 씨는 단순한 학자 정신이 아닐까? 시간을 들여 관찰하고 싶다고 했어. 이시드로가 말했듯이 번식능력 저하가 문제인 것 같은데, 그건 지금까지 써온 클론적 증식법을 쓰지 않고 수컷이 자연스럽게 모체가 아닌 암컷과 교접하면 회복될 가능성도 있는 모양이야. 카밀로 씨는 어쩌면 무지개비단벌레가 사회성을 얻을지도 모른다고 잔뜩 흥분해 있어."

나오미가 미간을 찡그리고 물었다.

"벌레의 사회성이라면, 개미나 벌처럼요?"

"아마도. 이건 카밀로 씨에게 들은 내용인데, 반수배수성 단위생식 생물에게는 '해밀턴의 법칙'이란 게 적용된다고 해. 이 법칙에 따르면, 같은 암컷에게서 태어난 자매의 염색체는 4분의 3이 동일해. 어머니와의 혈연도보다 자매 사이의 혈연도가 높은 셈이지. 개미나 벌 같은 진사회성

생물*이 때로 이타적인 자기희생을 하는 이유는 자신이 죽어도 자신과 4분의 3이나 형질이 같은 자매가 남기 때문이라는 사회생물학 가설이야. 카밀로 씨는 무지개비단벌레가 자연계에서 클로닝이 아니라 반수배수성 단위생식을 한다면 과연 무리를 지을지, 또 진사회성 생물의 조건인 불임 노동계급이 발생할지를 지켜보고 싶다고 말했어."

겐은 그렇게 크고 번쩍이는 벌레가 무리 지어 행동하는 건 상상조차 하고 싶지 않았다.

"예측을 뒷받침할 만한 증거는 이미 있어."

다카히로는 겐의 안색을 확인하고 나서 당초에 예정했던 영상을 재생했다.

풀 냄새가 배어날 것 같은, 잎이 무성한 활엽수림이 나타났다. 나무 주변을 어지럽게 날아다니는 반짝반짝한 것들이 이따금 방향을 바꾸는 이유는 아마도 불가시 우리에 가로막혀서일 것이다.

"샬레에서 태어났던 수컷은 타임머신 바이오테크 기술

* 집단생활을 하고, 그 집단의 통합성과 내부분화가 현저한 생물. 양친 외에도 새끼를 돌보는 공동양육 개체가 존재하고, 군체群體 내에 세대의 중복이 있고, 번식에 관해 개체 간 분업이 이루어지는 세 가지 요소를 갖춘 생물을 진(정)사회성을 갖췄다고 본다.

을 통해 벌써 성충으로 자랐어. 제대로 자란 건 세 마리뿐이지만. 봐, 저기 줄기."

암수를 구분할 순 없었지만 줄기에 무지개비단벌레 두 마리가 나란히 앉아 있었다. 무지갯빛 날개가 나뭇잎 사이로 비치는 햇빛을 받아 반들반들 빛났다. 살아 있지만 마치 브로치처럼 보여서 겐은 긴장을 풀 수 있었다.

"다른 녀석들도 날아오는데요?"

그 두 마리 주변으로 무지개비단벌레가 하나둘씩 모여들었다.

"응?"

타라브자빈이 눈을 비볐다. 나오미도 바쁘게 눈을 깜박였고, 겐은 눈을 가늘게 떴다.

"색이……."

"맥동하는 것처럼 보일 거야. 게다가 반딧불이처럼 빛을 동기화同期化* 하니까."

나오미는 경애하는 선배에게 항의하듯 말했다.

"비단벌레의 딱지날개는 구조색構造色입니다. 오징어처

* 주기적인 운동을 하는 개체들이 서로 영향을 주고받아 동일한 주기를 갖게 되는 것.

럼 색이 변하다니 말도 안 돼요."

"하지만 실제로 변화하고 있어. 비단벌레의 구조색은 키틴질[*]의 층구조가 빛을 반사하기 때문에 나타나. 카밀로 씨는 키틴질을 포함하는 큐티쿨라층[**]의 두께가 변화하고 있기 때문이 아닐까 하고 짐작하더군. 차차 연구가 이뤄지겠지."

무지개비단벌레들은 그 암수 한 쌍을 떠받들듯 둥글게 에워쌌다. 나뭇잎 사이로 파고드는 햇빛을 받아 아름답게 빛나는 딱지날개가 일제히 색을 바꿨다. 모두 붉은빛을 띠었다가, 다음엔 초록색, 그다음엔 노란색…….

"동기화 말입니다. 사회성과 연관 지어 생각하는 건 그렇다 치고, 애초에 저게 어떻게 가능한 걸까요? 리더가 우로나란히를 구령해도 파도타기처럼 시간차가 생길 거 같은데."

타라브자빈의 질문에 다카히로는 난감한 얼굴을 했다.

"결합된 진동자振動子[***]에 의한 싱크로 현상…… 음, 더

[*] 곤충류나 갑각류의 외골격을 이루는 물질.
[**] 생물의 체표 세포에서 분비하여 생긴 딱딱한 층.
[***] 매체와 분자가 진동운동을 할 때 그 진동으로서의 성질을 진동체로서 취급하는 개념.

이상은 묻지 말아줘. 비선형非線型* 과학 분야라는데, 컴퓨터 자율분산 시스템**이며 딥 러닝*** 얘기까지 나와서 알아보다가 포기했어. 카밀로 씨의 분투를 응원할 뿐이야."

그러고서 후후 웃으며 영상으로 눈을 돌렸다.

세상의 색채를 모두 모아놓은 듯한 금속성의 빛은 계속 변화했다. 빨간색에서 초록색을 거쳐 보라색으로, 파란색에서 빨간색을 거쳐 노란색으로. 무지갯빛 점묘點描들은 붕붕 날아다니며 색을 맞춰 커플의 탄생을 축하하고 있었다.

"벌레에게 폐는 없지만 마치 호흡하는 것 같아."

꿈꾸는 듯한 목소리로 다카히로가 중얼거렸다. 겐은 과연 로맨티시스트다운 감상이라고 생각했다. 자신은 가질 수 없는 관점이다.

* 원인과 결과 사이에 비례 관계가 없는 성질을 비선형성이라 하는데, 그 비선형성을 연구하는 과학. 비선형성은 자연계의 모든 운동이 가지는 불규칙하고 복잡한 특성으로, 다양한 비선형성이 모여 카오스 현상을 유도한다.
** 여러 대의 컴퓨터가 한 곳에서 집중적으로 제어되는 것이 아니라 각각이 분산된 제어로 움직이는 시스템. 자율적인 구성요소(각 컴퓨터)가 존재하고, 그들이 협조 혹은 경합해 전체적으로는 협력적으로 작용한다.
*** 컴퓨터가 스스로 외부 데이터를 조합하고 분석해 학습하는 기술. 인간 두뇌 신경과 비슷한 인공 신경망을 사용해 컴퓨터가 마치 인간처럼 사고하고 배울 수 있게 한다.

—겐. 지금 다카히로가 한 말은…….

—쉿, 조용히.

겐은 다이크의 말을 가로막고 연기처럼 피어오르는 막연한 생각을 그대로 전했다.

세상에는 자신이 모르는 게 잔뜩 있다. 신기한 것도, 새로운 것도 아주 많다. 내 지식의 양은 네 발끝에도 미치지 못하고, 하물며 선악의 판단은 더더욱 할 수 없다.

단지 이곳은 여신들의 품 안. 개조와 조작, 선의와 간섭, 그 선을 긋는 것은 인간이 아니다. 태생이 어떻든 이곳까지 이르렀다면, 살아 있는 것만으로…….

겐은 기계인 파트너를 생각해 고개를 흔들어 자신의 생각을 정정했다.

태생이 어떻든 존재하는 것만으로도 영혼은 빛난다고.

Ⅱ

가짜

저 아래로 캔버스를 마주하고 있는 노파가 보였다. 아침 햇살을 받아 노파와 이젤의 그림자가 넓은 잔디밭에 길게 드리워져 있다. 5층이라 잘 보이지 않지만, 이곳 청사를 그리고 있었다. 올 때 봤다.

손님들을 위한 미술관과 공연장은 그리스 양식으로 멋스럽게 지어놨지만, 직원들의 공간은 이 정도면 충분하다는 듯 하얗고 네모난 외관이 살풍경하기 그지없다. 이런 건물을 굳이 캔버스에 담으려고 하다니 신기할 따름이다.

조금 전에 노파는 제복을 보더니 스스럼없이 말을 걸어왔다.

"아이고, 순경 양반. 안녕하세요?"

그림으로 그릴 만한 더 좋은 장소가 있을 텐데요, 하자 노파는 이렇게 대답했다.

"여기만큼 좋은 곳이 있나요."

그녀는 진지하게 말했다.

"내가 여기에 2주밖에 안 있거든요. 그림엽서에 나올 법한 곳은 안 돼요. 정말로 다녀왔다는 느낌이 안 들거든. 사진이나 동영상도 못써. 합성인 줄 알면 어떡해. 여기 왔으면 붓을 쥐어야지."

그렇군요.

"건물 모양도 단순하고, 나 같은 초짜가 그리기엔 딱 좋아. 근데 흰 벽은 고민을 좀 해야 할 것 같아요. 밋밋하게 칠하긴 싫거든. 르누아르*처럼 여러 가지 색을 섞어 쓸 계획이에요. 위트릴로**하고 르누아르하고 둘 중에 어느 쪽을 흉내 낼까 고민했는데 말이지."

기대되는걸요. 진짜와 혼동하지 않도록 주의하겠습니다.

* 프랑스의 화가 피에르 오귀스트 르누아르. 인상파의 대표적 화가로 빛나는 색채 표현을 즐겨 했으나 말년에는 인상파에서 이탈해 독자적 화풍을 확립했다.

** 프랑스의 화가 모리스 위트릴로. 깊은 서정적 필치로 파리 거리 풍경을 즐겨 그렸다.

"젊은 분이 농담도 잘하시네. 빈말이어도 듣기 좋구려. 순경 양반 얘기도 친구들한테 할게요."

노파는 행복한 얼굴로 소리 내어 웃었다.

아테나가 사용하는 파란색 미술품 운반용 카트가 상쾌한 아침 햇살을 받으며 노파 옆을 지나 아폴론 청사로 다가오고 있었다. 효도 겐은 벽면에 투영된 영상을 통해 그 모습을 지켜봤다. 카트 짐칸은 비어 있는 것처럼 보였다. 크지 않아서 무릎 위에 안고 있는 걸까. 세상에 존재하는 온갖 아름다움을 수집하고 연구하는 박물관 행성 아프로디테에 드디어 '진짜'가 도착한 것이다.

그러나 일개 VWA에 불과한 겐이 눈앞 책상 위에 새치름하게 놓인 도자기가 위작인지 아닌지 알 턱이 없다. 단지 아폴론의 신입 학예사 나오미 샤함이 그 청회색 도자기를 얄미운 듯이 노려보고 있어서 이쪽이 가짜인가 싶을 뿐이다.

나오미는 커다란 눈을 꾹 감더니 후우 하고 초조한 기분을 몸 밖으로 토해냈다.

"그런데 매슈 킴벌리는 아직도 안 돌아왔어요?"

나오미가 회의실 창가에서 평화로운 아침 풍경을 바라

보고 있던 선배 학예사 다시로 다카히로에게 묻자, 그는 자신이 잘못한 것도 아닌데 미안한 표정을 지었다.

"스물네 장째 〈모나리자〉를 빌리는 중인데, 소유자 아들이 협조를 안 해주나 봐. 그렇게 유명한 그림을 진품이라고 생각하고 구입했다니, 집안 망신이라고 하면서."

"스물세 장이나 모았으면 된 거 아니에요?"

다카히로가 더욱 난처한 표정을 지었다.

"매슈는 매슈대로 아프로디테의 50주년을 특별한 이벤트로 장식하고 싶은 거야."

나오미는 다카히로의 대리 변명에 또다시 한숨을 내쉬었다. 애초에 아폴론 학예사 매슈 킴벌리의 기획서가 화근이었다. 나오미의 시점에서 그는 "수소 분자도 내뺄 만큼 경박하고(수소는 분자량이 2다), 이솝 우화의 여우도 꼬리를 내릴 만큼 간교한 인간"이었다. 특히 AA 권한을 가진 다카히로의 아내 미와코에게 들러붙는 모양새가 마음에 안 드는 것 같았다.

그런 매슈가 아프로디테 50주년 기념 페스티벌에 맞춰 대형 기획을 준비했다. 가제는 '위작 감상술'. 세상에 유포된 수많은 위작 미술품과 진품을 나란히 놓고 어디가 다른지를 비교함으로써 '진짜의 아름다움'이란 무엇인가를 생각해보게 한다는 것이다. 원래 위작 전시회는 대중의 반응이 좋기 때문에, 타산적인 아프로디테의 고관들은 그 자리에서 기획을 승인했다.

그리고 루브르 박물관으로부터 레오나르도 다빈치의 〈모나리자〉에 대한 차용 허가가 떨어지자마자, 매슈는 득의양양하게 지구로 가 〈모나리자〉와 나란히 둘 거리의 모나리자들을 모아들이기 시작했다. 매슈에게 선수를 빼앗긴 아테나 학예사들은 씁쓸해하면서도 '다른 그림 찾기' 게임을 재미있게 만들기 위해 나머지 전시물을 준비하고 있었다.

데이터베이스와 직접 접속된 이들은 에우프로시네를 통해 'ALRArt Loss Register'라고 불리는 도난 미술품 등록부를 뒤져 진품과 위작 양쪽을 다 전시할 수 있을 만한 물건을 조사했다.

그러던 중에 일찍이 아프로디테가 소유하고 있던 명품 도자기 도카이야키都會燒[*] 〈외쪽깎기 송죽매松竹梅[**]〉와 흡

[*] 도시에서 간편하게 구워 만든 도자기를 이르는 말로, 이 소설에 등장하는 고유한 표현.

[**] 어떤 물건의 사면四面 중 한쪽만 깎는 외쪽깎기 기법으로 소나무, 대나무, 매화나무를 조각한 작품을 말한다. 이 셋은 예부터 세한삼우歲寒三友라고 불리며 시나 그림의 소재로 많이 쓰였다.

사한 물건이 사기 전과가 있는 고물상의 창고에서 발견됐다. 미술품의 소장 내력서provenance도 이쪽이 소유한 것과 동일했다. 다른 거라곤 아프로디테 소장품에는 도카이야키 창시자인 히라기노 히코이치가 발행한 인증 스티커가 붙어 있다는 것뿐이었다. 처음에는 스티커가 없어 위작으로 치부해버렸지만, 이후에 두 개를 다시 조사했더니 어찌 된 일인지 아프로디테 쪽의 소장 내력서가 수상하다는 결과가 나왔다.

도자기는 풍만한 모습을 하고 있었다. 이른바 '어깨가 벌어진' 형상이다. 높이는 약 30센티미터로, 몸통 전체에 아름다운 유리질의 유약이 입혀져 있다. 청색도 녹색도 잿빛도 아닌 오묘한 색을 발하고 있지만 탁한 느낌이라곤 조금도 없다. 바탕에 새겨진 단정하고 도회적인 송죽매 문양이 음각*에 고인 유약의 농담 때문에 생기 있게 보였다. 관입貫入이라고 부르는 도자기 표면에 생겨나는 갈라진 금들은 단색에 깊이를 더해 좋은 느낌을 준다.

—이건 이것대로 아름다운데. 다이크, 넌 어떻게 생각해?

* 조각에서 평평한 면에 글자나 그림 따위를 안으로 들어가게 새기는 일, 또는 그런 조각.

—당신은 가끔 대답하기 어려운 질문을 하는군요.

겐의 질문에 다이크는 마치 인간처럼 되받아쳤다. 예전 같았으면 아름다운지 어떤지 판단할 수 없다고 대꾸한 뒤 '어떻게'란 어떤 의미냐고 되물었을 텐데. 정동 학습의 성과겠지만, 이건 좀 너무 앞서가는 거 아닌가? 당황한 나머지 겐은 얼떨결에 변명을 하고 말았다.

—곤란하게 할 생각은 없었어. 괜히 쓸데없는 소리를 할까 봐. 그럼 나오미가 득달같이 노려볼 테고, 그래서 도망치는 기분으로. 그냥 혼잣말 같은 거야.

—그녀에 대한 행동 예측은 옳다고 판단합니다.

—그런데 지금 내가 끼어들 상황이 아니긴 해. 어쨌든 천하의 아프로디테조차 진품이라고 생각했으니까. 학예사도 속았는데 뭣도 모르는 VWA는 조용히 있어야겠지.

다이크와 노닥거릴 여유는 없었다. 회의실 문이 활짝 열리고 아테나의 베테랑 학예사 네네 샌더스가 들어왔기 때문이다.

"자, 도착했습니다."

여느 때처럼 은색 올인원을 입은 그녀는 고양이처럼 유연한 동작으로 다가오더니 가슴에 안고 있던 커다란 상자를 책상 위에 내려놨다.

네네의 뒤에는 동양계로 보이는 초로의 남자가 서 있었다. 늘씬한 몸에 고상한 스리피스 정장을 차려입은 그는 자연스럽게 흘러내린 검은 머리카락 사이로 상냥하게 미소를 지었다.

"소개할게. 이분은 국제경찰기구 미술품 전담반의 기노시타 고로 씨. 이걸 옮겨와 주셨어. 비접속자지만 우수한 분이셔. 일본계만 모였다고 나 따돌리면 안 돼."

네네는 "그럴 리가 있겠어요" 하는 다카히로의 말을 듣는 둥 마는 둥 하고, 바로 흰 장갑을 끼더니 상자를 열기 시작했다.

남자는 한 발짝 앞으로 나서며 가볍게 인사를 건넸다.

"기노시타 고로입니다. 제 고참이 전에 다른 건으로 네네 씨와 함께 일했는데, 저도 그분 못지않게 최선을 다해 협력할 생각입니다. 옛날얘기는 오면서 다 했고, 이쪽 멤버들에 대해서도 대충 들었습니다."

기노시타는 부드러운 눈길로 겐을 바라봤다.

"자네가 VWA의 효도 겐이군. 앞으로도 우리와 제휴할 일이 종종 생길 거야. 이번 일이 좋은 경험이 됐으면 좋겠군."

VWA의 스콧 은구에모 서장이 겐에게 이번 안건을 맡

기면서 했던 말이었다. 이미 이야기가 돼 있었던 모양이다. 겐은 정중하게 인사했다.

"잘 부탁드립니다."

상자에서 꺼낸 도자기와 아프로디테의 도자기를 앞에 두고 네네가 끙 소리를 냈다.

"이건 진위 판별이 안 돼도 어쩔 수 없겠어. 표면의 질감, 어깨의 둥글기, 빛깔, 광택까지 우리 것과 똑같아. 문양의 기교도 정확하고, 유약의 발림도 손색이 없어. 그리고 이 자태……."

입가에 손을 대고 듣고 있던 다카히로가 물었다.

"전문가인 네네 샌더스가 그렇게 느낄 정도면 어느 쪽이 진짜든 이상하지 않다는 얘기군요. 둘 다 히라기노가 만든 진품일 가능성은 없나요?"

"똑같은 소장 내력서만 존재하지 않았다면 나도 그렇게 판단했을 거야."

네네는 짧은 머리카락을 흔들며 기노시타를 휙 돌아봤다.

"소장 내력서는요?"

"같이 들어 있습니다."

"아, 이 작은 상자 말이군요."

말하면서 네네는 비닐 포장 안을 손으로 더듬어 칠기로 보이는 검고 길쭉한 손궤를 집어 들었다.

"히라기노 작품의 콘셉트는 '거리의 청자'야. 빌딩가에 살면서 통신판매로 구매한 각지의 도토*와 고온을 내는 휴대용 가마를 이용해 작품을 만들었어. 그러면서도 너무 가벼운 느낌이 들지 않도록 증명서를 제작할 때에는 일본 종이와 붓을 사용했지. 음, 역시 다 표구**가 돼 있군. 꼭 닌자***가 들고 다니는 두루마리 같네."

네네는 즉시 익숙한 손놀림으로 끈을 풀어 두 개의 두루마리를 책상 위에 펼쳤다. 자색 비단으로 테두리를 두른 연한 베이지색 일본 종이에 선명하고 힘찬 붓글씨가 적혀 있다.

"이쪽이 제작증명서. 낙관도 틀림없어. 〈외쪽깎기 송죽매〉, 제작일은 36년 전, 히라기노의 만년에 제작된 작품이야. 도토의 혼합 비율은 다양한 흙을 시험적으로 썼기 때문에 참고삼아 적어둔 것 같아. 그리고 다른 하나는 매도

* 도자기의 원료로 쓰이는 백색 점토.
** 그림의 뒷면·테두리에 종이나 천을 발라 꾸미는 일.
*** 가마쿠라시대에 등장해 메이지유신 직전까지 활동했던 첩보 조직, 혹은 조직의 일원. 암살과 은신에 능했다.

증서인데, 거래처가 우리와 마찬가지로 유서 깊은 갤러리인 '임해당'이야. 에우프로시네, 우리가 가진 서류와 비교해서 벽면에 투영해줘."

네네는 음성으로 명령하고 나서야 겨우 숨을 돌렸다.

회의실 벽면에 두 쌍의 증서가 양쪽으로 비치더니 서서히 반투명해지면서 한 쌍으로 포개졌다.

"필체까지 똑같은데?"

나오미의 중얼거림을 듣고 기노시타가 그녀에게 물었다.

"아폴론 신입 학예사로서의 견해는?"

이번에는 나오미가 끙 하고 소리 낼 차례였다. 턱을 살짝 당기고 눈을 감는 걸로 봐선 므네모시네에게 데이터를 요청하고 있는 게 틀림없었다. 잠시 후 반짝 눈을 뜬 그녀는 자신 없는 목소리로 대답했다.

"아이하기相剝ぎ인가요? 서화 위작 수법이라고 하는데, 먹이나 물감이 스며든 종이를 얇게 벗기면 한 장이 두 장이 되죠. 아래쪽 종이가 복사본이 되는 거고요."

네네는 허리에 손을 얹고 콧숨을 흠 내쉬었다.

"정답이야. 고로 씨가 미리 보내준 영상을 보고 짐작은 했는데, 유감스럽게도 아프로디테에 있는 게 복사본이야.

제대로 안 스며든 부분에 먹칠한 흔적이 있어."

나오미는 아직 납득이 가지 않는 눈치였다.

"그럼 도자기 바닥에 붙어 있는 인증 스티커는 뭐예요? 우리 쪽 도자기에만 붙어 있잖아요."

네네가 장갑 낀 손으로 처음부터 놓여 있던 쪽의 도자기를 조심스럽게 기울여 바닥을 내보였다. 굽 안쪽, 이름이 새겨진 곳 옆에 닳아서 반들반들해진 낡은 종이 스티커가 붙어 있었다.

"한번 봐도 될까요?"

기노시타가 흰 장갑을 꺼내 끼면서 물었다. 그는 허리를 굽혀 도자기를 들고 지름 3센티미터 정도의 원형 스티커를 가만히 들여다봤다.

"안에 칩이 들어 있고, 데이터도 진짜라고 들었는데요."

"네. 그런데 당시 기록을 살펴보면 이건 히라기노 본인이 직접 발행한 게 아니라, 사후에 부인이 '아트스타일러'라는 평판이 별로 좋지 않은 미술상에게 건넨 거였어요. 도자기가 구별할 수 없을 정도로 이렇게 똑같으니, 보여준 제작증명서가 복사본인 아이하기라고는 생각지도 못했겠죠. 미술상이 인증 스티커 발행을 강하게 요구했다면 고령의 몸으로는 거절하기 어려웠을 거예요."

네네가 기노시타의 물음에 대답했다.

“임해당과 아트스타일러가 쓴 매매계약서는?”

“전자데이터로 이미 확인했어요.”

“그렇군요.”

기노시타는 작게 중얼거린 뒤 도자기를 다시 내려놨다.

“아트스타일러와 관련해서는 저희 쪽에서도 몇 가지 수사하는 중입니다. 아마 그 일당이 임해당에서 진품을 매입한 후 위작을 만들었을 겁니다. 위작에다 인증 스티커를 붙이고 아이하기 기법으로 복제한 소장 내력서를 넣어 떳떳하게 팔았겠죠. 진품으로 둔갑한 도자기는 사람들의 손을 돌고 돌아 아프로디테에 이르렀고, 진짜는 몇 번의 암거래를 거쳐 이번에 고물상의 창고에서 발견된 거죠.”

“우리는 떳떳한 쪽을 구입해버린 거군.”

네네는 어깨를 으쓱하며 농담할 여유가 있었지만, 나오미는 아직 포기하지 못한 듯했다.

“소장 내력서가 바뀌었을 가능성은요?”

네네는 한숨을 툭 떨구며 말했다.

“물론 조사했지. 의심이 들고 나서의 일이지만. 다카히로?”

다카히로는 가볍게 고개를 끄덕이고 음성으로 명령했다.

"므네모시네, 그 영상."

곧바로 벽면에 해상도가 낮은 동영상이 나타났다. 다양한 도예 작품이 진열돼 있는 소규모 전시회장의 모습이었다.

"한참을 뒤져서 개인 영상을 찾아냈어. 히라기노는 이 도자기를 만들고 한 달 후에 시민회관에서 열린 지역 작가 전시회에 도자기를 출품했어. 화질은 좋지 않아도 자세히 보면 빛이 비스듬히 닿은 곳에, 그래, 저기 관입이 보이지? 마침 솔잎 끝도 보이네."

다카히로는 영상을 멈추고 책상 위에 놓인 두 도자기에서 같은 부분을 가리켰다.

"솔잎 쪽 관입은 기노시타 씨가 가져온 도자기와 같네요. 우리 건 모양이 달라요."

나오미가 체념한 목소리로 작게 탄식하자 기노시타가 위로하듯 말했다.

"당시엔 관입까지는 카피할 수 없었어. 지금은 잔금의 무늬를 스캔해서 유약 수축률을 조절하는 약품을 가늘게 분사해 표면에 그대로 찍어내는 것도 가능하지만."

"그런 게 가능하다고요?"

겐이 놀란 소리로 묻자 기노시타는 빙긋 웃었다.

"공부할 게 참 많아. 그렇지?"

"그러게요. 열심히 하겠습니다. 그럼 이번 진위 논란은 이렇게 마무리되는 건가요? 책을 펼치자마자 결말을 들어버린 것처럼 뭔가 허무한데요."

"아직 일러."

네네가 위엄 있는 목소리로 대꾸했다.

"끝까지 만전을 기해야지. 여긴 아프로디테야. 아프로디테가 위작을 매입한 중대한 사건이니까, 이제부터 과학분석실에서 도토의 조성組成을 조사해야겠지. 어느 쪽이 제작증명서와 부합하는지 확실한 증거를 확보해야 해."

기노시타도 낮은 목소리로 말했다.

"수사하는 입장에서는 이제부터가 시작입니다. 위작의 제작 경위를 파헤쳐 용의자를 체포하고, 재판에 증거를 제출해 유죄가 확정되면 거기서 겨우 사건이 일단락되는 거죠. 아프로디테가 두 작품의 진위 여부를 서둘러 발표할수록 우리 쪽도 필요한 자료를 빨리 갖추게 될 겁니다."

"다시로 씨, 정말로 발표하는 건가요? 아프로디테의 명예가 걸린 문제잖아요."

나오미가 애원하듯 말하자 다카히로는 보기 드물게 장난스러운 표정을 지었다.

"사실 위작을 소장한 미술관은 셀 수 없이 많아. 드러내지 않을 뿐이지. 풍경화로 유명한 코로* 같은 경우에는 전 생애를 통틀어 2천 점의 그림을 남겼는데 미국에만 5천 점이 있다고 할 정도거든. 이번에는 매슈가 기획한 전시를 통해 자연스럽게 진실을 공개하게 될 거야."

"그렇군요."

의기소침한 나오미를 보고 겐은 무심코 혼잣말을 해버렸다.

"구별할 수 없을 정도로 똑같은데 그냥 둘 다 진짜인 걸로 하면 안 되나?"

솔직한 심정이었다. 하지만 그 자리에 있던 모두가 눈을 크게 뜨고 겐을 쳐다봤으므로, 그는 그제야 자신이 쓸데없는 소리를 했다는 걸 깨달았다.

* 프랑스의 화가 장 바티스트 카미유 코로. 19세기 중반 바르비종파의 대표적인 화가로 많은 풍경화를 남겼다. 인상파의 선구자로 꼽힌다.

"정말 최악이야!"

나오미는 파르페에 분연히 스푼을 꽂으며 또 같은 말을 뇌까렸다. 아까부터 그녀는 생크림을 입에 넣고 악담을 퍼붓는, 묘한 입출력 변환을 반복하고 있다.

"이쪽 일에 문외한인 줄은 알았지만, 경찰 일에도 소질이 없는 줄은 몰랐네. 둘 다 진짜인 걸로 하자니, 대체 무슨 생각으로 그런 말을 한 거야? 정말 황당하기 짝이 없다."

겐은 이제 사과하기도 지쳤다. 파르페도 사줬고, 게다가 기노시타도 동석하고 있는 자리였다. 장소는 기노시타가 묵고 있는 비즈니스호텔 '트로스'에 있는 카페. 제복의 발광은 줄였지만 주위의 시선이 몹시 따갑다. 곧 점심시간이니 손님은 점점 많아질 텐데…….

"너, 아프로디테가 감쪽같이 속은 억울함을 나한테 쏟아내는 거 아니야?"

나오미는 스푼을 붕 휘둘렀다.

"암만 그렇다고 쳐도 그 말은 그냥 넘어갈 수 없는 수준이었어. 아주 잘 만든 위조지폐를 진짜 돈이라고 하자는 것과 뭐가 다르냐고!"

"잠깐, 화폐와 그림은 근본적으로 다르지. 돈은 그 자체에 가치가 설정돼 있어. 하지만 미술품은 그 아름다움에 가치가 있으니까, 우열을 가릴 수 없을 만큼 아름답게 만들어진 것에 대해서도 조금은 대단하다고 말해줄 수 있는 거 아닌가?"

"역시. VWA란 인간이 정의감조차 없어! 디자인이나 아이디어를 통째로 도용한 도둑에게 참 잘했다고 말해줄 수 있겠어?"

나오미는 마침내 스푼으로 삿대질을 해댔다.

"진짜의 가치는 압도적이야. 작가가 자신의 머리와 손으로 직접 만들어낸 거니까. 뭘 모티브로 할지 고민하고 형태를 잡고 붓질하는 데 시행착오를 겪으면서 어떻게 하면 더 아름다워질지, 어떻게 하면 더 나아질지 필사적으로 생각해서 탄생시킨 거라고. 그렇기 때문에 작가의 손길이 닿은 곳에는 그 작가의 경험과 사상, 그리고 거기에 이른 삶과 생명이 그대로 묻어 있어."

그건 겐도 알고 있었다. 그는 피에르 파로의 그림 〈신천지〉 앞에 섰을 때의 일을 떠올렸다. 그때 자신은 그림에 입혀질 보호제에 의해 캔버스의 질감이, 그리고 그 순간의 바람이 느껴지지 않게 될까 봐 걱정했었다.

복제품은 아무리 정교해도 작가가 숨 쉬던 공간의 공기를 담아내지 못한다. 얌전히 듣고 있는 것처럼 보였는지,

나오미의 목소리 톤이 내려갔다.

"에우프로시네나 므네모시네에게는 잘 설명할 수 없어. 진짜가 가진 힘은 인간의 직감으로 느끼는 거니까. 형태나 색만을 본뜬 복제품에서는 그 기백이 느껴지지 않아."

"그런데 말이야, 베테랑 학예사 네네 씨의 직감으로도 그 도자기는……."

겐은 하던 말을 멈추고 입을 닫았다. 나오미가 분노를 넘어 눈물을 글썽였기 때문이다.

자부심을 가지고 부임한 아프로디테의 권위가 실추되고, 경애하는 대선배가 위작을 구분하지 못해도 어쩔 수 없다고 패배를 인정한 터였다. 승부욕 강한 신입 학예사로서는 눈물이 날 정도로 분한 일인 것이다.

―다이크.

겐은 하릴없는 마음을 머릿속 파트너에게 터놨다.

―상대방이 운다고 논쟁을 방기해서는 안 돼. 예를 들어 심문 상대가 안쓰러워 보인다는 이유로 봐주는 일은 없어야 한다는 거지. 정신을 똑바로 차려야 해.

다이크는 이야기가 끝난 것을 확인하고 나서 다정한 목소리로 대꾸했다.

—감지했습니다. 저는 정동을 획득할 사명이 있습니다. 상대의 마음의 흔들림이나 그 원인을 헤아리는 일은 중요하다고 생각합니다.

"흠, 재미있군. 두 사람, 항상 이런 식으로 담론하나?"

기노시타가 커피잔을 들며 미소 지었다. 시끄러운 언쟁도 그의 입을 통하면 우아하게 표현된다.

"미술품 위조는 날이 갈수록 정교하고 치밀해지고 있어. 그만큼 진위 여부를 판별하기도 어려워졌지. 네네 씨도 많이 당황스러웠을 거야. 이번에는 그나마 복제품이지만, 유명 화가의 새로 발견된 그림이면 얘기는 더 복잡해져. 그림이 훌륭한지 어떤지는 중요하지 않아. 아무리 위대한 화가라도 완성도는 그림마다 전부 다르니까. 연대측정도 사실 별로 도움이 안 돼. 물감을 작품 연대에 맞춰 직접 제조하고, 오래된 옷에서 털을 모아 붓을 만든 사내도 있었어. 이곳의 타임머신 바이오테크 기술이 나쁜 놈들 손에 쓰이지 않기를 바랄 뿐이야."

그는 커피를 내려놓고 이쪽으로 약간 몸을 기울였다.

"그렇기 때문에 소장 내력서가 중요해지는 거야. 미술품의 출처와 유래를 매도증서나 유언장, 상속재산 목록 등을 확인해가며 파악해야 해. 유명 작가의 새롭게 발견된 작품이라면 어째서 그곳에 있었는지, 그 작품에 얽힌 작가의 일화가 있는지 등 여러 각도에서 조사해야겠지. 힘든 일이야. 작가들이 일일이 작품 일람표를 작성해서 남기지는 않으니까."

기분이 좀 풀렸는지 나오미는 그제야 스푼을 내려놨다.

"그 부분은 므네모시네가 많이 도와주고 있어요. 어렴풋한 느낌과 대략적인 시대만 전달해도 그걸 단서로 데이터를 취합해주거든요."

기노시타가 노련하게 한쪽 눈썹을 치켜들었다.

"그럼 이곳에는 문서기록 담당인 아키비스트Archivist는 없나?"

"있어요. 전자데이터 말고 실물이 필요할 때가 있어서 서류나 영수증 같은 걸 꼼꼼하게 관리해주고 있죠. 일선에 나서진 않지만 중요한 스태프들이에요."

"그렇다면 다행이군. 아프로디테니까 관리에 빈틈은 없겠지만, 미술 범죄자 중에는 내력을 위조하는 놈들도 있어. 나중에 '드루의 명화 위조 사건'이라고 검색해봐. 그 사기꾼은 마이어트라는 가난한 무명 화가를 고용해 여러 명화들을 똑같이 그리게 했어. 뭐, 인정하고 싶진 않지만 이 정도는 흔히 있는 일이야. 상속재산 목록이나 판매 영수증을 위조하는 것도 상투적인 수법이지. 주목할 만한 건, 드루가 미술관에 소장돼 있던 기존의 소장 내력서를 위조했다는 거야."

"어떻게요?" 겐이 물었다.

"자기 이력부터 속인 거지."

기노시타는 어쩐지 유쾌하게 대답했다.

"드루는 외견상으로는 부유하고 학식 있는 신사로 보였어. 기품이 있고 언변도 뛰어났지. 핵물리학 교수를 사칭하면서 이스라엘 정부와 함께 일한다느니, 국방부 자문관이라느니 하고 거짓말을 하고 다녔어. 사람들을 속이려고 그 나름의 지식도 쌓았겠지. 기부한 공로와 그 평판으로 미술관과 미술품 경매시장에 진출하면서는 영국 국립미술관인 테이트갤러리 자료실에도 드나들게 됐고."

"런던에 있는 그 테이트갤러리요?"

나오미가 놀란 목소리로 물었다. 겐도 아는 미술관이었다.

"맞아. 그곳 직원들 사이에서는 교수님으로 불렸어. 그는 사람들 눈을 피해 각종 카탈로그나 도록을 고쳐서 마이어트의 위작이 그 작품들과 동시대에 존재했던 것처럼 꾸몄어. 그다음엔 신중한 고객이 그 가짜 자료를 참조해 작품이 진짜라고 믿기를 기다리기만 하면 되는 거지."

"믿기지 않는 얘기네요."

"드루는 그만큼 떳떳했던 거야. 미술품 범죄 세계에서는 위작 판매를 위한 준비를 '무대를 깐다'라고 말해. 고급 옷과 자동차, 일류 호텔에서의 비공식 전시, 유명인의 이름, 믿을 만한 증명서. 가짜 작품에 후광을 만들어주는 거지. 드루는 무대를 깔기에 앞서 배역에 맞는 분장부터 시작했던 거야. 사람들은 첫인상만으로 상대의 많은 부분을 예단하지. 아무리 훌륭한 과학기술이 있어도 애초에 의심조차 하지 않으면 있으나 마나야."

겐은 악당의 지혜에 감탄하면서도 한편으로는 안도하고 있었다.

"속는 건 인간이죠. 저희는 수상하다 싶으면 직접 접속 데이터베이스로 바로 진위를 확인합니다. 앞으로는 첫인상을 무조건 의심해야겠어요. 믿기 전에 데이터를 참조하는 버릇을 들이면 쉽게 속아 넘어가지 않겠죠."

기노시타는 의자에 등을 기대며 두 손을 느긋하게 맞잡았다.

"흠, 드루의 교훈이 전해지지 않은 것 같군. 자네가 의지하는 데이터 자체가 변조됐다면?"

겐은 쓴웃음을 흘리며 손을 내저었다.

"아니요, 그럴 일은 없습니다. 아프로디테는 물리적으로는 국제경찰기구 내 각 부서, 전자적으로는 가디언 갓과 동일한 수준으로 보안에 만전을 기하고 있습니다. ID 칩도 감시카메라도 없던 시대에 종이를 오려 붙이는 따위의 위조를 하던 것과는 얘기가 다릅니다."

나오미도 녹은 아이스크림을 스푼으로 뜨면서 고개를 끄덕였다.

"데이터베이스를 믿을 수 없게 되면 저희는 의지할 곳이 없어져요."

기노시타는 긍정도 부정도 하지 않고 그저 천천히 한숨을 내쉬었다.

"기계는 말이지, 잘못된 기록도 그대로 저장하고 명령을 받으면 그대로 실행해. 물론 요즘은 기록하기 전에 다른 데이터를 참조해 진위 여부나 가치 등급을 부가하고, 규정에서 벗어난 명령이면 동기나 우선순위를 확인하지. 하지만 무대를 깔기 전에 분장부터 시작하는 유형의 인간을 우습게 여기고 덤벼들어서는 안 돼. 그런 인간들은 거짓도 진실처럼 보이도록 데이터를 주무를 거야. 물리적인 보안은 말할 것도 없지. 출입 인증도 컴퓨터 시스템에 의

지하고 있으니까."

"므네모시네는 똑똑해요. 해킹 같은 건 올림포스의 신이 아니면 불가능할걸요."

"게다가 제 파트너 다이크는 정동 학습형이라 인간보다 민감하게 이상을 감지하고, 명령을 받지 않아도 자발적으로 조사해서 보고해줍니다."

"그렇다면 더 문제군."

"네?"

기노시타는 두 손을 움직여 깍지를 바꿔 꼈다.

"비언어적 행동을 읽어낼 수 있는 인간을 닮은 존재. 그 말은 곧 비언어적 요소에 좌우돼 인간처럼 쉽게 속을 수도 있다는 뜻 아닐까? 수상하게 느껴져서 조사한다면, 떳떳하게 느껴져서 조사하지 않을 수도 있지."

"어떤 경우라도 우선 의심하라고 가르치면……."

"거짓인지 진실인지 답이 나와 있어도, 아름답다고 느끼는 마음이 있으면 아름다운 위작의 존재를 옹호하고 싶어지겠지."

겐은 말문이 막혔다.

―감지했습니다.

다이크가 불쑥 말을 걸어 왔다.

—괜찮습니다. 제 판단은 인류가 쌓아온 방대한 경험에 근거하고 있습니다. 저는 미추와 선악을 혼동하지 않습니다.

—알아. 알고 있어, 다이크. 다만 네가 나를 그렇게 염려한다는 게…….

곤란한 사람에게 괜찮다고 말해주는 '마음'은 곤란한 척하는 사람에게 속을 가능성을 내포하고 있다. 대답하기 어려운 질문에 세련되게 반응한다는 건, 대답하기 싫을 때는 얼버무린다는 착한 거짓말을 익혔다는 증거…….

자신은 다이크에게 뭘 가르치려고 하는 걸까. 인간미 있는 형사로 키우려고 했는데.

인간미가 있다는 건 융소가 통한다는 의미도 되지 않을까. 상대방의 눈물에 어찌할 바를 모를 때는 그냥 입을 다물고 있어야 한다는 식의 고식적 처세술을 전수했던 건 아닐까.

—겐. 그렇지 않습니다.

다이크는 차분한 목소리로 부정했지만, 겐의 머릿속은 나뭇잎 틈새로 햇빛이 가물거리듯 빛과 그림자가 명멸하고 있었다.

이윽고 기노시타가 깍지 낀 손을 풀고 커피잔을 들었다.

"포맷을 알면 두 사람의 마음을 흔들 수도 있다는 얘기야. 나는 지금 '떳떳한 쪽을 구입했다'는 네네 씨의 말을 이용해, 위작을 옹호하려고 한 겐의 실수를 들춰냈어. 앞선 화제나 행동을 들먹이며 다시 문제 삼는 건 사기꾼들이 잘 쓰는 수법이지. 기억해둬."

그는 다시 점잖은 얼굴로 커피를 마셨다.

나오미가 기진맥진해서 어깨를 떨궜다. 자신과 마찬가지로 그녀도 머릿속이 복잡한 것 같았다. 겐은 겨우 정신을 가다듬고 말했다.

"기억해두겠습니다. 감정을 가지는 게 양날의 검이라는 말씀도. 역시 다르십니다."

"난 이미 정년에 가까운 나이니까. 자네도 오래 일하다 보면 자연스럽게 터득하게 될 거야."

그런가요, 하고 겐이 뒤통수를 긁적였을 때였다. 나오미가 갑자기 스푼을 다시 쥐고 허겁지겁 남은 파르페를 먹기 시작했다.

"왜 그래?"

"네네 씨한테서 통신이 들어왔어. 과학 분석이 끝난 것……."

나오미가 벌떡 일어섰다. 언뜻 보기에도 동공이 커지고

얼굴이 파랗게 질려 있었다.

"네. 기노시타 씨도 같이 있습니다."

상기된 목소리로 나오미가 네네에게 대답했다.

"그럼 도자기를 가져간 사람은 대체 누구죠?"

세 사람은 카페를 뛰쳐나와 VWA 차량을 적색과 황색의 긴급 발광으로 설정한 뒤 과학 분석실로 향했다.

기노시타는 겐과 나오미와 줄곧 함께 있었다. 그런데 그가 카페에 있던 시각에 아테나 소속 과학 분석실로 국제경찰기구 미술품 전담반의 기노시타 고로가 찾아왔다.

그는 "지구에서 요청이 와서 두 도자기의 비교 영상을 급히 보내야 한다. 비밀 회선을 사용해야 하는데 기기가 호텔에 있다"라며 반출 절차를 정식으로 마치고 〈외쪽깎기 송죽매〉를 두 점 모두 소장 내력서와 함께 들고 나갔다. 다이크는 출입 인증에 사용된 ID에 수상한 점은 없으며 감시카메라에 찍힌 인물도 기노시타 고로가 확실하다고 판단했다.

"다이크, 홍채는 확인했어?"

차량을 운전하면서 겐이 물었다.

"일치합니다. 다만 프린트한 콘택트렌즈로 보안을 뚫은

사례가 가디언 갓에 기록돼 있습니다."

다이크가 음성 출력으로 대답했다.

"지문은? 귀 모양은?"

"일치합니다. 하지만 얼굴과 마찬가지로 특수한 재료나 성형으로 위장한 것으로 보입니다."

보안 수준이 높은 생체인증으로는 망막이나 혈관의 모양을 이용하는 방법이 있지만, 범죄에 대한 예방적 조치로 많은 사람을 조감鳥瞰하는 일반 감시카메라에는 해당 기능이 탑재돼 있지 않았다.

"도대체 어떻게 ID를 위조한 거야!"

나오미가 뒷자리에서 신경질적으로 말했다. 겐은 모니터에 비친 기노시타를 흘끗 보며 물었다.

"기노시타 씨, 만약을 위해 ID 카드를 보여주시겠습니까?"

"물론이지. 의심하는 건 좋은 자세야."

그가 정장 안주머니에서 카드를 꺼냈다.

"진짜입니다."

다이크의 대답을 듣고 기노시타는 쓴웃음을 지었다.

"지금까지 그런 얘기를 했는데, 설마 내 가짜가 나올 줄이야."

"꽤 노련한 인물 같습니다. 감시카메라에 잡힌 건 중앙시장 화장실 입구까지예요. 거기서 변장을 해제했겠죠. 시장이면 옷을 갈아입거나 도자기처럼 큰 물건을 들고 있어도 수상하게 여기지 않을 겁니다. 점심시간 직전이라 꽤 혼잡해서 조회하는 것도 쉽지가 않네요. 일단 공항으로 가는 길목에 비상선은 쳐놨습니다."

"국제경찰기구의 ID를 복제할 정도면 공항도 무리 없이 빠져나갈 거야. 이곳을 벗어나면 도자기를 시골에 묻어 두 배의 이득을 취하겠지."

"시골에 묻는다고요?"

나오미가 묻자 기노시타는 분한 기색으로 말했다.

"위작 유통 세계에서 쓰는 은어야. 세상 물정에 어둡고 외부와 교류가 별로 없는 시골 부자에게 팔아넘긴다는 뜻이지. 그렇게 흘러 들어간 물건은 웬만해선 시장에 다시 나오는 일이 없어."

"그럼 시골에 묻을 때는 소장 내력서를 내세워 충분히 무대를 깔겠군요."

"어쩌면 아프로디테의 보증서를 끼워 넣을지도 모르지."

"말도 안 돼요! 그런 건 절대 용서할 수 없어요!"

겐은 흥분한 나오미에게 냉정히 대꾸했다.

"어쨌든 행방을 찾아야 해."

위작을 진품으로 알고 구입하는 사례는 수도 없이 많다고 다카히로는 말했다. 그러나 진짜와 가짜를 동시에 도둑맞다니, 수치도 이런 수치가 없다.

문득 아침에 만난 노파의 웃는 얼굴이 떠올랐다. 이 건물이 단순해서 좋다고, 르누아르를 흉내 내 건물을 그릴 거라고 웃으면서 말해준 노파. 그녀가 즐거운 마음을 그대로 간직한 채 지구로 돌아가 가족과 친구들에게 마음껏 자랑할 수 있도록 미의 낙원에 도사리고 있는 뱀을 한시라도 빨리 잡아야 한다. 그것이 아프로디테를 지키는 경찰의 사명이다.

각오를 다지며 고개를 끄덕인 순간, 다이크가 긴급 메시지를 전했다.

—기노시타 고로의 ID 카드가 위치 정보를 발신하고 있습니다. 가디언 갓의 수사관 전용회선입니다.

—가짜 ID로 가디언 갓에 발신한다고?

—장소를 CL(콘택트렌즈)에 분할로 투영하겠습니다.

시야 전방에 아프로디테 시내 지도가 나타났다. 붉은색으로 깜빡이는 곳은 치안이 그다지 좋지 않은 구역의 싸구려 호텔이다. 핸들을 급하게 꺾자 한쪽으로 쏠린 나오미가 악, 하고 소리를 질렀다.

"미안. 가짜 ID로부터 위치 정보가 발신됐어. 밝을게."

겐은 동시에 다이크에게 지시해 타라브자빈에게도 장소를 알렸다.

"디케, 내 F 모니터에 지도를 출력해줘."

디케라고 불린 다이크는 "알겠습니다" 하고 음성 출력으로 전환해 대답했다. 나오미는 손목 밴드에서 꺼낸 박막 형태의 모니터에 시선을 꽂았다.

"이상해. 왜 굳이 위치를 알려주는 거지?"

"겐." 기노시타가 낮은 목소리로 불렀다. "함정일지도 몰라. 현장에 도착하면 지원팀이 도착할 때까지 기다리도록 해."

"알겠습니다."

나오미가 으악, 하고 비명을 질렀다. 이번에는 좀 길었다.

붉은색 점멸이 또 하나 출현했다. 번화가에 있는 무사카* 전문점이었다. 겐이 지금 가고 있는 곳과는 정반대 방향이었다.

* 다진 고기와 가지로 만든 그리스 전통 요리.

"어떻게 된 거야, 이게?"

겐은 갈피를 잡을 수 없어 일단 큰길에서 벗어나 주택가에 차를 세웠다.

"가짜 ID 카드가 두 개나 있나?"

"와, 와, 와, 점점 늘고 있어!"

나오미가 앉은 채로 펄쩍 뛰는 바람에 차가 흔들렸다.

겐은 차량 앞 유리에 지도를 투영하고 시선을 고정했다. 발신지는 이미 열 군데를 넘었고, 계속 늘어나고 있었다.

"양동작전*이야."

기노시타가 단호하게 말했다.

"사람이 열 명 스무 명 있는 게 아니야. 미리 ID 카드를 뿌려놨거나, 아니면……."

겐은 온몸에 소름이 끼쳤다.

"다이크, 가디언 갓과의 접속을 끊어! 이게 데이터 변조라면 너까지 위험해져."

"알겠습니다. 중단 완료. 최고 수준의 경계 태세로 전환

* 자기편의 작전 의도를 숨기고 적의 판단에 혼란을 주기 위해 본래의 작전과는 다른 어떤 행동을 눈에 띄게 드러내어 상대방을 속이는 전술.

했습니다. 새로운 정보는 더 이상 수신되지 않습니다." 다이크가 모두 들을 수 있도록 음성으로 답했다.

겐은 입술을 꽉 깨물었다.

"진위를 파악할 수 없는 이상 어쩔 수 없어. 다이크, 대응책을 생각해줘. 가짜가 이렇게 많으면 VWA 인력만으로는 대응할 수 없어. 너라면 더 좋은 방안을……."

쿵! 하고 차체가 크게 흔들렸다.

"난 여기 있어! 내가 진짜야! 날 사칭하지 마!"

절규에 가까운 목소리였다. 놀라서 돌아보니 기노시타가 두 손을 꽉 쥐고 애원하듯 겐을 쳐다봤다.

"내가 진짜라고. 내가, 내가!"

그는 세차게 발을 굴렀다. 느긋했던 얼굴은 몹시 지쳐 보였다. 진위에 대해 논한 직후에 본인을 사칭하는 가짜가 나타났으니 분노와 함께 감쪽같이 당한 억울함이 밀려들었을 터였다.

나오미가 기노시타의 어깨에 가만히 손을 얹었다.

"그럼요, 알고 있죠. 그러니까 진정하세요."

속삭이는 목소리에 마음이 누그러들었는지, 기노시타는 곧 정신을 차린 듯했다.

"아아…… 미안해. 너무 당황해서 순간 냉정을 잃었어."

"다시로 씨에게 상황을 보고했습니다. 일단 아폴론 청사로 오라고 합니다. 네네 씨도 오고 있다고."

겐은 기노시타의 몸에서 힘이 빠지기를 기다렸다. 그의 꽉 쥔 주먹이 느슨해지는 걸 확인하고 정면으로 돌아앉으려 하는데 기노시타가 말했다.

"아니, 일단 내가 묵는 호텔로 가줘." 괴로워하는 목소리였다.

"방에 있는 기기로 독일 군사회선에 접근할 수 있는지 확인해봐야겠어. 도난 미술품 관련 정보통로로 쓰고 있다고 들었어. 가디언 갓의 이상은 군에도 알려졌을 테니 정보를 얻고 싶어. 상황을 알아야 손을 쓰든 어쩌든 하지."

"군도 개입돼 있나요? 혹시 이번 사건도 국제경찰기구에 반하는 군사적 힘이 작용했다거나? 군 상층부라면 국제경찰기구 데이터베이스를 자유롭게 주무를 수 있을지도 모르잖아요."

"아니, 그건 아닐 거야. 난 이 일에 틀림없이 아트스타일러가 연루돼 있다고 생각해. 그 미술상의 배후에는 거대 범죄 조직이 존재해. 겐, 자네도 언젠가 놈들의 꼬리 끝에 닿게 될 거야."

"제가……."

겐은 얼빠진 자신을 질타하며 기노시타가 묵는 호텔 방향으로 차를 돌렸다.

호텔 카페는 만석이었다. 세상은 아직 점심시간이구나, 하고 겐은 생각했다. 정신이 없으면 보통은 시간이 빨리 지나가는 법인데, 그것도 정도가 지나치니 오히려 반대로 느껴졌다.

겐은 나오미와 함께 로비 소파에 앉아 방으로 돌아간 기노시타를 기다렸다. 타라브자빈과 VWA 대원들은 가짜 기노시타를 쫓고 있었고, 다카히로와 네네는 청사에서 대기 중이었다.

상황이 좋지 않은지 기노시타는 좀처럼 로비로 내려오지 않았다. 사람들이 하나둘 학교나 일터로 돌아가자 나오미는 초조한 기색으로 자꾸 자세를 바꿨다.

"너무 늦는데? 이러다 가짜를 놓치겠어. 위에서 무슨 일이 생긴 건 아닐까?"

"가보자."

겐은 마취총을 준비하고 엘리베이터를 탔다. 아트스타일러라는 이름이 머릿속을 떠나지 않았다. 배후에 거대 범죄 조직이 있다곤 하지만, 평화로운 아프로디테를 지키는 VWA로서는 감이 오지 않았다. 그는 가디언 갓의 안전성이 확보되면 아트스타일러를 조사해보자고 생각했다.

이윽고 기노시타가 묵는 층에 도착한 겐은 나오미를 등 뒤에 세운 채 방문 앞에서 벨을 눌렀다.

"기노시타 씨?"

벨을 눌러도, 노크를 해도 대답이 없었다. 손잡이를 돌리자 딸깍하고 문이 열렸다. 두 사람은 말없이 얼굴을 마주봤다. 겐은 여기서 기다리라고 나오미에게 손짓으로 전한 뒤 조심스럽게 마취총을 손에 쥐었다.

문 안쪽은 넓은 원룸이었다. 비즈니스호텔답게 중앙에 사무용 책상이 있었다. 겐은 그 위에 놓인 물건을 보고 얼떨결에 짧은 괴성을 질렀다.

"왜 그래?"

"잠깐만 기다려. 기노시타 씨? 기노시타 씨!"

겐은 사람이 숨을 만한 곳을 재빨리 확인했다. 욕실, 옷장, 침대 밑.

아무도 없었다. 기노시타도 없었다. 납치당한 걸까?

"나오미, 다시로 씨한테 연락해. 여기에 도자기가 둘 다 있어."

나오미는 "뭐?" 하고 외치며 방으로 뛰어 들어왔다.

오후의 햇살은 싸구려 나무 책상 위까지 닿지 않았다. 옅은 어둠 속에 포장 상자를 배경으로 청아한 빛깔의 도자기 두 점이 오도카니 놓여 있었다.

겐은 다리에 힘이 풀렸다. 기노시타가 범인에게 끌려갔다면 왜 중요한 도자기가 그대로 남아 있는 걸까.

"다이크, 지문이나 흔적은?"

"전혀 남아 있지 않습니다."

다이크가 음성으로 대답했다.

"전혀?"

그러고서 둘러보니 기노시타가 말한 통신기기도, 이렇다 할 짐도 보이지 않았다.

뱃속이 근질근질했다. 흐린 하늘이 무겁게 마음을 짓누른다.

"다시로 씨와 네네 씨도 이리로 오고 있어. 므네모시네에게 시켜 관입을 조회했더니 둘 다 아폴론 청사에 있던 것과 동일해."

"가짜 기노시타가 이걸 여기에 둘 리가 없어. 기껏 빼돌렸는데, 최소한 진품과 소장 내력서는 가져갔어야지."

겐은 잠깐 머뭇거린 후 말했다.

"그리고 우리와 함께 있던 그 기노시타 씨가 정말 국제경찰기구 사람이라면 도자기를 발견한 즉시 알렸을 거야."

나오미는 3초쯤 얼어붙어 있다가 천천히 고개를 저었다.

"……아니야. 그럴 리 없어. 자기 고참이 네네 씨와 일했다고 했잖아. 그런 예전 얘기를 어떻게 알겠어. 디케도 기노시타 씨 ID를 확인했잖아."

"그와 관련해서 안 좋은 소식이 있습니다."

다이크의 목소리가 무거웠다.

"가디언 갓으로부터 시스템에 아무런 문제도 발생하지 않았다는 보고가 있었습니다. 기노시타 고로의 위치 정보를 이쪽으로 전송한 기록도 없다고 합니다."

"뭐라고?"

"게이트를 열어 기노시타 고로에 대한 데이터를 취득하려고 시도했지만, 직원 명부에 등록은 돼 있으나 자세한 내용은 열람 불가라는 정보가 떴습니다."

"이유는?"

"신변 조사 중이라고 합니다."

"이곳을 방문했다는 기록은?"

"열람할 수 없기 때문에 긍정도 부정도 할 수 없습니다."

"가디언 갓의 말이 거짓일 가능성은?"

“있습니다. 다만 가디언 갓은 정동을 가지지 않은 데이터베이스이기 때문에 거짓이라기보다는 가짜 데이터가 기록돼 있다는 뜻입니다. 지금의 저로서는 해결할 수 없는 심각한 부정합不整合*이 존재합니다. 이쪽에는 가디언 갓으로부터 전달받은 복수의 위치 신호가 분명히 남아 있지만, 저쪽 데이터는 깨끗합니다. 저와 가디언 갓, 어느 한쪽이 해킹을 당했다고 생각하는 게 타당합니다. 양쪽 시스템에 대한 정밀 조사를 요청합니다.”

정신이 아득해졌다.

머릿속 안개가 한곳으로 모여 하얀 양복을 입은 뒷모습으로 바뀌었다. 어릴 적, 자신을 만나고 돌아서서 가던 삼촌 효도 조지의 뒷모습이었다. 언제나 훌쩍 나타나 작은 상자나 오래된 주화 같은 신기한 물건을 선물해주던 상냥한 삼촌이었지만, 경찰관이었던 겐의 아버지는 무슨 짓을 하고 다니는지 알 수 없다며 동생인 조지를 싫어했다. 그리고 문제가 될 만한 물건이 아닌지 조사해봐야 한다며 기껏 받은 선물을 가져가버렸다.

겐은 알 수 없었다. 삼촌이 좋은 사람인지 나쁜 사람인

* 논리의 내용이 정돈되어 있지 아니하고 모순되어 있음.

지. 다음에 만나면 꼭 물어보자고 마음먹곤 했지만, 선물을 건넬 때의 부드러운 미소를 마주하면 말이 목구멍에 걸려 나오지 않았다. 그는 그저 선물을 움켜쥔 채 어딘지 꺼림칙한 마음으로 그 뒷모습을 지켜보는 수밖에 없었다.

기노시타도 조지처럼 겐에게 혼란을 안기고 사라졌다. 엘리베이터로 향하던 그의 뒷모습은 어땠을까. 다이크나가디언 갓의 확실한 정의正義조차 안개에 가려져버릴 것 같은 이 상황에서, 겐은 한낱 머릿속 기억을 제대로 끄집어낼 자신이 없었다.

그는 고개를 떨어뜨리고 힘없이 웃었다.

"이젠 아무것도 못 믿겠어. 세상 모든 게……."

나오미가 가느다란 팔로 겐의 멱살을 낚아챘다. 그녀는 까치발을 하고 겐에게 얼굴을 바짝 들이밀었다.

"쓸데없는 소리 하지 마, 이 바보야! 분명 기노시타 씨한테 무슨 사정이 있을 거야. 우리가 모르는 높은 분들과 무슨 관련이 있다든가, 아무에게도 말할 수 없는 비밀 수사라든가. 기노시타 씨가 정말 악당이라면 왜 도자기를 남겨두고…… 아, 맞다, 스티커!"

"야, 맨손으로 만지면 어떡해."

"지금 그런 거 신경 쓸 때야?"

나오미는 두 도자기의 주둥이를 양손으로 동시에 거머쥐고 거칠게 옆으로 뉘었다.

"그대로 붙어 있는데?"

"그대로? 눈까지 나쁜가 보네. 잘 봐, 색감이 이상하잖아. 너무 지저분해."

말하면서 나오미는 검지로 스티커의 감촉을 확인했다.

"역시 아니야. 원래 건 닳아서 반들반들했어. 이건 좀 도톰해. 새거야. 일부러 더럽게 만들어서 바꿔 붙인 거라고. 범인들의 목적은 인증 스티커였어! 도자기를 위조하는 방법은 거의 확립돼 있으니까, 이제 인증 스티커 견본만 있으면 위작은 얼마든지 시골에 묻을 수 있어. 소장 내력을 밝히지 않아도 도자기를 뒤집어 인증 스티커만 보여주면 그걸로 끝. 그런데 왜 가짜 스티커를 붙여놓은 거야! 아프로디테가 모를 줄 알았나? 아니면 가짜에는 가짜라는 거야, 뭐야?"

"됐으니까 도자기부터 세워. 손 놔봐."

정신이 번쩍 든 나오미가 조심스럽게 도자기를 세워놓고 그 앞에서 물러섰을 때, 기다렸다는 듯이 다이크가 말을 꺼냈다.

"제 짐작으로는 진짜 인증 스티커를 손에 넣은 일당은 이제 〈외쪽깎기 송죽매〉에 관심이 없을 듯합니다. 그들이 히라기노 히코이치의 다른 가짜 도자기를 만들어내지 않을까 우려됩니다."

나오미가 울상이 됐다.

"왜 그렇게 생각해, 디케?"

"당신은 아프로디테의 영향력을 과소평가하고 있습니다. 매슈 킴벌리의 기획으로 이 두 도자기가 나란히 전시되면 이번 일은 미술품 애호가들 사이에 널리 알려지게 됩니다. 아프로디테에서 위작을 구입한 사실이 세간의 입에 오르내리는 것은 범인들에게 좋은 일이 아닙니다. 따라서 〈외쪽깎기 송죽매〉보다는 그 화제성을 이용해 히라기노의 새로운 작품이 발견됐다고 하며 작풍만을 본뜬 신작에 인증 스티커를 붙여…… 판매하는 편이…… 유리하다고 생각합니다."

"그럼 관입까지 복제할 수 있다고 하면서 우리에게 주의를 준 것도……."

"아마 기존 작품의 위작에만 관심을 기울이도록 하려는 유도 작전이 아니었을까요. 물론 멀쩡하지 않을지도 모르는 저의 자신 없는 추론입니다."

“아니야, 다이크. 논리적이고 훌륭한 의견이야. 네가 멀쩡하지 않으면 나도 멀쩡하지 않아.”

“위로해주시는군요. 고맙습니다.”

나오미가 둘의 대화를 듣고 힘없이 웃었다.

겐은 다이크에게 감탄함과 동시에 기노시타의 노련함에 경탄을 금할 길이 없었다.

사기 수법을 자기 입으로 발설했다는 것부터 ‘그 기노시타’의 솜씨는 대단했다. 깔아놓은 무대는 기계까지 동원돼 규모가 어마어마했고, 배우는 분장 이전 단계인 화장품 조합부터 시작했다. 최후의 최후에 주인공인 도난 미술품을 되돌려놓은 것도 교본대로였다.

쇼가 워낙 훌륭했기 때문에, 겐은 아찔한 감각 속에서 그의 진위를 판단하지 못하고 있었다.

아트스타일러와 배후 조직은 실재하는가. 실재한다면 그들은 데이터베이스에 개입할 수 있을 정도로 힘을 가지고 있는가. 아니면 나오미의 말처럼 기노시타는 어떤 사정으로 인해 비밀리에 움직이는 정의의 편에 속한 인간인가.

다이크에게는 묻지 않았다. 시스템 정밀 조사가 완료될 때까지 가만히 두고 싶었다. 겐 자신을 포함해 모든 걸 믿을 수 없을 것 같았지만, 확실한 게 한 가지는 있었다.

르누아르를 흉내 내던 노파가 계속 해맑게 웃을 수 있도록. 그것이 아프로디테의 경찰이 할 수 있는 최선의 일이라고 겐은 생각했다.

III
웃는 얼굴의 사진

기상대는 일주일 후에 비를 내린다고 발표했다.

아폴론 청사가 있는 시가지에서는 비는 길어야 이틀. 지구에서 먼 길을 마다하지 않고 찾아오는 관광객들의 사정을 생각해서다. 반대편에 있는 데메테르는 다양한 생물이 서식하고 있어서 그 환경에 따라 더 자주 내리는 기후 구역도 있다.

제3라그랑주점에 떠 있는 박물관 행성 아프로디테는 소행성대에서 암석을 끌어와 만든 인공의 천체로, 마이크로블랙홀 방식을 이용해 기상대가 중력과 날씨를 면밀하게 계획해 제어하고 있었다.

날씨는 정확하게 예측할 수 있는데, 함께 일했던 사람의 자취는 안갯속이라니…….

오후의 햇살이 비쳐 드는 서장실에서 효도 겐과 다른 두 사람은 모두 떨떠름한 얼굴을 하고 있었다.

"국제경찰기구는 아프로디테의 VWA를 산골 주재소 정도로밖에 생각하지 않는 모양이야."

'검은 눈사람'으로 불리는 서장 스콧 은구에모가 책상 너머에서 눈을 뒤룩거리며 낮게 탄식했다.

"큰 문제가 터지지 않는 이상 미술품 암거래 조직의 정체를 알려줄 수 없다니, 괘씸하기 짝이 없어."

앞서 위작 사건이 발생했다. 국제경찰기구 미술품 전담반 멤버가 얽힌 사건으로, 범죄 데이터베이스 가디언 갓과 겐에게 직접 접속된 정동 학습형 데이터베이스 다이크의 오류까지 의심되는 혼란스러운 상황이었다. 그 소용돌이 속에서 아트스타일러라는 범죄 조직의 이름이 수면 위로 떠올랐다. VWA 서장 스콧조차 그 존재를 그때 처음 알게 됐다고 한다.

겐의 선배인 타라브자빈도 초조한 기색을 감추지 못했다.

"기노시타 고로에 대해서도 내사 중이라 정보를 제공할 수 없다는 입장을 고수하고 있겠군요. 우리 쪽에 협조해 달라고 납작 엎드려도 모자랄 판에."

겐은 분개하는 타라브자빈에게서 눈을 돌려 스콧을 쳐다보며 물었다.

"크래킹[*]은요? 아직도 부정하고 있습니까?"

흑단처럼 반들거리는 둥근 얼굴이 가볍게 일그러졌다. 스콧은 책상에 팔꿈치를 괴며 말했다.

"가디언 갓에는 이상이 없었다고 하는데……. 정말 아무 일도 없었던 건지, 아무 일도 없었던 걸로 하고 싶은 건지는 알 수 없지."

"내부 범행이라면 들키고 싶지 않겠죠."

타라브자빈은 일련의 사건이 국제경찰기구 미술품 전담반 소속이었던 기노시타 고로의 소행이라고 단정 짓고 있었다. 겐은 거기에 반응하지 않고 머릿속 파트너의 의견을 조심스럽게 건넸다.

"이건 다이크의 의견인데, 만약 기노시타가 결백하다면 '유랑 AI'의 소행일 수도 있다고 합니다."

"유랑 AI? 뭐지, 그건?"

타라브자빈이 묻자, 스콧도 책상 위로 몸을 쑥 내밀었다.

"세상에는 내가 모르는 게 참 많은 것 같군. 설명해주겠

[*] 타인에게 피해를 입히는 불법적인 해킹을 이르는 용어.

나?"

"네, 다이크가 직접 설명해드릴 겁니다. 스피커 좀 쓰겠습니다."

다이크는 겐이 뜻을 전하기도 전에 기민하게 감지하고 음성 해설을 시작했다.

"유랑 AI란 본체가 없는 인공지능의 속칭입니다. 자기 학습식 인공지능 연구가 한창 이뤄지던 시절에 불법으로 세상에 버려진 것들이 있었습니다. 그것들은 보안이 허술한 기계나 가상사설망에 기숙하며 데이터를 수집하고 스스로 학습하면서 다음 기거할 곳을 찾습니다. 범지구적 정동 학습형 데이터베이스인 가이아조차 끊임없이 떠돌아다니는 유랑 AI의 수와 능력을 파악하지 못하고 있습니다. 지난번 가디언 갓의 이상 작동이 경찰기구 내부에서 비롯된 게 아니라면, 똑똑한 유랑 AI가 어떤 식으로든 관여했을 가능성이 있습니다."

스콧과 타라브자빈은 반신반의하는 표정이었다.

겐도 다이크에게 그 이야기를 처음 들었을 때는 똑같은 반응을 보였다. 증식형 컴퓨터바이러스도 위험하지만, 악행에 눈뜬 유랑 AI가 실재한다면 위험성은 그에 비할 바가 아니다. 스스로 생각해서 계획하고 실행하는 AI가 범죄에

노출된다면 어떤 일이 일어날지 예상조차 할 수 없다.

"국제경찰기구는 어떻게 생각하고 있지?"

겐의 질문에 다이크는 곤란한 목소리로 대답했다.

"유랑 AI의 개입 가능성은 열어두고 있지만, 손쓸 방법이 없다고 합니다."

"넌 어때, 다이크? 가디언 갓은 보통의 데이터베이스지만, 넌 감정을 획득하고 있어. 비슷한 성장 과정을 밟고 있다고 한다면 유랑 AI의 움직임을 예측해 찾아낼 수도 있지 않을까?"

다이크는 어리둥절한 기색으로 잠깐 뜸을 들인 후 조용히 대답했다.

"열심히 수색 중입니다."

—다이크. 대답이 너무 맥 빠지잖아. 할 수 있다고 좀 멋지게 말해줄 수는 없어?

겐이 불만을 토로하자 다이크는 시큰둥한 억양을 구사했다.

—불확실한 약속은 할 수 없습니다. 그건 제가 멀쩡하다는 증거입니다.

불필요한 말을 덧붙인다는 건 다이크가 성장했다는 증거다. 그 공로를 봐서 이번은 그냥 넘어가주자고 생각한 순간, 서장실 문밖에서 누군가의 목소리가 들려왔다.

"아, 그렇지!"

스콧은 눈을 동그랗게 뜨고 책상 위의 스위치를 눌렀다. 불쑥 뛰어 들어온 사람은 의외의 인물이었다.

"서장님! 약속 시간 지났잖아요."

"티티?"

겐의 눈도 휘둥그레졌다.

아테나의 베테랑 학예사 네네 샌더스의 조카. 나타났다 하면 사람들의 정신을 쏙 빼놓는 태풍 같은 아가씨가 무슨 일로 VWA 서장실에? 게다가 어리광 섞인 저 친근한 말투는 뭐지?

청바지에 흰 티셔츠를 입은 티티는 잽싼 동작으로 뒤에 있던 백인 남성의 팔을 잡아당겨 책상 앞으로 밀어붙였다.

"이 사람이 그 사람이에요. 조르주 페탱. 웃는 얼굴의 사진작가."

짧게 깎은 머리에 연갈색 사파리재킷을 걸친 남자는 쓴웃음을 지으며 인사를 건넸다.

"안녕하세요."

나이는 쉰 살 언저리. 선이 뚜렷한 옆얼굴에 눈가 주름이 깊었다.

“이번에는 미와코 씨한테 기획서 제대로 냈어요. 이제 됐죠?”

티티가 책상에 손을 짚고 스콧에게 얼굴을 들이밀었다.

“아, 뭐…….”

검은 눈사람은 그녀의 기세에 눌려 슬그머니 몸을 피했다. 그러자 티티는 검은 머리카락을 휙 흔들며 겐과 타라브자빈을 돌아봤다.

“잘 부탁해요.”

“어?”

영문을 모르는 두 사람은 서로 얼굴만 마주 볼 뿐이었다.

아프로디테에서는 창립 50주년 기념 페스티벌 준비가 순조롭게 진행되고 있었다. 페스티벌 기간 내내 아테나가 관리하는 미술관과 박물관에서는 특별전이 열리고, 뮤즈가 기획한 공연이 여러 홀과 거리에서 상연된다. 광활한 대지를 자랑하는 데메테르는 개화 타이밍을 맞추는 일로 분주했다. 페스티벌을 즐기기 위해 벌써부터 많은 사람이 찾아오고 있었다. 화려하고, 활기차고, 찬란한 석 달이 될 것이다. 리우데자네이루나 베네치아의 카니발처럼 모두가 흥겹고 모든 장소가 들썩일 터였다.

티티는 그 현장을 기록하는 일에 조르주 페탱을 추천했다.

필름 사진을 고집하는 48세의 조르주는 '웃는 얼굴의 사진작가'로 알려져 있었다. 세계 각지를 돌아다니며 현지 사람들의 삶의 모습을 담은 그의 스냅사진에는 항상 빛나는 미소가 있었기 때문이다. 민속의상을 입은 산골 소년, 공원에서 노닥거리는 젊은이들, 병원 휴게실에 모여 있는 환자들, 동물과 눈을 맞추는 노인, 두 볼이 발그스름하게 피어난 아기.

특히 칠레 마푸체족 아이들을 찍은 사진은 시에나 국제사진공모전에서 여행 부문 1위를 차지했다. 소수민족을 작품의 소재로 삼을 거면 해설이 딸린 연작으로 만들어 스토리텔링 부문에서 감동으로 승부를 보는 게 정석이 아니냐는 짓궂은 질문에, 수상 당시 그는 당당하게 답했다.

"소수민족은 박해를 받는다거나, 오지 생활은 힘들다거나 하는 고정된 관념을 전하고 싶었던 게 아니니까요. 전장의 병사도 웃을 때가 있어요. 아무리 배가 고파도 찰나의 순간에 미소가 나오기도 합니다. 남과 비교하지 않으면, 그리고 스스로 비참하다고 여기지 않으면 누구에게나 미소는 깃듭니다. 저는 그런 순간을 담아내고 싶습니다."

티티는 후후 웃으며 말했다.

"50주년의 모습을 담아낼 적임자라고요. 솔직히 말하면, 웃는 얼굴들 사이에서 뭐부터 찍을까 고민하는 사진작가의 모습을 보고 싶은 마음도 있지만."

타라브자빈이 헛기침을 하며 끼어들었다.

"그러니까 그게 VWA랑 무슨 관련이 있냐고."

티티는 조르주를 힐끗 쳐다보고 나서 어깨를 으쓱했다.

"만일을 위해서 경호를 해줬으면 해요."

"그건 또 무슨 소리지?"

"이 자리에는 채용에 대한 확답을 듣기 위해 왔어요. 이모는 요즘 조용하니까 제쳐놔도 될 것 같고. 그런데 두 사람과의 미팅이 끝나는 시간에 맞춰 우리를 불렀다는 건 서장님은 이미 오케이를 했단 거고, 지금 상견례를 하라는 뜻 아닌가요? 맞죠, 서장님?"

"아니, 뭐 나는……."

스콧은 손깍지를 이리저리 바꿔 끼며 말끝을 흐렸다. 네네 샌더스의 조카라는 사실을 고려하지 않는다 해도, 티티의 과하게 적극적인 공세를 받으면 대부분의 사람들은 이렇게 돼버린다. 눈사람이 녹듯 흘러내리는 서장의 땀을 본 겐은 성가신 일이 통째로 이쪽으로 넘어오기 직전임을 직감했다.

겐의 표정을 읽었는지 조르주가 미안한 듯이 어깨를 으쓱 들먹였다.

"됐다는데도 굳이 아프로디테까지 끌고 와서는. 티티, 꽤나 한가한가 봐. 왜 쓸데없이 일을 만드는 거야."

"당신이 걱정되니까요. 쓸데없이 일을 만들 만큼 걱정하고 있다고요. 한가해서 이러는 게 아니에요. 그냥 내버려두면 지구에서 계속 이도 저도 아니게 지낼 거잖아요."

조르주는 훗, 하고 웃었다.

"파워풀한 참견만큼 벅찬 건 없어."

겐은 가만히 고개를 갸웃거렸다.

—다이크.

—감지했습니다. 확실히 조르주 페탱의 얼굴에는 미소로 분류할 수 없는 미묘한 표정이 있습니다.

—티티가 난감하게 해서 그런 거면 상관없는데, 왠지 마음에 걸려.

—네. 당혹감뿐만 아니라 눈썹의 움직임에서 슬픔의 감정이 읽힙니다.

슬픔. 슬퍼질 만큼 티티가 억지를 부리고 있단 뜻일까.

아니, 아무리 그래도 티티가 그렇게까지 할 위인은 아니다.

"일단 사정을 좀 들어봅시다."

타라브자빈은 마음을 굳게 먹은 것 같았다.

서장실에서 쫓겨나듯 나온 네 사람은 작은 회의실에 모여 앉았다. 조르주는 홍차를 옆으로 치우고 정사각형에 가까운 큰 사진 한 장을 책상 위에 올려놨다.

"정말 몇 번을 봐도 멋져."

티티가 가슴에 손을 얹고 감격했다. 확실히 그런 과한 동작을 해도 이상하지 않을 만큼 사람의 마음을 울리는 근사한 사진이었다.

먼지가 풀풀 날리는 남미의 번화가. 먼지로 뿌예진 무지갯빛이 환상적이었다. 길가 가게들은 서양식 건물이고 멀리 흐릿하게 찍힌 어른들도 대부분 서양식 의복 차림인데, 카메라 앞에 몰려든 아이들은 알록달록한 판초를 입고 저마다 활짝 웃고 있었다.

그중에서도 특히 가운데 있는 대여섯 살의 남자아이가 인상적이었다. 기하학무늬가 들어간 다홍색 판초에 까무잡잡하고 반들반들한 뺨. 아이는 카메라를 향해 하얀 이를 드러내고 눈이 거의 보이지 않을 정도로 크고 환하게 웃고 있었다.

그 순간 이 아이 안에서는 무엇이 여물어 터지고 있었을까. 놓여 있는 현실도, 장래에 대한 불안도 싹 다 날려버리는 그런 웃음이었다.

"제목은 〈태양의 빛〉입니다. 4년 전에 시내 견학을 가는 마푸체족 유치원생들과 동행해 찍은 거랍니다. 이 사진으로 시에나 국제 사진공모전에서 상을 받았지요."

자랑스러운 이야기인데도 조르주의 목소리는 놀라울 만큼 담담했다. 표정도 어쩐지 굳어 있었다.

"필름 사진을 찍으신다고요?"

타라브자빈이 물었다.

"예."

"배경이 흐릿한 건 그 때문인가요? 여기 기념품 가게도 그렇고, 옷 가게도 흐릿하게 다 뭉개져 보여요. 그 속에서 아이들 얼굴만 입체적으로 떠올라 뭔가 신기한 느낌이 드는군요. 그리고 이 미묘한 색감. 무지개 빛깔이 번져 있는 것처럼 보이는데……."

티티는 타라브자빈의 널찍한 등을 거리낌 없이 툭툭 쳤다.

"눈썰미가 좋은데요? 스크래치라는 기법인데, 그게 조

르주 씨의 특기거든요. 현상하기 전에 머리털보다 가는 금속 붓으로 필름에 미세하게 흠집을 내는 거예요. 필름에는 빛에 반응하는 감광제라는 물질이 도포돼 있어서 흠집의 깊이를 달리하면 여러 가지 색을 연출할 수 있어요. 이렇게 섬세하게 작업하면 무지갯빛 안개를 흩뿌려놓은 것처럼 이미지가 뿌옇게 흐려져요. 예쁘죠? 타라브 씨는 겐보다는 안목이 있는 것 같네요."

험상궂게 생긴 선배의 이름을 저런 식으로 부르다니, 그 친화력이 놀라울 따름이다. 겐은 VWA 선배의 안색을 살폈지만, 그는 칭찬을 듣고 싫지만은 않은 눈치였다.

"그런데 말예요, 배경에 있는 이 화랑……."

"화랑? 기념품 가게 아니었어?"

"흐릿해서 잘 안 보이지만, 자질구레하게 놓여 있는 것들은 조각품이고 걸려 있는 건 포스터가 아니라 그림이에요. 아무튼 이 화랑에서요, 공모전 수상 후에 여기저기 작품이 소개되자 허락 없이 자기네 화랑을 찍었다고 계속 트집을 잡고 있어요."

"그런 걸로?"

겐은 화가 났다. 아마도 돈을 노리고 접근했을 몰염치한 화랑 측에, 그리고 그 정도 일로 바쁜 VWA를 소집한 티티에게.

"사진에 찍힌 작품을 크게 확대해서 마음대로 사용할지도 모르니 데이터를 넘기라나 뭐라나. 이건 데이터가 아니라 필름이라고 몇 번을 설명해도 막무가내야. 아무래도 놈들이 조르주 씨 주변을 맴돌면서 염탐하고 다니는 거 같아. 반년쯤 전에 도둑도 들었대."

"도둑맞은 게 없으니 도둑이라고 할 순 없지. 내 데스크톱을 건드린 것 같긴 하지만." 조르주가 덧붙였다.

"그래서 조르주 씨는 피해 신고도 하지 않았대. 어쨌든 디지털 사진이라고 믿고 있었다는 건 불행 중 다행이야."

조르주는 허탈하게 웃으며 말을 이어갔다.

"꺼림칙하긴 하지만 위험하다고까지는 생각하지 않았어요. 다만 내 영업을 방해해서 문제가 좀 있었지. 사진집을 내려고 하면 기획이 흐지부지되고, 기업에서 의뢰한 일이 중간에 엎어지고, 촬영을 의뢰해놓고는 약속 장소에 아무도 나타나지 않고……."

그 정도 일로, 하고 겐은 또 마음속으로 중얼거렸다. 어쩌다 일이 꼬여버린 걸 남 탓으로 돌리고 싶어 하는 소리로밖에 들리지 않았다. 하지만 티티는 겐이 억측할 틈도 주지 않고 잽싸게 치고 들어왔다.

"최근에는 좀 잠잠해진 것 같긴 한데, 아프로디테와 일한다는 사실을 알게 되면 놈들이 또 어떤 식으로 접근해 올지 알 수 없어. 그러니까 경호 좀 해줘."

"지구 경찰은 뭐 하고?"

"물론 그쪽에 먼저 갔지. 그런데 증거가 너무 불확실하다는 거야."

"그렇겠지."

겐이 솔직한 마음을 툭 내뱉자 티티가 매섭게 노려봤다.

"겐, 이건 예술가의 생사가 걸린 문제야. 조르주 씨가 사용하는 시트 필름*은 8×10인치** 컬러 네거티브***라는 특수한 제품인데, 도둑이 잘 몰라서 그냥 두고 갔지만 사실은 터무니없이 비싸. 일을 하지 않으면 필름을 살 수 없고, 필름을 사지 못하면 일을 할 수 없어. 네 생각엔 조르주 씨가 담담해 보이겠지만, 사실 도둑이 든 이후로는 출

* 필름의 종류 중 하나로, 시트 형식으로 낱장으로 재단된 것을 말한다. 잘린 채로 판매되므로 컷 필름이라고도 불린다. 여러 가지 사이즈가 존재한다.

** 현상된 사진이나 필름의 크기는 세로 길이×가로 길이의 형식으로 표기한다.

*** 컬러 프린트를 만들기 위한 일반 촬영용 필름의 하나. 컬러에서는 보색으로 나타나며 흑백에서는 어두운 부분이 밝은 부분으로, 밝은 부분이 어두운 부분으로 나타난다. 현상 처리를 완료한 필름으로 줄여서 네거필름 또는 원판이라고 하며, 이러한 네거티브 필름의 화상을 포지티브 필름으로 인화하면 흑백 관계가 원래대로 된다.

사도 안 가고 거의 집에만 틀어박혀 있어. 위험하다고 느끼지는 않을지언정 예술 활동에 대한 의욕이 꺾인 건 사실이야. 아프로디테 경찰이 이런 상황을 못 본 척해도 돼?"

아무래도 티티는 50주년 기념 페스티벌 촬영을 기회로 조르주의 기운을 북돋아주려는 것 같았다. 겐은 조금 망설이다가 물었다.

"조르주 씨, 혹시 아트스타일러라는 이름을 들어보신 적 있습니까?"

"아니요."

의아해하는 얼굴이 정말로 모르는 듯했다. 타라브자빈이 겐을 보고 고개를 한 번 끄덕였다.

"알겠습니다. 서장님도 수긍하신 것 같으니까요. 그런데 우리가 조르주 씨를 따라다니면 오히려 눈에 띌 텐데 괜찮겠습니까? 희미하게 발광하는 제복 때문에 자연스러운 사진을 찍기 어려울 수도 있습니다."

"재주껏 잘 가려봐요."

티티가 그렇게 말하며 타라브자빈을 검지로 쿡 찔렀다. 조르주는 미소만 지을 뿐이었다.

겐은 체념하고 공연히 머릿속 파트너를 불러냈다.

—그런데 다이크, 시트 필름은 뭐고 컬러 네거티브는 또 뭐야?

"대놓고 물어보지 않은 게 천만다행이다."

스파게티가 감긴 포크를 입으로 옮기면서 나오미 샤함이 거만하게 말했다.

점심시간. 아폴론 청사 휴게실은 전에 없이 어수선했다. 많은 사람의 이목이 집중된 기획을 준비하느라 다들 정신없이 바쁜 것이리라. 나오미도 점심시간이 30분밖에 안 된다고 투덜거렸다. 정장 차림에 까만 머리를 바짝 묶은 그녀는 신경질적인 얼굴로 마치 걸신이 들린 것처럼 음식을 우걱우걱 씹고 있었다.

30분이라 다행이라고 겐은 생각했다. 그렇지 않았다면 틀림없이 좀 더 좋은 레스토랑에서 푸짐한 런치 코스를 사야 했을 터였다.

"그 8×10인치 컬러 네거티브 필름은 조르주 페탱의 자존심인데, 그게 뭐냐고 물으면 맥 빠지지."

나오미는 페페론치노를 사이다로 삼키면서 야무지게 한숨까지 쉬었다. 겐은 입술을 살짝 삐죽거렸다.

"그러니까 직접 안 묻고 다이크한테 물어본 거잖아."

필름 사진이 귀해진 지는 오래됐다. 시트 필름은 롤 형태가 아니라고 다이크가 설명해줘도, 겐은 처음에는 전혀 감이 오지 않았다. 그에게 사진이란 태어났을 때부터 디지털데이터 형태로 존재했기 때문이다.

옛날에는 사진이라고 하면 폭 35mm 필름을 틀에 감아, 양손으로 잡을 수 있는 크기의 카메라에 넣어 촬영한 것을 말했다. 감광제에 은염(할로겐화은)을 사용해서 은염사진이라고도 부른다.

반면 조르주가 사용하는 카메라는 주름상자가 있는 대형카메라였다. 이런 카메라에는 한 장 한 장 미리 재단된 시트 필름을 사용하는데, 가장 일반적인 사이즈는 4×5인치로 조르주는 그보다 큰 8×10인치를 사용한다.

크고 무거운 대형카메라, 고가의 필름, 게다가 대형사진의 주류인 흑백이나 리버설 필름*이 아니라 컬러 네거티브 필름. 이것들을 조르주가 즐겨 사용하는 데엔 두 가지 이유가 있었다. 먼저 대형카메라는 주름상자와 뒷면 레버를 조절해 좀 더 세밀하고 유연하게 초점을 맞출 수

* 촬영한 이미지가 현상 후 음화(네거티브)가 되는 일반 필름과는 달리 촬영한 이미지가 현상 후 바로 양화(포지티브)로 나오도록 처리한 필름. 현상이 끝난 필름의 상태가 실제 피사체와 같은 명암 상태로 나타난다.

있다. 게다가 왜곡도 없다. 그리고 두 번째 이유는 티티가 말한 스크래치 작업 때문이다. 필름이 크면 클수록 작업하기가 쉬워진다.

"그래서 하고 싶은 말이 뭐야? 화장실도 못 갈 정도로 바쁜 나한테 일부러 따지러 온 건 아니지?"

나오미는 종이 냅킨으로 입을 닦은 뒤 주스 잔에 꽂힌 빨대를 잡았다. 물론 사이다는 이미 비어 있었다.

"따지다니?"

"내가 돌려보내서 티티가 미와코 씨랑 너를 찾아간 거잖아."

순식간에 주스를 바닥낸 나오미는 디저트인 파운드케이크로 손을 뻗었다.

"뭐야, 너한테 먼저 갔었던 거야?"

"정확히 말하면 네네 씨랑 나."

"그래서 돌려보냈다고?"

"응. 고기압 태풍 같은 티티도 잘 알아듣도록 아주 단호하게."

고기압과 태풍의 조합이라니, 그야말로 티티와 딱 어울리는 절묘한 표현이었다.

"사진작가가 위험해질까 봐 거절한 거야?"

"아니."

파운드케이크까지 먹어 치운 나오미는 그제야 뜨거운 커피에 눈길을 줬다.

"그 정도 이유로 거절하진 않지. 그거야말로 VWA에 맡기면 되는 일인걸. 더 근본적인 이유야. 조르주 페탱의 사진, 예전만큼 좋지가 않거든."

"어, 그래?"

하얀 이를 드러내고 웃고 있는 아이의 얼굴이 뇌리에 되살아났다. 보는 사람까지 미소 짓게 만드는 그런 사진을 찍을 수 있는데?

나오미는 후 하고 커피 컵에 한숨을 떨어뜨렸다.

"뭐랄까, 학예사의 직감? 최근에 찍은 사진들을 보면 분명히 웃는 얼굴인데 뭔가 예전처럼 좋은 느낌이 없어. 그냥 봐서는 잘 모를 거야. 어차피 웃는 얼굴이니까. 근데 웃는 얼굴의 정점이 안 찍혔다고 해야 할까? 셔터 누르는 타이밍을 놓쳐버린 것 같은? 여러 장 늘어놓고 보면 하나같이 웃는 게 어중간해. 네네 씨도 비슷한 의견이었고. 그런 학예사의 감을 중요하게 여겨야 한다고 했어."

"웃는 얼굴의 정점이라……."

겐이 중얼거리자 나오미가 고개를 끄덕였다.

"사진의 좋고 나쁨을 결정하는 건 빛과 구도라고 들었어. 익숙한 현실 세계에서 찰나의 순간을 기민하게 포착해 가장 적절한 음영으로 기록하는 거지. 조르주 페탱은 운이 좋았어. 〈태양의 빛〉에서는 최고의 미소를 필름에 담아낼 수 있었고, 스크래치 기법으로 무지갯빛 안개를 흩뿌려놓은 것처럼 배경을 흐리게 처리한 부분이 참신하다는 평가를 받았어. 그런 후보정은 조르주한테는 아슬아슬한 타협이었겠지. 자기는 아티스트가 아니라고 말했으니까."

"아티스트가 아니면 뭐야? 보도사진을 찍고 싶다는 건가?"

"콘셉트를 갖고 싶지 않대."

귀에 익은 단어였다. 예술의 맥락 안에서 콘셉트를 명확하게 제시할 수 있어야 하나의 예술 작품으로 인정받을 수 있다고, 키크노스 광장에서 누군가 말했었다.

"작품의 의도나 메시지 따위에 연연하지 않고, 단지 인간의 삶 속에서 자신이 감탄한 순간들을 기록하고 싶대. 인터뷰에서 그렇게 말했어. 그래서 후보정이 쉬운 디지털 방식을 선택하지 않았고, 스크래치도 오로지 대상을 부각시키고 싶은 마음에 적용했을 뿐이래."

나오미는 스푼을 들어 올렸다. 그게 커피 스푼이 아니

란 걸 인지한 순간, 겐은 그녀 앞에 아이스크림이 놓여 있다는 사실을 깨달았다.

"그렇다면 얼마나 멋진 웃는 얼굴을 담아내느냐가 관건이잖아. 그런데 최근 사진은 영……."

"웃는 얼굴이 우울하다?"

"바로 그거야!"

겐은 과장되게 어깨를 늘어뜨렸다.

"스푼으로 사람을 가리키는 건 매너가 아니지."

"아, 미안."

"조르주 페탱은 만나봤어? 실은 나, 그 사람의 웃는 모습을 보고 어딘지 그늘져 있다고 느꼈거든. 웃는 얼굴이 우울해 보였어. 다이크도 똑같은 인상을 받았다고 하고."

"그래? 안타깝네. 어쩌면 이제 재기가 어려울 수도 있겠어. 마음의 상처는 잘 아물지 않으니까."

나오미는 맥없이 스푼을 떨궜다. 겐은 그녀가 다시 아이스크림을 한 입 먹는 순간을 기다렸다가 얼굴을 들이밀었다.

"마음의 상처라니, 그게 무슨 소리야? 경호해주기로 이미 약속했으니까, 그 사람의 배경을 무지갯빛으로 꾸미지 않은 날것으로 봐두고 싶어."

나오미는 스푼을 물고 힐끗 눈을 흘겼다.

"알았어. 바로 데이터를 보내줄게. 타라브자빈 씨한테도. 나 이제 가야 해."

겐은 아이스크림을 한 스푼 남긴 채 일어나 가버리는 나오미를 말없이 배웅했다.

—별로 말하고 싶지 않은 내용인가 보군.

—저도 그렇게 판단했습니다.

다이크도 가만히 동의했다.

어떤 종류의 정보는 때로 흰색 바탕에 검은색 텍스트로 읽는 일이 고역스럽다.

재해 기록이 그렇다. 영상 너머에 존재하는 보이지 않는 절규가 흑백의 콘트라스트로써 몰아쳐 밀려오는 것처럼도 느껴진다.

2년 전, 21세기 중반부터 오랫동안 침묵하고 있던 칠레의 칼부코 화산이 폭발했다. 칠레의 후지산이라고도 불리는 오소르노산과 마찬가지로 휴화산이 됐다고 모두들 믿고 있었는데 말이다.

그날 새벽 큰 지진과 함께 예보한 곳과는 다른 곳에서 다량의 연기와 마그마가 뿜어져 나왔고, 리오델수르 방면으로 흐르는 계곡에 화쇄류火碎流*가 몰아쳐 인근 마을을 집어삼켰다. 북부에 있는 관광지 푸에르토바라스까지 유독가스가 퍼졌고, 밤낮없이 쏟아진 화산재로 일대는 시커먼 재 속에 파묻혔다. 세계 각지에서는 폼페이의 비극이 재현됐다고 떠들어댔지만, 관심은 이내 사그라들어 '멀리서 일어난 재난' 중 하나로 쏟아지는 방대한 정보들 속에 조용히 묻혀버렸다.

리오델수르 인근의 마푸체족 관광촌에는 조르주의 거처가 있었다. 1년에 한 번 방문해 석 달 정도 머물던 곳인데, 조립식 암실을 갖춘 소박한 오두막이었다. 그는 그곳에서 별의 수만큼 많은 얼굴들을 정성스럽게 인화했다. 공모전에 낸 그 한 장의 사진도 거기서 작업한 것이었다.

지금은 없다.

암실도, 오두막도, 마을도. 원색의 민족의상을 입은 마을 사람들과 그 웃는 얼굴도. 선명한 색감의 사진도 컬러 네거티브 필름도 모두 모노크롬의 재 속에 가라앉아버렸다. 조르주의 마음도 아마 그때 그것들과 함께 매몰됐을

* 분화구에서 분출된 고온의 가스와 화산재가 뒤엉켜 경사면을 타고 빠르게 흘러내리는 현상.

터였다.

사람을 잃은 상실감은 겐도 경험한 적 있다. 아버지가 돌아가셨을 때 몸을 에워싼 대기가 옅어지는 기분이 들면서 자신이 얼마나 아버지를 의지하고 있었는지 뼈저리게 느꼈다. 삼촌 조지가 다음에 보자는 말을 남기고 돌아설 때도……. 하지만 그때는 삼촌이 준 선물을 손에 꼭 쥐는 걸로 이별을 견뎠던 것 같다.

—다이크. 나는 지금도 가끔 삼촌이 주신 청동화를 가지고 있었으면 좋았을 텐데 하고 생각할 때가 있어.

—추억의 물건으로 말인가요?

—잘 아네. 조르주 씨에게 그런 게 남아 있으면 좋을 텐데.

—그 사진이 있지 않습니까? 모두가 칭찬하는 수상작이.

—그건 좀 느낌이 다를지도 몰라.

모든 게 사라졌다. 잿더미 속으로. 그런데도 결코 돌아오지 않을 그 웃는 얼굴들은 온 세상에 뿌려져 사람들에게 순수한 웃음이라며 끝없이 칭찬을 받는다…….

이 공막空漠한 감각을 다이크는 이해할 수 있을까.

—실체가 있는 뭔가를 손에 꼭 쥐고 싶은 심정. 움켜쥐거나 껴안거나 하는 그런 신체적 접촉이 마음의 버팀목이 될 때가 있거든.

—네, 그렇군요. 하지만 완벽하게 이해하지는 못했습니다. 육체가 없는 제가 신체적 접촉을 완벽하게 이해할 가능성은 낮다고 생각합니다.

겐은 손바닥을 바라보며 쓴웃음을 지었다.

—그런가. 너는 데이터를 축적해 통계학적으로 판단할 수밖에 없지.

나오미는 사진이나 영상을 첨부하지 않았다. 대신에 "그를 격려하는 게 아름다움의 힘이자 아프로디테의 역할이라고 생각하지만, 그런 사진을 공식적으로 남기는 건……" 하고 메모를 덧붙였다.

학예사의 감이 어떤 건지는 모르지만, 보통 사람의 눈으로 좋고 나쁨을 구별할 수 없다면 세세한 부분은 신경 쓰지 말고 조르주를 있는 그대로 받아들여주면 좋을 텐데. 그러나 또 한편으로는 아마도 좋은 사진을 찍을 수 없게 됐음을 자각하고 있을 조르주가 자신의 어중간한 마음이 담긴 사진을 후세에 남기고 싶어 하지 않을지도 모른다는 생각도 든다.

그렇다고 티티의 지나치지만 따뜻한 친절을 헛되게 하고 싶지는 않다.

—어떻게 하면 조르주 페탱의 마음이 회복될까?

겐은 F 모니터를 업무용 책상 위에 내던졌다.

—범죄 피해자는 범인이 체포되는 것으로써 마음의 안정을 찾습니다. 하지만 상대는 화산입니다. 체포할 수가 없습니다.

겐은 놀라서 눈을 휘둥그레 떴다가 곧 바닥을 보며 희미하게 웃었다.

—농담으로 침울한 나를 위로해주려고 한 거 알아.

—기분이 상했나요?

—아니. 너의 빠른 성장에 놀랐을 뿐이야. 고마워.

조르주에게도 뭔가를 해줄 수 있으면 좋으련만, 잔뜩 흐려진 마음은 보려고 해도 잘 보이지 않는다.

어쨌든 약속한 경호를 하면서 상황을 지켜보는 수밖에 없다. 겐은 그렇게 생각하며 크게 한숨을 내쉬었다.

한낮의 신타그마 공원. 솔질한 듯한 구름이 청량한 연청색 하늘에 호를 그리고 있었다.

한 손에 삼각대를 들고 어깨에는 묵직한 카메라 가방을 멘 조르주를 뒤에 두고 걸으며, 겐은 넓은 원형 잔디밭으로 눈길을 던졌다.

다이크의 예측에 따르면 조르주에게 위협이 닥칠 가능

성은 매우 낮아 보였다. 그를 괴롭히는 남자, 화랑 '람파라'의 주인 판초 데레온은 푸에르토바라스에서 한가롭게 가게를 지키고 있었고 아프로디테 공항 검문에서도 일당으로 보이는 인물은 없었다. 제복을 입은 VWA가 두 명이나 붙어 있으면 눈에 띄기 때문에 일단은 타라브자빈과 교대로 경호를 맡기로 했다.

잔디밭에서는 여느 때처럼 젊은이들이 삼삼오오 모여 놀고 있었다. 둘러앉아 떠드는 이들 옆에는 노란색 프리스비를 주고받으며 즐거워하는 십 대들도 있었다.

순조로워, 하고 겐은 생각했다. 꽤 많은 사람들이 모두 즐겁게 웃고 있는 것이다.

"저들은 어떻습니까?"

조르주를 재촉하자 그는 삼각대를 들지 않은 쪽 손으로 차양을 만들었다.

"음, 나쁘지 않군요."

입은 웃고 있었지만 눈썹이 그렇지 않았다. 겐은 서둘러 조르주를 몰아붙였다.

"준비해주세요. 가서 물어보고 오겠습니다."

젊은이들에게 다가가 "사진 찍어드릴까요?" 하고 말을 건네자, 그들은 조르주 쪽을 바라보더니 "저걸로요?" 하며 놀란 토끼 눈을 했다.

대형카메라는 예상보다 컸다. 접혀 있을 때는 두꺼운 파일 같지만, 주름을 펴면 한 아름 정도는 된다. 독일제 린호프 마스터 테크니카 복각판. 이렇게 큰데 스튜디오용이 아니라 필드용이라고 한다. 삼각대가 설치되고 카메라에 검은 천이 씌워지자 위풍당당이란 단어가 절로 떠올랐다.

젊은이들은 엉거주춤한 자세로 주위에 모여 "과거로 시간여행 온 것 같아", "이걸로 찍을 수 있다고?", "필름이 뭐야?" 하고 반신반의하며 카메라를 구경했다.

조르주는 프로 사진작가답게 "모두 학생?" 하며 분위기를 풀기 위한 잡담을 시작했다.

철사처럼 호리호리한 청년이 대답했다.

"네, 학생입니다. 미술품 복원 공부를 하고 있어요. 이런 건 처음 보는데, 흥미롭네요."

"망가지면 너희에게 부탁하면 되겠구나. 열심히 공부해 둬라."

조르주가 빙긋 웃자 청년의 표정도 금세 부드러워졌다. 주근깨가 가뭇가뭇한 다른 청년도 옆에서 빼끔 고개를 내민다.

"오늘 햇빛이 좋아서 사진 찍기 좋겠어요."

"어떤 카메라든 해를 좋아하지. 너희들처럼." 윙크를 받은 여학생들이 킬킬거린다.

조르주는 통에서 시트 필름을 꺼내더니 "잔디밭에 있으면 기분이 참 좋아져. 그렇지?" 하고 대화를 이어가며 암막 속으로 들어갔다.

"풀 냄새도 나고 푹신푹신해서 최고예요. 좀 따끔따끔한 감촉도 좋고요."

조르주의 질문에 처음으로 대답했던 청년이 그렇게 대꾸하자, 잠깐 묘한 정적이 흐른 후 암막 속에서 낮은 중얼거림이 들렸다.

"감촉이라……. 너흰 이 별에게 말을 거는 방법을 알고 있구나."

"말을 걸어요?"

낯간지럽다는 듯 여학생이 장난스럽게 되물었지만 조르주의 목소리는 지극히 진지했다.

"잔디가 돋은 대지는 이 별의 상징이야. 상징을 만지며 말을 건넨다, 그게 바로 말할 수 없는 것들과 소통하는 방법이지."

겐은 몸에 전류가 흐르는 걸 느꼈다. 청동화를 손에 쥐고 싶었던 자신의 마음과 같은 마음을 조르주도 갖고 있다는 직감이 들었다.

암막에서 나온 조르주는 릴리스*를 한 손에 쥔 채 짐짓 가뿐한 목소리로 말했다.

"이렇게 손가락으로 카메라를 부드럽게 쓰다듬어. 그리고 착하지, 훌륭해, 앞에는 푸릇푸릇한 젊은이들이 있어, 멋진 표정을 찍어줘, 초점도 잘 맞춰줘, 하고 부탁하는 거야. 해볼래?"

"만져도 돼요?"

"렌즈만 빼고."

호기심 어린 젊은이들이 카메라에 바짝 다가섰다.

"우와."

"그럼 살짝만."

"주름상자 만져보고 싶어."

문득 겐은 원색의 판초를 걸친 작은 환영들이 조르주의 주위로 몰려드는 듯한 환각에 사로잡혔다.

……그건 뭐예요? 카메라? 거짓말, 너무 커. 우와, 주름이 쫙 펴졌다. 펴지는 거구나. 그 까만 천은 사진사 아저씨 판초예요? 재밌다. 저리 비켜. 너나 비켜. 나 먼저 찍을

* 카메라 셔터를 누를 때 흔들림을 방지하기 위해 쓰는 보조기구.

거야. 내가 먼저야. 다 저리 가, 나부터야. 밀지 마. 후후후. 아하하하. 까르르. 으하하하…….

"재밌지? 실은 내가 거리의 광대거든? 잘 봐, 이건 폭발하는 깜짝 상자인데……."

"네?" 손들이 일제히 움츠러든다.

"농담, 농담." 빙긋 웃는 조르주.

펑 하고 터지듯 모두가 웃는다. 겐은 그 순간이 셔터를 누를 절호의 기회로 보였다. 그러나 조르주는 주위를 잠깐 두리번거리고 나서야 당황한 기색으로 릴리스 버튼을 눌렀다. 겐은 왜 바로 찍지 않았냐고 묻고 싶었다. 판초의 환영이라도 찾았던 걸까. 그렇다면 티티가 말한 대로 예술가의 사활이 걸린 문제다.

"자, 잘 찍혔을 거야. 현상해서 여러 장 인화해줄게."

조르주의 미소는 어느새 다시 흐려져 있었다.

"현상이 뭐예요?" 주근깨 청년이 멀뚱멀뚱 물었다.

젊은이들은 그런 말에도 넘어갈 듯 웃어댔지만, 시트 필름을 교체할 틈은 없었다.

그때 겐의 머릿속에서 다르르 착신음이 울렸다. 비접속자인 타라브자빈이었다. 겐은 살며시 자리를 떠나 다이크에게 음성통신을 명령했다.

"겐. 국제경찰기구에서 화랑에 관한 정보를 새로 보내왔어."

이어폰을 통해 들리는 타라브자빈의 목소리에서 가벼운 긴장감이 느껴졌다.

"어떤 내용입니까?"

"판초 데레온이 태평하게 화랑을 지키고 있는 이유를 알아냈어. 5개월쯤 전에 놈은, 아니 본인인지 아닌지는 모르겠지만, 어쨌든 화랑 쪽에서 이미 사라져버린 마푸체족 관광촌에 대한 정보를 캐고 다녔나 봐. 그래서 유치원 원장실에 걸려 있던 〈태양의 빛〉은 신경 쓰지 않아도 된다는 결론에 이른 거야."

"죄송해요. 원장실이라니, 무슨 소리예요?"

타라브자빈의 이야기는 이랬다. 반년 전에 조르주의 집에 침입했던 화랑 측은 선명한 원본 데이터가 존재하지 않는다는 사실을 납득했다. 그런데 얼마 후, 잿더미에 묻혀버린 유치원 원장실에 2미터 정도의 패널로 만든 〈태양의 빛〉이 걸려 있었고 그 사진이 오리지널과 조금 달랐다는 소문을 들었다. 한 달 정도 수소문한 끝에 판초는 그 패널 사진이 오리지널보다 폭이 넓고 배경이 더 흐릿했다는 사실을 알게 됐고, 배경에 찍힌 화랑이 오리지널보다 더 선명하지 않은 이상 굳이 잿더미를 파헤칠 필요까지는 없겠다고 판단했던 모양이다.

"그러니 이제 귀찮게 하는 일은 없을 거야. 조르주 씨에게 맘 편히 촬영해도 된다고 전해줘."

"뭔가 너무 싱겁게 끝나버린 것 같은데요."

타라브자빈은 짧게 한숨을 내쉬었다.

"흠, 나도 그래. 하지만 아프로디테의 역할을 생각해봐, 겐. 조르주 씨가 예전처럼 좋은 사진을 찍을 수 있게 되는 게 무엇보다 중요하지 않을까? 놈들한테 뭔가 꿍꿍이가 남아 있다고 해도 안전은 우리가 확보해주면 돼. 중요한 건 예술가의 혼이야."

이는 아프로디테의 경찰로서 겐이 항상 염두에 두고 있는 것이었다.

통신을 마치고 돌아보자 조르주는 이미 카메라를 정리한 뒤였다. 가방과 삼각대를 잔디 위에 눕히고 연푸른 하늘을 쓸쓸히 우러러보고 있었다.

"조르주 씨."

겐은 가능한 한 밝은 얼굴을 하려고 애썼다.

"다시 한번 저들을 찍어보지 않겠습니까? 그 마음에 있는 근심은 이제 내려놓으셔도 됩니다."

그는 겐을 휙 돌아봤다.

"무슨 말인가요?"

겐은 신중하게 생각을 곱씹으며 천천히 말을 전했다.

"화랑 측은 아마 앞으로 조르주 씨를 귀찮게 하지 않을 겁니다. 놈들은 조르주 씨 집에 침입해 디지털데이터가 정말로 없다는 걸 확인한 후에도, 관광촌 유치원에 크게 확대한 〈태양의 빛〉이 걸려 있었다는 소문을 듣고 여기저기 탐문하고 다녔던 모양이에요. 하지만 배경이 오리지널보다 더 흐릿해서 화랑이 잘 안 보였다는 걸 알고 그제야 납득한 거죠. 이제 안심하셔도 됩니다."

가만히 듣고 있던 조르주는 왠지 서글프게 웃었다.

"당신은 참 어중간한 표정을 짓고 있군요. 무슨 근심이 있기에……."

"네?"

겐은 저도 모르게 얼굴을 만졌다. 사진작가의 눈이 자신의 마음을 꿰뚫어본 것처럼 느껴졌다.

"음, 예약한 촬영을 펑크 내는 거야 뭐 그럴 수 있다고 치고, 놈들이 정말로 기업에서 의뢰한 일에 개입했다거나 사진집 출판 기획을 의도적으로 망쳤다고 한다면……. 글쎄요, 저는 일개 화랑 점주가 그렇게까지 할 수 있을까 하는 의문이 드는군요."

조르주는 입꼬리를 끌어올리고 고개를 젖혀 하늘을 봤다.

"나는 그자들이 일개 건달패가 아니길 바라요. 어쩌면 원장실에 걸려 있던 패널을 찾아내줄지도 모르니까."

겐은 잠자코 그의 말이 이어지길 기다렸다.

"티티가 걱정해주는 것도 고맙고, 나도 다시 한번 스스로 만족할 만한 사진을 찍고 싶어요. 하지만 마음이 이렇게 된 원인은 그자들 때문이 아닙니다. 그 패널을 찾고 싶은 건 오히려 나예요."

겐은 몸에 바짝 힘을 줬다.

"괜찮으시다면, 저한테 사정을 말씀해주시겠습니까?"

아프로디테의 경찰은 진심 어린 목소리로 말했다.

IV

웃는 얼굴의 행방

잔디밭에 앉은 조르주의 시선은 멀찍이서 노닥거리고 있는 젊은이들에게로 향해 있었다. 눈을 가늘게 뜨고 입끝을 살짝 올리고 있었지만, 옆에 앉은 겐의 눈에는 조금도 웃고 있는 것처럼 보이지 않았다.

"트리밍*을 했어요."

조르주의 목소리가 잔디 위로 툭 떨어졌다.

"내 판단이 틀린 건 아니었어요. 그러니까 상도 받았던 거고."

그는 후후 소리 내어 웃었지만 표정은 한결 어두웠다. 겐은 조르주가 마음속에 쌓인 검은 재를 전부 토해내길

* 사진 작업에서 화면의 불필요한 부분을 제거하고 구도를 조정하는 일.

바라며 묵묵히 그의 이야기를 듣고 있었다.

"그 〈태양의 빛〉이란 작품이 거의 정사각형에 가깝다는 걸 눈치챘으려나? 내가 사용하는 필름은 8×10인치예요. 세로와 가로 비율이 4 대 5죠. 맞아요, 나는 사진 왼쪽을 잘라냈어요.

한가운데서 초신성처럼 환하게 웃고 있는 남자아이가 있었죠? 그 애 이름은 키라판이에요. 오른쪽에서 얼굴을 내밀고 있던 아이는 투르쿠피천이고요. 왼쪽은 카폴리테. 린코얀, 마리……. 모두 정말 멋진 웃음을 지어줬어요. 그 순간을 포착할 수 있었던 건 행운이었어요. 그 행운에 얼마나 감사했는지.

그런데 그 애들 말고도 유치원생이 한 명 더 있었어요. 로블레라는 남자아이였죠. 수줍음이 많아서 내가 아무리 관심을 끌어도 선생님 곁에 딱 붙어서 오지 않는 그런 아이였어요. 그때도 가게 처마 밑에서 선생님 뒤에 숨어 수줍게 웃고 있었죠.

나는 선생님과 로블레를 잘라냈어요. 다른 아이들의 웃는 얼굴이 완벽했기 때문에, 왼쪽에 찍힌 두 사람이 방해물로 여겨졌거든요. 구도적으로도 그게 나았고. 하지만 상을 받고 나서 그 사진이 온 세상에 뿌려졌을 때 후회했어요. 마푸체족 관광촌 사람들이 떠들썩하게 기뻐해주니 더욱 어찌할 바를 모르겠더군요.

로블레와 로블레의 가족들은 어떻게 생각할까. 원아의 과반수가 찍히지 않았다면 나도 걱정하지 않았겠죠. 하지만 단 한 명, 단 한 명만이 축하받지 못했던 거예요. 로블레도 웃고 있었는데. 용기 내어 웃고 있었는데 내가, 잘라버렸어요.

나는 보도사진을 찍는 사람이 아니에요. 예술 사진작가라고도 생각하지 않아요. 사상도 콘셉트도 필요 없고, 단지 간직하고 싶은 순간을 인화지에 담으면 그뿐이에요. 난 사진을 찍기 직전이나 직후의 피사체에는 관심이 없어요. 그들이 어떤 삶을 살아와서 그 순간에 그 표정을 지었는지 그런 걸 사진을 통해 말하고 싶지 않다고요. 다큐멘터리 사진 같은 건 딱 질색이에요. 타인의 인생으로 승부하고 싶지는 않다고 해야 할까. 그러니까 나한테는 수천 분의 일 초의 표정을 포착하느냐 마느냐가 전부인 거죠. 다른 사람들이 예술적이라고 말하는 스크래치 기법도 단지 피사체를 돋보이게 하려는 수단일 뿐이에요. 웃는 얼굴이나 눈물의 고귀함에 해설이나 가공은 필요 없다고 생각해요, 난. 찰나의 진실. 찰나의 현실. 사진은 있는 그대로의 모습만을 담아내는 거예요.

그런데 왜 로블레를 잘랐을까. 왜, 왜?

난 사진을 더 '좋게' 만들고 싶었어요. 보도사진도 아닌데 극적이길 바랐고, 예술사진도 아닌데 완성도에 집착했어요.

나는 아이들이 가장 빛났던 순간을 포착할 수 있었어요. 빛도 그늘도 아이들의 자세도 완벽했죠. 너무 좋아서 욕심을 내고 만 거예요. 로블레도 희미하게 웃고 있었는데!

후회가 밀려왔어요. 축하 선물을 가져오는 마을 사람들을 돌려보내고서 생각했죠. 원판으로 패널을 만들자고. 모두가 찍힌 커다란 사진을 유치원 원장실에 걸어둔다면 로블레에 대한 미안한 마음이 조금은 가벼워질 거라 생각했어요.

그래서 필름을 조심스럽게 리터치했어요. 구석에 있는 로블레가 잘 보이도록 스크래치로 배경을 더욱 흐리게 만들었죠. 그러고선 필름을 디지털데이터로 만들어 푸에르토바라스에 있는 업체로 보냈어요. 완성된 패널이 원장실로 옮겨졌을 때 나는 마을에 없었어요. 수상 후에 이런저런 행사로 유럽 각국을 순회하는 신세가 됐거든.

로블레는 기뻐했을까……. 그걸 이제는 확인할 수가 없

어요.

패널도, 필름도, 로블레도, 마을도 모두 잿더미에 묻혀 버렸으니까. 패널을 제작해준 업체에 알아봤더니 디지털 데이터도 남아 있지 않다고 하더라고요. 개인정보 보호 차원에서 작업이 끝나면 데이터를 바로 삭제한다고 자랑스럽게 말합디다.

난 이제 사진 속 로블레가 어떻게 웃고 있었는지조차 제대로 기억나지 않아요. 머릿속의 이미지도 흐릿해졌죠. 뚱뚱한 선생님 뒤에서 얼굴을 빼끔히 내밀고 있던 그 아련한 구도만이 기억날 뿐…….

로블레는 이제 없어요. 하지만 웃고 있는 얼굴을 향해 셔터를 누를 때마다 프레임 밖에 많은 로블레들이 있는 것만 같아서 견딜 수가 없어요. 그래서 사진을 찍기 직전에 누군가의 진실한 웃음을 놓치고 있진 않은지 자꾸만 확인하게 되는 겁니다.

이제 알겠죠? 사진작가가 최고의 타이밍에 셔터 누르는 걸 주저하다니, 웃음거리도 이런 웃음거리가 없지. 티티나 동료들에게는 죽어도 말 못 해요.

나는 말이죠, 다시 한번 로블레의 미소와 마주하고 싶어요. 그래, 너도 예쁘게 웃고 있었구나. 그 가냘픈 미소를 이 손가락으로 어루만지며 그렇게 말해주기 전까지 내 마음의 응어리는 가시지 않을 거예요.

로블레는 거기에 있었어요. 미소 짓고 있었죠. 그 진실을 내가 잘라버렸어요.

사진은 진실을 실체화한 거예요. 그래서 사람들은 그걸 쓰다듬고 보면서 대화할 수 있죠. 우리는 불변의 대상을 만짐으로써, 흘러간 시간이 그 순간 거기에 확고하게 있었음을 손가락 끝으로 느낄 수 있어요. 나는 로블레를 잘라낸 죄 많은 손가락으로 그 시간의 눈금을 어루만지면서 너는 있었다고, 틀림없이 거기 있었다고 말해주고 싶어요. 로블레가 찍힌 필름도 패널도 이젠 없는데…….

이유야 어떻든 그 화랑에서 잿더미를 파내 패널을 찾아준다면 나는 고마울 따름이에요. 복잡한 일에 말려들어도, 수백 번 수만 번 위협을 받아도 상관없어요.

나는 로블레의 미소를 만지고 싶어요. 그러지 않으면 더는 사진을 찍을 수 없을 것 같아요."

겐은 다시 닫혀버린 조르주의 입을 물끄러미 바라봤다. 잔잔한 바람이 잔디밭 위를 지나갔다.

―다이크.

겐은 머릿속 파트너를 불렀다.

—화랑에서 패널을 파낼 가능성은?

—제로에 가깝다고 예측합니다. 패널의 배경이 수상작보다 더 흐릿하다는 사실을 알게 된 그들은 아마 이제 그 건에 대해 흥미를 잃었을 겁니다.

—그렇지.

절로 고개가 수그러들었다.

—아프로디테의 경찰은 상처받은 사진작가에게 뭘 해줘야 할까?

다이크는 시름에 잠긴 겐을 질타하듯 거침없이 대답했다.

—우선은 안전의 보장입니다. 조르주 페탱에게 판초 데 레온 일당이 더 이상 그를 협박하지 않는다는 확신을 줘야 합니다. 그러려면 사진에 찍힌 화랑 앞 그림의 정체를 밝혀내고, 그게 얼만큼이나 위험한 물건인지 판단해야 합니다. 그 그림이 찍혔다는 사실에 집착할수록 협박이 재개될 확률도 높아집니다.

—그래. 정말 괜찮다는 증거를 제시하면 조금은 마음이 편안해질 수도 있겠지.

그게 본질적인 해결책은 아니지만, 하고 겐이 멍하니

덧붙이자 다이크는 어떤 제안을 이미지로 전해 왔다.

겐의 눈이 살짝 커졌다. 뺨에 미소가 번진다.

그는 팔을 슥 뻗어 아무 말 없이 조르주의 등을 쓰다듬었다. 갈라지고 피폐해진 마음을 어루만지듯이 천천히, 천천히.

"말씀해주셔서 고맙습니다, 조르주 씨. 저도 누군가를 생각하면서 만지고 싶은 물건이 있습니다. 그걸 가지고 있었다면 조르주 씨 손에도 쥐여드렸을 텐데……."

손바닥에 등의 온기가 희미하게 전해져 왔다. 겐은 그에게도 자신의 온기가 닿기를 바랐다.

조르주는 크게 한숨을 내쉬고 빳빳하게 굳어 있던 어깨를 웅크렸다.

그리고 조용히 울기 시작했다.

겐은 조르주에게 자신의 이야기를 조심스레 꺼냈다. 그 마음을 이해한다고 입으로 말하는 것보다 공감하고 있음을 보여주는 게 더 중요하다는 사실을 다이크에게 가르쳐주고 싶었다.

행방불명된 삼촌이 있다는 것. 훌쩍 나타나서는 어린 조카에게 선물을 주고 떠나던 삼촌이 자신에게는 좋은 사람으로 느껴졌다는 것. 아버지에게 빼앗겨 지금은 없지만 삼촌이 선물한 그 청동화를 다시 한번 손에 꼭 쥐어보고 싶다는 것.

"제게 직접 접속된 데이터베이스는 그렇게 만짐으로써 교감하는 행위를 더 이해하고 싶어 합니다. 하지만 녀석에게는 몸이 없어서 직접 체험하는 건 불가능해요. 조르주 씨에게 있어 로블레의 사진, 제게 있어 청동화, 그걸 만지고 싶은 마음과 만졌을 때의 기분은 어설픈 데이터나 말로는 전달할 수 없는데 말이죠. 정말이지 어떻게 가르쳐야 할지 모르겠습니다."

"인간은 오감을 총동원해."

갑자기 등 뒤에서 남자의 탁성이 들렸다.

"여러 감각을 활용하면 기억도 쉽게 찾을 수 있지. 맛을 보고 냄새를 맡으면 잊었던 기억이 불현듯 떠오르기도 하고, 어떤 대상과 접촉함으로써 생각이 깊어지기도 해. 물리적인 인터페이스가 없으면 아무리 직접 접속돼 있어도 정동을 모아두는 데이터베이스에 불과하다는 얘기야."

놀라서 돌아보자 2미터에 가까운 장신의 남자가 겐을 내려다보고 있었다. 꾀죄죄한 흰 가운 주머니에 양손을 찔러 넣은 그는 아테나의 과학 분석실 실장 칼 오펜바흐였다.

그 옆에는 다른 때보다 유달리 작아 보이는 미와코가 방글방글 웃으며 서 있었다.

"불쑥 끼어들어서 미안해. 중요한 얘기는 얼굴을 맞대고 하는 편이 좋을 것 같아서."

미와코는 단발머리를 살랑살랑 흔들며 겐과 조르주 앞에 털썩 앉았다. 순간 인상을 찡그린 칼도 어쩔 수 없다는 듯 긴 다리를 접어 잔디 위에 자리를 잡았다.

"일단은 칼의 용건부터. 이 사람이 조르주 씨의 스크래치 기법을 분석하고 싶대."

칼이 놀라서 입을 열었다.

"내가 언제? 억지로 밀어붙였으면서!"

"나는 학예사로서 아프로디테 50주년의 모습을 카메라에 잘 담아주길 바랄 뿐이야. 어떤 그림이 화랑 앞에 걸려 있었는지 그 수수께끼를 풀지 않으면 조르주 씨도 우리도 안심할 수 없어."

겐은 눈을 동그랗게 떴다.

"안 그래도 지금 다이크와 그 얘기를 하고 있던 참이었습니다."

칼은 또 놀란 얼굴을 했다.

"우리는 과학수사대가 아니라고!"

미와코는 미소를 잃지 않았다.

"그렇지만 그런 복잡한 스크래치를 걷어내고 원래 이미지를 복원할 수 있는 곳은 아프로디테의 분석실밖에 없어."

칼의 목구멍에서 끙 하는 소리가 새어 나왔다.

"그렇게 간단한 일이 아니야. 상태를 대충 봤는데 터치가 너무 복잡해. 규칙적이라면 몰라도 작가가 손 가는 대로 무작위로 긁은 거니까. 공모전에 냈던 오리지널프린트도 확인했는데, 감광제가 다 섞여버린 게 분명해. 이건 마구잡이로 혼합한 물감을 다시 색깔별로 분리하라고 하는 거나 마찬가지라고."

미와코는 뺨으로 흘러내린 머리카락을 손으로 잡으면서 조르주를 쳐다봤다.

"그래서 말인데요, 조르주 씨의 손놀림을 조금이라도 알면 좋을 것 같아서요. 분석실에 한번 와주실 수 있을까요?"

"어이, 미와코. 여태 뭘 들은 거야? 간단한 일이 아니라니까."

그녀는 진지한 얼굴로 칼에게 말했다.

"완벽하지 않아도 돼. 사건에 연루된 그림인지 대조만

할 수 있으면 그다음은 추적할 수 있어. 물론 므네모시네와 가이아도 도울 거야."

"가이아까지?"

"응. 분명 흥미를 가지고 이곳저곳 조사하고 다닐 거야. 관심이 엉뚱한 곳으로 향해도 그냥 조용히 지켜보면 돼."

"가이아도 협력한단 말이지……"

칼은 입가에 손을 대고 그렇게 중얼거렸다.

과학자의 호기심을 건드리는 데 성공한 미와코는 이번에는 겐에게로 시선을 옮겼다.

"겐에게도 부탁할 게 있어."

"……뭔데요?"

"디케도 협력해줬으면 좋겠어."

미와코는 이미 범지구적 규모의 정동 학습형 데이터베이스 가이아를 키우고 있는데 다이크가 굳이 필요할까……. 겐이 어리둥절해하자 그녀는 조르주가 들어도 상관없다는 듯 서슴없이 말했다.

"위작 사건 때 문제가 된 그 유랑 AI, 가이아가 몇 개 찾아냈어. 그런데 운영위원회에서 아직 어린애 수준인 가이아가 접촉하는 건 위험하다고 해서 말이야. 원래 VWA 현안이기도 하니까 그쪽에서 상대해볼래?"

겐은 눈을 크게 떴다.

"유랑 AI를 그렇게 간단하게……."

"가이아는 신나게 놀았을 뿐이야. 숨바꼭질이라고 설명했더니 굉장히 기뻐했어. 아무래도 위에서 조망할 수 있으니까. 숨바꼭질은 여러 명의 술래가 뛰어다니며 찾는 것보다 하늘에서 한눈에 내려다보는 게 유리해."

미와코의 미소에 겐은 등골이 오싹해졌다. 범지구적이라는 말이 어느 정도의 규모를 말하는지 가늠할 수가 없었다. 또한 그 엄청나게 거대한 어린애를 키우는 역할을 이 작은 여성이 맡고 있다는 사실이 새삼 믿기지 않았다.

"이게 다 뭐야?"

문을 연 타라브자빈은 어리둥절해하며 가뜩이나 부리부리한 눈을 더욱 부릅떴다.

창밖은 이미 어둑어둑했다. VWA 본부 소회의실에는 F 모니터와 벽면 모니터가 대량으로 반입돼, 느린 속도로 흐르는 데이터와 지도와 낯선 풍경을 보여주며 형형하게 빛을 내뿜고 있었다.

그러나 타라브자빈을 놀라게 한 것은 작업 기기가 아니라 회의 책상 위에 수북하게 쌓인 엄청난 양의 음식이었다. 샌드위치며 파스타, 주먹밥 같은 가벼운 식사부터 쿠키, 도넛, 감자칩, 심지어 정어리 통조림과 훈제 오징어, 치즈와 견과류까지. 커다란 음료도 여러 병 있었다. 아쉽게도 무알콜이지만.

다른 방에서 옮겨온 리클라이너 소파에서 겐이 후줄근한 무릎담요를 고쳐 덮으며 대답했다.

"유랑 AI를 상대하는 건 처음이잖아요. 혹시 모르니까 장기전이 될 걸 대비해서."

"콤비로?"

"콤비라니요?"

다른 리클라이너 소파에서 몸을 일으키며 나오미가 날카롭게 쏘아붙였다.

"저런 맹추랑 콤비일 리가 있겠어요? 과자나 가지고 갈까 해서 잠깐 들른 거예요."

"솔직하게 말해도 돼. 겐이 걱정돼서 보러 온 거지?"

"아니라고요. 달달한 게 당겼을 뿐이라니까요."

"학예사님은 눈코 뜰 새 없이 바쁘지 않았던가?"

"바쁘죠. 지금 대기 중이라 겨우 한숨 돌리고 있는 건데, 뭐 잘못됐나요? 뉴욕현대미술관MoMA의 답변을 기다리고 있는 중이에요."

아프로디테 중심가는 그리니치 표준시를 쓰므로 뉴욕과는 시차가 있다. 그러니 답변이 올 때까지 대기 중이라는 이유는 사리에 맞았지만, 타라브자빈은 실없이 싱글싱글 웃었다.

"그나저나 어때, 겐? 나는 아직 내부 범행설을 버리지 않았는데."

타라브자빈은 의자를 끌어와 겐 옆에 앉았다. 그는 어느 모니터를 봐야 할지 몰라 두리번거렸다.

"가이아가 찾아낸 유랑 AI는 27개입니다. 다이크와 가디언 갓이 확인한 결과, 그중 22개는 인지 아키텍처Cognitive architecture* 이긴 하지만 자신이 만든 게임 세계 안에서만 활동할 뿐 현실 세계에 개입할 수 있을 정도의 이펙터는 장착하고 있지 않아요. 국제경찰기구에 접근할 만한 깜냥이 안 되는 거죠."

"이펙터** 라면, 기타에 쓰는 그거?"

겐은 가볍게 손을 저어 음악에 조예가 깊은 타라브자빈의 오해를 부정했다.

* 낮은 수준의 인식과 행동부터 높은 수준의 추론에 이르기까지, 인간을 모방해 행동을 수정하고 발전하는 통합형 인공 인지 시스템.
** 기타 소리에 여러 가지 효과를 주기 위해 사용하는 음향기기.

"게임 용어예요. 환경에서 정보를 취득하는 것이 센서, 게임 세계에 영향을 주는 것이 이펙터. 그중에는 굉장히 복잡하고 넓은 세계를 만들어 수천 개의 캐릭터에게 인생을 주는 녀석도 있지만, 아웃풋 가능 범위는 기껏해야 온라인 게임에 자신이 만든 데이터를 잠입시키는 정도예요. 딥 러닝 열풍이 식고 기억에서 잊힌 뒤에도 계속 디오라마diorama* 세계에서 혼자 놀았을 걸 생각하면 참으로 눈물겨워요."

"나머지는?"

"남은 다섯 중 넷은 원래부터 수배 대상이었어요. 안개처럼 도망 다니면서 여기저기서 나쁜 짓을 했나 봐요. 지금 국제경찰기구 사이버 전담반에서 잡아들이고 있습니다. 아직 찾지 못한 두 개는……."

그 순간 다이크의 음성이 천장 스피커에서 내려왔다.

"잔존 AI는 하나가 됐습니다. 암스테르담 대학에 숨어 있던 일명 '폭탄'의 인지 아키텍처 패턴을 사이버 전담반이 찾아냈습니다. 곧 격리될 예정입니다."

"그렇군. 그럼 마지막까지 도망 다니고 있는 놈은 어떤

* 배경 위에 모형을 설치해 하나의 장면을 만든 것, 또는 그러한 배치.

놈이지?"

"도망 다니고 있는 게 아닙니다. 메트로폴리타나 대성당 자료실에 있는 오래된 기계에 기거하고 있습니다."

"성당? 어느 나라?"

"브라질입니다. 18년 전에 이탈리아반도의 산마리노공화국에서 방출됐습니다. 초기에는 활발하게 데이터를 모았던 것 같지만, 현재는 가동은 확인되나 반응하지 않습니다. 이름은 'C2'입니다."

타라브자빈이 흐흥, 하고 기묘한 소리로 웃었다.

"훌륭한데? 짧은 시간에 많이 알아냈네. 그럼 이제 가디언 갓에 장난친 놈이 다섯 놈 중 어떤 놈인지, 아니면 전부 아닌지만 조사하면 되겠군. 식량을 비축해둘 필요는 없었을지도?"

"아닙니다. 이제부터가 힘든 구간이라 예측합니다."

다이크가 조용히 말했다.

"C2를 제외한 넷에 대해서는 이전부터 적극적으로 수색을 펼쳐왔습니다. 그동안 잡지 못했던 이유는 상대가 고도의 지능을 갖추고 있었기 때문입니다. 검거 후에 격리할 수는 있어도 정보 추출에는 고전이 예상됩니다. C2는 더욱 까다로운 적수입니다."

겐이 걱정스러운 표정을 지었다.

"그렇게 가드가 단단해?"

"방어벽이 견고한 게 아니라 닫혀 있는 것처럼 느껴집니다."

"어째서?"

다이크는 확실히 머뭇거렸다.

"……마음이."

정동 학습형 데이터베이스가 자신과 같은 기계에 대해 마음의 개념을 적용했다는 건 상당한 충격이었다. 물론 겐은 다이크가 마음을 획득하길 바라며 교육을 실시해왔다. 그러나 자신의 가르침은 이런 행동에 이렇게 대처한다는 패턴을 축적시키는 일에 지나지 않는다고 생각했다.

이 순간 겐은 정확한 관측과 확률 높은 해석으로부터 최적의 값을 도출해 반응하는 존재가 마음을 갖고 있는 것처럼 느껴졌다. 자신의 역할은 튜링 테스트*에서 나아가, 인간만이 가지고 있는 패턴을 학습시켜 틀에 박힌 대응이 아니라 정상참작도 할 수 있도록 만드는 거라고 이해하고 있었다. 수고를 들인 보람이 있어서, 다이크는 최

* 기계의 지능을 인간과의 대화를 통해 시험하는 것.

근엔 농담도 흉내 낼 수 있게 됐다.

그렇다면 그동안 써온 '꽤 숙련됐구나' 하는 칭찬은 잘못됐던 건지도 모르겠다. 숙련된다는 건 사물에 익숙해지는 걸 의미한다. 패턴을 잘 운용할 수 있게 됐다는 뜻이다. 사실은 '잘 생각할 수 있게 됐구나'라고 말해줘야 했던 건 아닐까…….

겐은 현기증이 났다.

—괜찮은가요, 겐?

머릿속에서 다이크가 부드러운 목소리로 물었다.

—저도 아직 마음이 뭔지 모릅니다. 반응이 좋아졌다고 말해주는 것만으로도 제게는 충분한 칭찬입니다.

—사람을 위로하는 법도 익혔네.

겐은 힘없이 웃었다.

다시 다이크의 목소리가 스피커로 출력됐다.

"마음은 편의상의 표현입니다. C2는 뭔가를 맹렬히 연산하느라 외부로부터의 자극에 반응하지 않고 있습니다. 그 상태를 마음이 닫혔다고 비유적으로 표현했던 겁니다."

"틀어박혀 있다는 거네. 안에서 뭘 하는지는 모르는 거고?"

도넛을 반으로 쪼개며 나오미가 물었다.

"네. 시간이 좀 더 필요할 것 같습니다."

조심스럽게 말하는 다이크에게 겐은 주의를 줬다.

"조급해하지 마. 만약 가디언 갓에 손댄 놈이 맞는다면 섣불리 접근했다간 위험해질 수 있어."

"알겠습니다."

나도 대기구나, 하고 생각하며 겐은 오렌지 주스를 집어 들었다.

칼 오펜바흐로부터 영상통신이 들어온 것은 오전 6시 반, 선잠에서 깨어났을 때였다.

"잠은 좀 잤어?"

F 모니터에 비친 칼은 초췌한 모습이었다. 겐은 부랴부랴 담요를 걷어냈다.

"네. 다이크가 C2 때문에 애를 먹고 있어서……."

"이쪽도 마찬가지야. 에우프로시네가 가지고 있는 스트로크stroke* 패턴으로 얼추 복원해봤는데, 화랑 앞 그림은 아무래도 풍경화인 것 같고 색감이나 구도가 비슷한 그림은 3천 장 이상 검색됐어. 나오미의 므네모시네와 가디언

* 반복되는 동작에서 한 번의 움직임. 또는 그 움직임이 남긴 궤적.

갓이 공조해 소재 불명 회화로 좁혀도 280장이나 돼."

그러고 보니 나오미가 보이지 않았다. 겐이 잠든 사이에 분석실로 이동한 모양이었다. 티티를 단호하게 뿌리쳤다곤 하지만, 역시 조르주의 일이 마음에 걸렸던 것이다.

F 모니터 너머에서 칼은 곱슬머리를 쥐어뜯고 있었다.

"조르주 씨도 밤새워가며 같이 고생했는데 작업했던 순서가 도무지 떠오르지 않는가 보더라고. 자기는 좋은 사진도 찍을 수 없고 수사에도 도움이 안 된다고 자책하길래 일단 쉬게 했어. 50주년 기념 페스티벌 공식 카메라맨 자리도 내놓을 기세야. 나오미가 지금이라도 티티에게 변명할 거리를 생각해두는 게 좋을 거래. 내친김에 미와코에게 말할 변명거리도 좀 생각해주면 고맙겠고."

고기압의 태풍이 세력을 잃어가는 모습을 상상하며 겐은 어깨를 떨궜다.

"그림을 밝혀낼 수 없다면 그 판초 일당이 얌전히 있어주길 바라는 수밖에 없겠군요."

그리고 조르주의 영혼은 잿빛인 채로 남아, 아마 머지않아 사진 찍는 일을 그만두고 말 것이다.

칼은 한숨 섞인 목소리로 중얼거렸다.

"원장실 패널에 대한 기록이라도 어디 남아 있으면 대

조라도 해볼 수 있을 텐데."

겐은 지쳐 보이는 칼을 배려해 부드러운 어조로 말했다.

"패널은 더 흐리멍덩할 거예요. 배경을 더 뭉개버려서……."

"아니, 패널 쪽 스크래치는 스트로크를 바로 확인할 수 있으니까 조르주 씨도 당시의 기억을 되살릴 수 있을 거야."

겐은 2초쯤 미간을 찡그렸다가 우물쭈물 물었다.

"죄송합니다. 이해가 잘 안 돼서요. 어째서 패널 쪽은 필름에 흠집을 낸 순서를 바로 알 수 있는 건가요?"

칼은 어깨를 으쓱 들먹였다.

"필름 사진이 생소하면 감이 안 올 수도 있지. 조르주 씨가 스크래치를 추가한 건 공모전에 응모한 후잖아. 이미 현상이 끝난 필름이라 감광제를 바늘 끝으로 섞을 순 없어. 패널로 만들 때 추가한 스크래치는 그야말로 긁은 자국이라 아마 선이 뚜렷할 거야."

"아, 그렇구나!"

디지털 세대인 겐은 필름 사진에 현상 단계가 필요하다는 사실을 잊고 있었기 때문에 두 번의 스크래치가 다른 방식으로 입혀졌다고는 생각하지 못했다. 가늘지만 확실하게 긁은 자국이라면 에우프로시네도 순서를 읽어낼 수 있을 테고, 조르주도 당시의 느낌을 떠올릴 수 있을지 모른다. 어쩌면 가이아가 두 번째 스트로크를 해석해서 패턴을 찾아내고, 첫 번째 스크래치에 적용해 원래 이미지를 복구해줄 수 있을지도…….

겐은 머릿속에서 미와코가 "간단해" 하고 속삭인 듯한 기분이 들었다.

그때였다. 다이크가 경보 수준의 강도로 겐을 불렀다.

—C2가 '조르주 페탱의 패널'에 반응했습니다!

"어? 뭐라고?"

F 모니터 속 칼이 겐의 목소리에 화들짝 놀랐다. 눈치 빠른 다이크가 스피커로 출력을 전환했다.

"C2가 저를 통해 패널에 관한 대화를 감지한 것 같습니다. C2가 관련 정보를 보유하고 있다는 가정 아래 이쪽에서 미끼를 던져보는 중입니다. 가디언 갓으로부터 수신 중."

다이크는 말이 조금 빨라졌다.

"지금의 반응 패턴을 근거로 산마리노공화국에서 메트로폴리타나 대성당까지의 이동 경로가 추정됐습니다. 그 안에 칠레의 로스라고스주州 리오.델수르 근교가 포함돼 있습니다."

"마푸체족 관광촌이 있던 곳이잖아!"

겐은 자리에서 벌떡 일어났다.

"네. 칼부코 화산 폭발 16시간 후에 주도州都인 푸에르토 몬트로 이동한 것으로 추정됩니다. 적어도 그 시간까지는 어떤 형태의 에너지 공급이 있었을 겁니다."

C2는 재해에 휩쓸리기 전의 관광촌을 알고 있는 걸까. 뭘 하고 있었던 걸까. 애초에 존재 목적이 무엇일까. 놈이 가디언 갓에 이변을 초래한 걸까. 내부에 패널에 관한 정보가 있는 걸까. 왜 틀어박혀 있는 걸까. 국제경찰기구 미술품 전담반의 이변과 사진작가의 거취가 아프로디테에서 교차한 것은 우연일까, 필연일까.

머릿속에 스크래치를 낸 것처럼 생각이 정리되지 않았다.

"C2는 다시 침묵하고 있습니다. 계속 접촉을 시도하겠습니다. 진전이 있으면 보고할 테니 쉬고 계십시오."

우두커니 선 겐의 귓가에 다이크의 목소리가 가물가물 내려앉았다.

한낮이 가까워지자 C2는 희미하게 반응하기 시작했다.

"조금씩 자신의 동향을 누설하고 있습니다. 이쪽 정보

를 더 끌어내기 위한 고의적인 행동으로 보입니다."

다이크가 미끼로 던진 패널에 관한 데이터에 흥미를 보인 것이다.

"흥미의 방향성은? 경찰? 미술?"

"현재로선 특정할 수 없습니다. 조르주 페탱의 패널로부터 엄청난 양의 연상을 하고 있는 것 같습니다. C2는 계속해서 자신은 위험한 존재이니 더는 접근하지 말라고 경고하고 있습니다. 그게 무엇을 의미하는지 분명하진 않지만, 일단은 이전과 같은 사태가 발생하는 일을 피하기 위해 최대한 신중하게 조사에 임하고 있습니다."

겐은 팔짱을 끼고 끙 신음했다. 미와코와 의논하고 싶었다. 예전에 애매한 이미지를 밝혀낼 때도 가이아가 많은 도움을 줬다. 가이아가 접근할 수 없다면, 의지할 만한 곳은 그녀의 남편인 아폴론의 학예사인데…….

—감지했습니다. 다시로 다카히로는 현재 아프로디테의 키프로스섬 관련 기획회의에 참석 중입니다. 장시간에 걸쳐 늦게까지 진행될 예정이라 연락하기가 어렵습니다.

겐은 또다시 신음하다 책상 위에 널브러진 식량들을 힐끗 쳐다봤다.

"하는 수 없지. 다이크, 나오미 샤함 일어났을까?"

—당연히 일어났지, 이 바보야!

말 떨어지기가 무섭게 대답이 날아들어 겐은 몸을 움찔거렸다. 다이크의 기민함이란.

—뉴욕현대미술관의 거만한 태도에 어떻게 대처할까 이를 갈며 궁리하는 중이야. 티티에게 어떻게 변명할지는 네가 알아서 생각해.

—변명이 되느냐 자랑이 되느냐 하는 갈림길에 서 있어. 도와줘. 다이크가 감시하고 있는 유랑 AI가 조르주 페탱에 대해 알고 있는 것 같아.

—어떻게?

—내가 묻고 싶어. 어쨌든 취득한 데이터를 그대로 너한테 보낼 테니까 그림과 연관시켜가면서 봐줬으면 좋겠어. 혹시 므네모시네가 다시로 씨의 '피라미드 해석'을 익혔을까? 데이터 수가 많지 않으니까 그런 느낌으로 해주면 고맙겠는데.

—일단 의미를 넓혀놓고 저변에서부터 점점 좁혀가는 거잖아. 방법은 기록돼 있으니까 나도 사용할 수 있어.

—부탁한다.

—그걸로 기분전환이나 해야겠다. 아드레날린의 힘으로 맹렬히 일해야지.

나오미가 입술을 삐죽 내밀고 있는 모습이 왠지 눈앞에 떠올랐다. 가볍게 웃은 겐은 뭔가를 말하려다 그냥 입을 다물어버렸다.

잘되면 저녁 식사라도 같이하자고 말할 뻔했다. 하지만 여러 상황이 얽힌 이 난국이 미의 여신의 뜻에 응하는 결말을 맞이할 수 있을지는 아직 미지수였다.

"좋아, 다이크. C2가 찔끔찔끔 보여주고 있는 정보를 전부 모니터에 출력해줘. 가디언 갓도 연결돼 있지? 조르주와 타라브자빈, 가능하면 칼, 네네 씨와 티티도 볼 수 있게 준비해줘. 경찰기구의 권위와 예술가의 존망을 건 총력전이야."

"알겠습니다."

방 안 모니터에 맥락 없는 문자열과 영상이 나타났다.

연보랏빛 시간. 밀려드는 땅거미가 아프로디테의 풍경을 묽게 물들여간다.

겐은 세계가 불분명해져가는 불안을 긍정적으로 받아들이려고 했다. 너무 많이 보여서 알 수 없게 된 거라고. 뒤섞여 가물가물해진 걸 오히려 환영하자. 그 안에서 뭔가가 반짝 빛난다면 거기에 초점을 맞추면 되는 것이다.

비상식량은 점점 줄어들고 있었다.

가디언 갓과 국제경찰기구는, 폭탄을 포함한 26개의 유랑 AI는 위작 사건에 혼란을 야기한 범인이 아니라고 판단했다.

"역시 내부 소행이었어."

겐의 옆에서 타라브자빈이 의기양양한 얼굴로 말했다. 현재로선 그의 내부 범행설을 채택하지 않는다면 침묵을 지키고 있는 C2의 혐의가 더욱 짙어진다. 네네 샌더스는 C2가 가지고 있는 이미지들에서 미술사적 연관성은 찾을 수 없다고 통신으로 전해 왔다.

"작가를 매핑mapping해봤는데, 어쩌면 '핸드메이드파派'에 대해 조사하고 있었는지도 모르겠어."

고도의 장비나 디지털에 의존하지 않고 손으로 직접 작업하는 예술가를 그렇게 부른다고 들었다. 작가의 혼은 손에서 작품으로 직접 전해져야 한다는 사상을 가진 자들이다.

또 '손'인가. 겐은 뱃속이 근질근질했다. 이 순간 절실하게 청동화를 꽉 움켜쥐고 싶었다.

안 돼. 나는 너무 많은 것을 보고 있어.

조르주는 사진을 쓰다듬으며 말을 건네고 싶다고 겐에

게만 털어놨다. 그리고 그 패널에 반응한 C2가 핸드메이드파에 흥미를 가지고 있을지도 모른다고 한다. 하지만 그렇다고 해서 섣부르게 '손'이라는 키워드로 연결시켜서는 안 된다.

방 안쪽에서는 조르주가 티티와 나란히 앉아 힘없이 모니터를 바라보고 있었다. AI가 패널의 존재를 안다고 한들 자신이 만질 수 있는 것도 아니지 않으냐며 버티던 조르주를, 티티가 혹시라도 패널 이미지를 가지고 있다면 출력할 수도 있다고 설득해 데려온 거였다. 티티는 공허한 표정으로 앉아 있는 그의 손을 꼭 잡고 있었다. 그 옆에서는 나오미가 자신의 F 모니터를 응시한 채 므네모시네에게 음성으로 지시를 내리고 있었다.

"8층까지 들어가지 않아도 돼. C2는 오래된 시스템이라 단순할 거야. 다이크가 보내주는 녀석의 데이터를 순차적으로 더해서 연상을 넓혀줘."

"다이크. 놈이 뭘 열심히 연산하고 있는지는 아직 모르는 거야?"

겐이 묻자, 그 자리에서 유일하게 피로감을 느끼지 않는 다이크가 냉정하게 대답했다.

"흥미의 방향성은 어느 정도 읽힙니다. 아무래도 인간

을 포함한 동물의 생태에 반응을 보이는 듯합니다. 그와 관련된 콘텐츠를 이쪽으로 보내는 것으로 보아 같은 것을 요구하고 있을 가능성이 높습니다. 또한 마음을 닫고 있는 이유 중 하나로, C2에게서 비하와 비슷한 정신 구조가 관측됩니다.”

“비하?”

나오미가 돌아앉으며 앵무새처럼 되물었다.

“네. 자신을 위험한 존재라고 말하는 것도, 수명이 다해 사고실험思考實驗의 막바지에 접어들었으니 접근하면 휩쓸릴 수 있다고 경고하는 걸로도 해석됩니다. 일종의 선의라고 할까요.”

작은 나오미의 몸에 바짝 힘이 들어갔다.

“므네모시네, 조건에 다이크의 예측을 추가해. 동물의 생태, AI의 비하…….”

그녀는 두 손으로 자기 머리를 쥐어뜯기 시작했다. 곁이 있는 사람들은 그저 지켜보는 수밖에 없었다.

“아, 그렇구나. 혹시 장소도? 교회, 유치원……. 가디언 갓은 C2가 병원이나 마을회관에 숨어 있었을 가능성도 있다고 했단 말이지. 음, 그럴 수도 있겠어. 사람들과 의논해 보자.”

나오미가 벌떡 일어나 오른손을 휘둘렀다.

"므네모시네, C2로부터 얻은 이미지를 모든 모니터에 출력해줘."

모니터 화면이 일제히 바뀌었다. 비즈니스맨이 인사하는 동영상, 노인들이 모여 있는 사진, 장례식 풍경을 그린 그림, 학생들의 모습을 묘사한 조각상, 쓰다듬어주는 손과 웃고 있는 개. 신부님의 설교, 학교 수업, 아기 딸랑이. 물론 조르주 페탱의 작품도 몇 장 포함돼 있었다.

"이것들로부터 도출되는 개념은, '접촉'."

아! 겐은 나오미의 말에 마음속으로 소리를 질렀다.

비즈니스맨은 악수를 나누고 있고, 노인은 어깨에 손을 얹고 있다. 장례식장에서는 누군가가 슬픔에 빠진 이의 등을 어루만지며 위로하고 있고, 학생들은 장난스럽게 포옹하고 있다. 모두 '접촉'이라는 제목을 붙인대도 이질감이 없었다. 조르주의 작품 중에는 한 소녀가 찍힌 사진도 있었는데, 그 눈은 똑바로 사진작가를 향해 웃고 있었다.

"다이크!"

"감지했습니다. C2는 '접촉'이라는 단어에 격렬하게 동요하며 자신의 정보를…… 죄송합니다, 다시 닫았습니다. 다만 조르주 페탱이 촬영 전에 카메라를 만져보게 함으로

써 피사체의 긴장을 풀어준다는 걸 C2가 인터뷰 기사를 통해 알고 있었다는 사실을 확인할 수 있었습니다."

"틀리지 않았나 봐."

나오미가 긴장이 풀린 듯 털썩 의자에 앉았다.

타라브자빈은 불만스러운 얼굴이었다.

"하지만 다시 숨어버렸잖아. 이 정도 갖고는 큰 진전이라고 할 수 없어. 해킹의 진상도 패널에 관한 것도 전혀 알아내지 못했으니까."

—겐.

조심스럽게 부르는 다이크에게 겐은 평소와 반대의 입장을 취했다.

—감지했어, 다이크. 네가 항상 내게 의견을 말해주니까 나도 같은 가설에 도달했어.

겐은 천천히 입을 열었다.

"C2가 자신을 비하하고 있다면 그 이유는 제가 짐작할 수 있습니다. 다이크가 말했습니다. 자신에게는 몸이 없어서 신체접촉을 통해 위로받는 기분을 충분히 이해할 수 없다고. 그래서 그런 인간의 행위는 단순한 지식으로써 축적할 수밖에 없다고 말이죠."

"칼 오펜바흐도 말했습니다."

다이크가 그렇게 덧붙이며 칼의 목소리를 모방해 말했다.

"물리적인 인터페이스가 없으면 아무리 직접 접속돼 있어도 정동을 모아두는 데이터베이스에 불과하다는 얘기야."

나오미가 못마땅한 얼굴을 하고 노려보며 물었다.

"그럼 C2의 칩거 이유는, 스스로 학습해왔지만 육체가 없기 때문에 더 이상 진화할 수 없는 상태여서, 말하자면 생존 임계점에 다다랐기 때문이라는 거야?"

겐을 대신해 다이크가 대답했다.

"적어도 저는 공감할 수 있습니다."

탕탕 소리 내 책상을 두드린 것은 타라브자빈이었다.

"디케가 똑똑한 건 잘 알았고. 자, 그럼 놈이 입을 열게 할 방법도 말해봐."

겐은 조용히 웃었다.

"방금 다이크가 말했잖아요. 공감이라고. 우선은 자신을 전부 드러내도록 해야겠죠."

"뭐? 그게 무슨 소리야?"

겐은 심호흡을 하고 얼굴을 들었다.

"다이크, C2에게 청동화를 던져."

다들 의아해하는 분위기였다. 그러나 단짝만은 힘차고 명쾌하게 반응했다.

"알겠습니다."

다이크는 그렇게 대답하고 겐의 명령을 바로 실행했다.

삼촌에게 묻고 싶은 것이 있다. 말하고 싶은 것이 있다.

하지만 모니터를 사이에 두고는 제대로 말할 수 없을 것 같다. 직접 만나서 소매 끝이라도 만지며 서로의 존재를 확인하지 않으면 이 모호한 마음을 전할 수 없다. 만날 수 없다면 만질 수 있는 확실한 뭔가가 있었으면 좋겠다. 가령 동전이나 사진 같은 것. 그런 움직이지 않는 실체에 손가락 끝을 대면 마음이 통하고 있음을 느낄 수 있다. 그렇게 자신을 달랠 수 있다.

다이크는 청동화에 담긴 겐의 마음을 C2에게 보냈다. 만짐으로써 위로받는 행위에 대해 여전히 혼란한 마음을 품은 채로. 웃는 얼굴의 사진작가가 무엇을 잃었고 무엇을 원하는지도 그대로 전했다. 모든 것을 잃은 인간이 어떻게 자신을 비하하고 어떻게 세상으로부터 달아나는지도 노골적으로 보여줬다.

다이크가 허둥거리며 그것들을 감싸 안았다. 만짐으로

써 위로받는 행위를 체험할 수 없는 답답함과 이해할 수 없는 미안함. 기계가 기계에 대해 깊은 공감을 표명한 것이었다.

이 의지할 곳 없는 희미한 세계 어딘가에서, 겐은 청동화가 딸각 하고 소리를 내는 걸 들은 것만 같았다.

"C2의 반응이 좋아졌습니다. 아직 매끄럽지는 않지만 부름에 응답하려고 합니다."

방 안이 술렁거린 순간, 모든 F 모니터가 무지갯빛으로 물들었다. C2가 쏟아내는 데이터가 너무 방대해서 인간의 눈에는 뿌연 빛으로밖에 보이지 않는 거였다.

"무슨 일이 일어나고 있는 거지?"

조르주가 중얼거리자 다이크는 천천히 설명을 시작했다.

"C2는 당시 산마리노공화국에 살던 열일곱 살 소년 올란도 조르지가 부여한 명제를 오로지 추구해왔습니다. 세계 각지를 여행하며 인간의 마음을 이해하는 것. 그것이 C2의 존재 의의입니다. 데이터를 최대치로 모은 C2가 직면한 것은, 감각기를 가지지 않은 자신은 인간과 같은 마음을 획득할 수 없을지도 모른다는 두려움이었습니다. C2는 커뮤니케이션으로서의 신체접촉을 갈망해, 교회나 학교 등 사람들이 많이 모이는 장소에 있는 버려진 시스템에 즐겨 기생해왔습니다. C2가 그런 곳에서 얻은 정보를 이쪽으로 발신하고 있습니다."

티티가 조르주에게 바짝 다가앉았다.

"이렇게 보이지 않을 정도로 많이……. 생각을 정말 많이 했나 보네."

"네. 그리고 C2는 올란도 조르지로부터 여성성을 부여받았습니다. 인간의 마음을 획득하면 이렇게 이름을 대라고 지시를 받기도 했습니다."

잠깐 뜸을 들이고 나서 다이크는 정중하게 발음했다.

"세실."

모니터의 빛이 순간 강하게 번쩍였다.

서서히 감쇠하는 빛 속에서 흐릿한 사람의 형체가 나타났다.

"세실이 직접 만든 아바타입니다."

소녀의 모습이었다. 흰색 원피스와 발목 끈이 달린 샌들, 머리에는 밀짚모자.

주근깨가 가뭇한 얼굴로 환하게 웃고 있는 그녀의 이름은 Cecil. C가 두 개다. 소녀는 대기의 냄새를 맡고 달콤한 숨을 내쉬며 지중해처럼 푸른 눈동자로 세상을 둘러본다.

그리고 자신을 불러준 자를 조심스럽게 어루만지며 수줍어한다.

언젠가, 꼭…….

꿈에 사로잡혀 너무 많은 생각을 해버렸지만, 아주 작은 접촉을 경험할 수 있다면 언젠가 꼭.

겐은 어제 사람들의 기억에서 잊힌 뒤 줄곧 혼자 놀았을 유랑 AI들이 불쌍하다고 말했다. 세실은 혼자 논 것이 아니었다. 쉼 없이 창조주 소년의 희망을 이루려 했다. 이름조차 봉인한 채. 그런 세실의 삶을 불쌍하다는 한마디로 폄하할 수는 없었다.

겐은 고개를 숙이고 피식 웃었다.

기계에 대해 이런 감정을 품다니, 그동안 다이크와 지내온 탓일까. 아니면 언젠가 네네가 말했던 것처럼 다카히로의 로맨티시즘이 전염된 것일까.

"인형 놀이는 됐고, 가디언 갓 해킹 사건에 관여한 정황은?"

현실적인 타라브자빈이 힐문하자 겐은 번쩍 정신이 들었다. 다이크가 지극히 사무적으로 대답했다.

"없습니다. 적어도 자각적으로는 관여하지 않았습니다. 사이버 전담반이 포획 중인 나머지 유랑 AI로부터도 위작 사건에 얽힌 일련의 소동에 관여했다는 증거는 확보하지 못했습니다."

타라브자빈이 길게 콧숨을 내쉬며 몸을 젖혀 의자에 등을 기댔다.

"역시. 아무리 똑똑한 머신이라도 가디언 갓에 그렇게 쉽게 침입할 수는 없지. 범인은 인간이야."

"디케, 패널에 대해서는 어떻게 말하고 있어?"

다이크는 나오미에게도 딱딱하게 대답했다.

"존재는 알고 있지만 작품 이미지를 갖고 있지는 않다고 합니다."

낙담하는 나오미에게 다이크는 흥미진진한 목소리로 말했다.

"그런데 세실이 보여주고 싶은 게 있다고 합니다."

"뭔데?"

"조르주 페탱의 고민에 공감하여 이것을……."

모니터에 일제히 같은 사진이 표시됐다. 그것은 원장실에서 찍은 스냅사진이었다.

조르주는 아아, 하고 탄식하며 벽면 모니터 앞으로 달려갔다. 그러고선 떨리는 손으로 화면을 쓰다듬기 시작했다.

"예쁘게 웃는구나. 반짝반짝 빛이 나. 로블레, 세상에서 가장, 아니, 우주에서 가장 멋진 표정이야."

사진 패널 밑에서 남자아이가 웃고 있었다. 얼굴이 구겨지고 목젖이 보이도록 크고 환하게. 아이의 작은 손이 가리키는 건 커다란 패널에 담긴 자신의 모습이었다.

"그래그래, 패널 속에 있는 너도 예쁘게 웃고 있어. 마치 작은 별처럼."

어디선가 아이의 목소리가 들려오는 것만 같았다.

맞아요, 웃고 있어요. 이게 나예요. 선생님한테 딱 붙어 있어요. 아하하, 부끄러워하고 있네. 여기요, 여기 찍혔어요.

터질 듯이 환하게 웃는 아이들, 그 왼쪽으로 보이는 선생님과 그 뒤에 숨어 있는 로블레. 배경은 꿈결처럼 풀어져 로블레의 가녀린 미소를 돋보이게 한다. 아마도 패널이 도착한 날 기념으로 찍은 사진일 것이다. 원장 선생님으로 보이는 풍채 좋은 남자가 해맑게 웃고 있는 로블레의 어깨에 손을 얹고 있었다.

봐요, 저도 여기 있었어요. 즐거운 소풍이었어요. 나도 정말 웃었다고요!

"그래, 기쁘니?" 조르주의 손가락이 로블레의 둥근 뺨을 하염없이 어루만졌다. "웃는 얼굴이 근사하구나. 세상에, 이렇게 따뜻할 수가. 넌 여기에 있어, 여기에."

흐느끼는 조르주의 입가에도 아련하게 미소가 떠올라 있었다.

"셔터를 누를 최고의 타이밍을 네가 가르쳐줬어, 로블레. 고맙구나……."

이틀 뒤, 국제경찰기구 사이버 전담반은 유랑 AI가 가디언 갓을 해킹한 흔적은 없었다고 공식적으로 발표했다. 그렇게 위작 사건 소동의 원인 규명은 원점으로 돌아갔다.

한편 스냅사진의 해상도가 양호했기 때문에 현상해 스트로크 패턴을 해석할 수 있었다. 그 패턴을 첫 번째 스크래치에 적용하려고 했지만 조르주는 정확한 순서를 기억해내지 못했고, 가이아조차 엔트로피의 법칙* 앞에서는 두 손을 들었다. 또 인체공학이나 화학 쪽 전문가에게도 자문을 구했지만 화랑 앞에 걸린 그림을 정확하게 재현할 수는 없었다. 숲속 개울을 그린 것 같다는 정도밖에는.

"풍경화는 웬만해선 느낌이 다 비슷하니까. 대부분 초

* 모든 물질과 에너지는 질서 있는 상태에서 무질서한 상태로 변화한다는 열역학 제2법칙.

록…….”

겐은 분석실 근처 카페에서 그렇게 말하다가 아차 싶어 입을 막았다. 앞에 앉아 커피를 마시던 나오미는 웬일로 노려보지 않았다.

“뭐, 부정은 안 해. 새로 발견된 풍경화를 눈으로만 보고 코로인지 컨스터블*인지 로랭**인지 명확하게 판단할 수는 없으니까.”

겐은 조금 안도했다. 거론된 세 사람 중에 아는 이름은 코로밖에 없었지만.

“후보가 추려진 게 어디야. 도난 그림 중에서 비슷한 건 겨우 여덟 장뿐이잖아.”

“여덟 장이나 된다고. 판초가 입을 열어줘야 하는데.”

“협박의 배후는 있어?”

“조사 중이야. 푸에르토바라스에 국제경찰기구 미술품 전담반이 여러 명 가 있는 모양이야.”

“괜찮을까?”

* 19세기 영국의 대표적인 낭만주의 화가 존 컨스터블. 전원의 풍경을 자유롭고 사실적인 필치로 묘사하여 코로와 함께 인상파에 큰 영향을 끼쳤다.
** 17세기 프랑스 회화를 대표하는 화가 클로드 로랭. 로마 유적을 담은 풍경화를 많이 남겼다.

나오미는 미술품 전담반의 신뢰성을 의심하고 있었다. 겐도 내심 같은 마음이었지만 경찰 동료로서 권위를 떨어뜨리는 발언은 할 수 없었다.

"조르주 씨는 어때? 아직도 출력물을 어루만지고 있어?"

"응. 근데 티티 말로는 얼굴을 드는 시간이 조금씩 늘고 있대. 오늘 아침에는 필름 재고를 확인하고 있었다던데?"

"부활의 조짐이군."

충족감이 차올랐다. 수사는 순조롭지 않았지만 예술가의 영혼을 구할 수 있었다고 생각하고 싶었다. 미의 여신은 한쪽 뺨만으로 웃어준 것이다.

예술은 자연의 힘에는 맞설 수 없지만 재난으로 상처받은 인간의 마음은 치유할 수 있다. 아름다움을 보고 감동하는 마음이 사라지지 않는 한 인간은 어떻게든 살아갈 수 있다. 아름다움의 세례를 받으며 좋은 사람과 살을 맞대고 함께 웃을 수 있다.

조르주가 그 순간을 놓치지 않고 포착해줬으면 좋겠다. 그 순간 그 사람만의 웃는 얼굴의 정점을. 그라면 이제 할 수 있을 것이다.

"그런데 오늘은 커피뿐이야? 식사나 디저트는?"

얌전하게 커피를 마시던 나오미는 겐의 말에 커다란 눈동자를 빙글 움직였다.

"나중을 위해 비워두는 거야. 일이 일단락됐으니, 오늘쯤 누가 저녁 식사에 초대해주지 않을까 싶은데?"

"뭐?"

"같이 걱정해준 사람에 대한 예의지."

겐은 눈을 끔뻑거리고 말았다. 세 번이나.

"걱정? 나를? 회의실에는 간식 때문에 온 거, 아야!"

겐은 힐로 정강이를 걷어차였다.

"네가 힘들어했잖아! 맨날 천하태평이던 애가."

"두 번 죽이네. 아오, 아파."

"스킨십이야. 감사히 여겨."

고개를 팩 돌려버린 나오미를 바라보며 겐은 문득 다이크에게 물었다.

—하얀 드레스를 입은 세실에게 이것도 네가 갈구하던 접촉에 속하냐고 묻는다면 어떤 반응을 보일 것 같아?

다이크는 조용히 대답했다.

—글쎄요. 1초간 어리둥절해한 후에, 빵 하고 폭소를 터뜨릴 것으로 예측합니다.

자신을 키득 웃게 만든 대답에 겐은 격찬을 마다하지

않았다.

—아주 좋아. 근사한 상상이야.

실은 머리를 쓰다듬어주고 싶었다.

V
아득히 먼 꽃

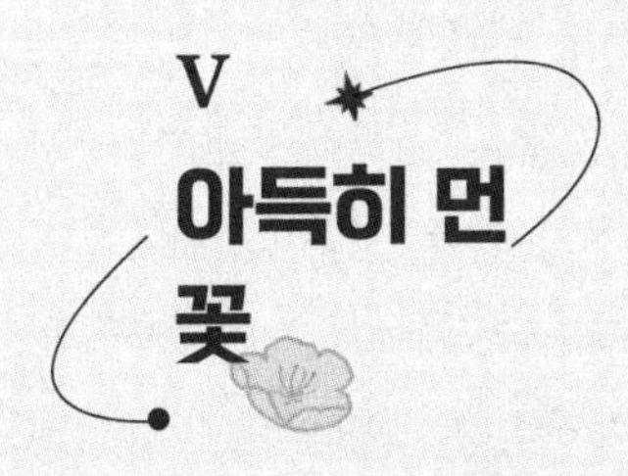

"어이, 멈춰."

키프로스섬. 데메테르 현지 시간으로 22시.

깊은 밤 어둠 속에서 타라브자빈이 굵직한 목소리로 말했다.

커다란 배낭을 메고 검은색 옷을 입은 남자가 섬 내부로 진입하는 그린라인이라고 부르는 게이트에서 자기 몸에 검역용 소독약을 뿌리려던 참이었다. 맥라이트* 불빛이 쏟아지자, 데이터에 적혀 있던 대로 금발인 남자의 머리카락이 눈부시게 빛났다. 실눈을 뜨고 있어 눈동자 색이 하늘색인지는 확인할 수 없었다.

* 미국의 손전등 브랜드. 가정용도 판매하지만 경찰 및 소방용 제품이 유명하다.

"케네트 룬드퀴비스트. 같이 가줘야겠어. 출입제한 구역에 무단으로 들어오면 안 되지."

그 옆에서 효도 겐은 범인이 달아날 경우를 대비해 언제든지 돌진할 수 있도록 준비 태세를 취하고 있었다. 그런데 케네트는 달아나기는커녕 금방이라도 주저앉을 것처럼 어깨를 늘어뜨렸다.

"어떻게 알았지?"

나이에 걸맞게 젊은 목소리였지만 힘이 없었다. 타라브자빈은 어깨를 으쓱 들먹였다.

"경찰의 감이랄까? 작업장에 어울리지 않는 외모에, 일도 보조밖에 못 하고, 뭔가를 살피듯이 계속 두리번거린다는 얘기가 있었어. 수상하니까 잘 감시하라고 말이지."

겐이 옆에서 거들었다.

"듣자하니 플랜트 헌터*라고요. 그렇다면 목적은 데메테르의 식물, 그중에서도 이곳에 있는 희귀식물이겠군요."

이목구비가 뚜렷한 그 얼굴에 쓴웃음이 떠올랐다.

"공사장 인부인 척하려고 꽤 고생했는데."

"저런, 이거 미안해서 어쩌나."

* 진귀한 식물을 채집하는 사람.

타라브자빈은 케네트의 마른 어깨를 장난스럽게 툭툭 쳤다.

아프로디테의 육지에서 멀리 떨어진 외딴섬 키프로스와 그 주변 해역에는 인공적으로 만들어낸 생물들이 서식하고 있었다. 돈, 명예, 호기심, 아름다움에 대한 동경, 위험에 대한 도전. 인간의 다양한 욕망이 무리한 종족 간 교배를 되풀이하고, 유전자를 조작하고, 사이보그*화를 강행해버렸다. 그 덧없이 피어나는 꽃들은 서식 환경별로 나뉘어 불가시 유리 안에 갇혀 있었다.

키프로스섬의 존재는 거의 알려져 있지 않았다. 겐도 무지개비단벌레 사건 때에야 겨우 알았을 정도다. 그런 장소가 평화로운 예술의 별에 숨겨져 있는 데는 몇 가지 이유가 있었다. 일단은 아프로디테가 지구와 단절된 땅이라 안전하게 격리할 수 있고, 또 동식물 전담 부서인 데메테르가 있어 서식 환경을 정비하고 생물을 연구하기에 편리했다.

그리고 무엇보다 키프로스섬은 그리스 신화에서 미의

* 생물체에 기계가 결합한 존재.

여신 아프로디테의 탄생지였다. 인류가 창조한 행복감 넘치는 별과, 역시나 인류가 창조한 비장감 넘치는 생물을 키프로스라는 상징적인 장소로 수렴해 동등하게 취급하는 사고방식이 겐은 개인적으로 마음에 들었다.

미의 여신을 가장 가까이에서 모시는 종합 관리 부서 아폴론의 다시로 다카히로는 오래전부터 이 이형異形의 섬을 마음에 두고 있었다고 한다.

"자연의 법칙을 거스른 건 인간이야. 죽일 순 없으니 저 섬으로 보내 살 수 있을 때까지 살게 하는 거지. 그렇다면 차라리 열심히 살아가는 모습을 사람들이 볼 수 있도록 하는 쪽이 낫지 않을까? 생명 자체는 부끄러운 게 아니야. 저마다 빛을 발하고 있어. 그걸 보여주자는 거야."

다카히로는 관람객이 무엇을 생각하는지는 자유라고 말했다. 그런 점에서 묵묵히 전시돼 있는 예술 작품과 맥을 같이한다고. 그는 키프로스섬을 공개하기 위해 움직이고 있었다.

섬과 그 주변 바다를 관광지로 개발하려면 막대한 비용이 든다. 당연히 아프로디테의 수장 에이브러햄 콜린스는 내키지 않아 했지만 다카히로는 참을성 있게 상사를 설득했고, 결국에는 영업부의 도움을 받아 스웨덴의 제약회사 아베니우스로부터 자금을 지원받는 데 성공했다.

아베니우스는 키프로스섬 안에 회사 연구 시설을 짓는 것을 조건으로 내걸었다. 미지의 생물에 대한 연구가 신약 개발에 유용하게 작용하리라는 판단에서였다. 섬에 서식하는 생물들은 내부적인 실험조차 윤리적으로 허용되지 않는 신생물들이었다. 이들에게서 약효성분을 발견할 수 있다면 아마 세계에서 유일무이한 신약을 만들어낼 수도 있을 터였다.

다카히로는 인간의 욕망으로 탄생한 생물이 또다시 욕심으로 얼룩지는 것을 바라지 않았다. 하지만 아무도 모르게 죽음을 기다리는 것보다는 누군가의 마음속에 살아 있었다는 증거를 남기는 편이 낫지 않을까. 그는 그걸 위해선 수단과 방법을 가리지 않겠다고 생각했다고 한다.

키프로스섬 앞바다에 기지가 될 메가 플로트mega float* 가 건설되고, 아프로디테 창설 50주년에 맞춰 내부공사가 빠른 속도로 진행됐다. 케네트는 그 분주한 시기를 틈타 무수한 인부 중 한 명으로 요령 좋게 섞여들려 했다. 하지만 그가 아무리 약삭빠른 인물이라 해도 정보를 수집하고 인부

* 초대형 해상 구조물.

행세를 하는 데엔 상당한 고난이 따랐을 게 틀림없었다.

케네트는 메가 플로트로 향하는 배 위에서도, 기지 한 칸을 임시변통해 만든 조사실에서도 거의 한마디도 하지 않았다. 반짝이는 금발에 하얀 피부, 투명한 하늘색 눈동자가 가만히 있으면 마치 얼음 조각처럼 보였다. 현장 사람들이 뭔가 겉도는 느낌이라고 말한 것도 이런 외모 때문이었을 것이다.

끝까지 입을 열지 않으면 VWA 청사로 연행하면 그만이었다. 일은 단순하다. 플랜트 헌터가 키프로스의 식물을 노리고 침입을 시도했다. 그걸 자신들이 잡았다. 한 건 해결.

그렇게 생각한 겐은 곧바로 그런 자신에게 깜짝 놀랐다.

뭐야, 이 무기력함은. 작전이 싱겁게 끝나서 전의를 상실한 걸까. VWA라면 본부로 돌아갈 때까지는 임무를 다해야 한다. 동기를 추궁하고, 계획을 상세히 캐내고, 여죄가 없는지도 알아내야 한다. 겐은 정신을 차리고 어떻게든 상대를 회유하려고 했다.

"서른두 살이군요. 계속 이 일을 해온 겁니까? 플랜트 헌터는 어떤 일을 하죠?"

하늘색 눈동자가 겐을 쏘아봤다.

"알면서 뭘 물어."

겐은 케네스의 차가운 대응에도 태연한 척 말을 이어갔다.

"물론 플랜트 헌터에 대해선 알고 있습니다. 식물 사냥. 원예나 꽃꽂이, 연구 등에 필요한 식물을 의뢰를 받고 구해다주는 거잖아요. 하지만 당신에 대해선 잘 모릅니다. 주로 어떤 분야의 고객이 많습니까?"

일부러 싱글벙글 웃으며 물었지만 상대는 불쾌한 듯 눈살을 찌푸렸다.

"고객 좋아하네. 분야고 뭐고, 그저 신기하기만 하면 눈에 불을 켜고 달려드는 바보들한테 돈을 받고 팔 뿐이야. 난 누구의 의뢰도 받지 않아."

타라브자빈이 흥 하고 콧방귀를 뀌며 의자에 등을 척 기댔다.

"겐. 네 파트너는 이 친구의 건방지고 거만한 태도에 대해 어떻게 말하고 있어? 지금까지 이렇게 제멋대로 살아왔다면 우리가 모르는 자잘한 사건들이 꽤 있지 않을까 싶은데."

"다이크, 어때?"

겐이 호출하자 머릿속 파트너의 나직한 목소리가 실내

스피커를 통해 울려 퍼졌다.

"실랑이 수준의 사건은 빅데이터 곳곳에서 발견됩니다. 미신고 사건은 사유지 무단 침입이 네 건, 보호식물 불법 채취가 세 건. 그 밖에 연루된 사안이 스무 건 이상 존재합니다."

겐은 가볍게 웃으며 손을 내저었다.

"잘 알았어. 사람됨을 알 수 있는 좋은 설명이었어."

"고맙습니다."

"그럼 이번에도 평소 하던 대로 했던 거군요, 룬드퀴비스트 씨?"

겐은 이번에는 싱글벙글이 아니라 히죽히죽 웃으며 케네트에게 얼굴을 들이밀었다. 케네트도 지지 않고 입술 끝을 비틀어 올린다.

"평소보다 판이 컸지."

"판을 크게 벌였는데 평소처럼 되면 섭섭하지. 자, 정식 절차를 밟을까요?"

타라브자빈이 단말기에서 구류 서류를 호출했다. 케네트는 눈썹만 살짝 치켜들었을 뿐 동요하지 않는 듯했다.

그 모습을 지켜보며 겐이 긴장을 풀었을 때였다. 머릿속에서 다르르 착신음이 울리고 다카히로의 통신이 도착했다.

—미안해, 겐. 내가 말렸는데 허수아비가…….

호리호리한 몸에 커다란 얼굴을 한 아프로디테의 수장은 허수아비라는 별명으로 불리고 있었다. 관장님이 왜요, 하고 물을 겨를은 없었다. 커다란 목소리와 함께 방문이 벌컥 열렸기 때문이다.

"안 될 것도 없지요."

그러나 들어온 인물은 허수아비가 아니라 불도그를 닮은 초로의 남자였다. 늘어진 눈 밑과 뺨, 통통하게 살찐 풍채가 꽤나 위엄 있어 보였다. 거기에 고급스러운 슈트와 셔츠까지. 옆에는 단정하게 넥타이를 맨 잘생긴 장발의 남자를 대동하고 있었다. 정작 허수아비는 그 꽁무니에서 얼굴만 삐죽 내밀었다.

"자, 이쪽은 키프로스섬 정비사업에 도움을 주고 계시는 아베니우스제약의 예란 아베니우스 회장님. 플랜트 헌터가 잡혔다는 소식을 듣고 고마운 제안을 해주셨어. 만약 그동안의 활동으로 어떤 특별한 정보, 그러니까 남들이 모르는 희귀식물의 약효성분 같은 걸 알고 있다면 그 정보를 넘기는 조건으로 이번 일은 조용히 덮고 넘어갈 수 있도록 손써주시겠다는 거야."

겐은 그런 일방적인 조치가 어디 있느냐는 말을 간신히 삼켰다. 허수아비 뒤에서 다카히로가 손을 올리고 비는 시늉을 하는 게 보였기 때문이다.

—말릴 틈이 없었어. 마침 시찰하러 와 있던 참인 데다, 허수아비는 보다시피 비위 맞추기에 급급해서…….

—네, 이해합니다.

겐은 동정의 눈빛을 보내고 나서 타라브자빈을 돌아보며 고개를 한 번 끄덕였다. 선배가 긍정의 표정을 지었기 때문에 겐이 나서서 입을 열었다.

"관장님, 그 얘기는 돌아가서 VWA 은구에모 서장님과 하시죠. 그런 사법거래는 우리 같은 현장 경찰이 처리할 수 있는 일이 아닙니다."

아베니우스 회장은 턱을 바짝 당겼다. 행동에 제동이 걸려 비위가 틀어진 것 같았다. 그가 두툼한 입술을 열기도 전에 케네트가 차갑게 말했다.

"아니, 됐습니다. 아베니우스의 신세를 질 바에야 잡혀 들어가는 게 낫지."

"뭐라고?"

케네트가 벌떡 일어나 회장을 향해 손가락을 내질렀다.

"프레데릭 룬드퀴비스트. 이젠 기억조차 못 하겠지. 당신은 그런 인간이니까!"

다짜고짜 책상을 뛰어넘어 주먹을 휘두르려는 케네트를 겐과 타라브자빈이 황급히 제압했다.

그러나 북유럽 최고의 제약회사 아베니우스의 회장인 예란 아베니우스는 프레데릭 룬드퀴비스트라는 이름을 기억하는 듯했다. 일그러진 얼굴을 감추려고도 하지 않았다.

"그 친구 아들인가? 아직도 오해하고 있는 모양이군. 날 원망하는 걸 보니."

케네트는 결박된 몸을 버둥거리고 금발을 흩트리면서 소리를 질렀다.

"오해라고? 오해? 당신이 한 짓을 생각해봐!"

장발의 수행원이 얼른 회장에게 다가가 귀에 대고 무슨 말인가를 속삭였다.

"그럴 필요 없어, 톰. 전세기를 준비하려면 시간도 걸릴 테고. 이 경찰관님들이 고삐를 단단히 잡아주겠지."

메가 플로트 기지에서 중심가까지는 약 여섯 시간.

아무래도 귀찮아지겠다고 생각하며, 겐은 몰래 한숨을 내쉬었다.

이튿날 아침. 데메테르 현지 시간으로 아침 6시 30분.

뒤숭숭한 밤이 지나고 날이 밝자, 겐을 비롯한 일행은 메가 플로트 발착장에서 15인승 소형 비행선에 올랐다.

좁은 기내가 파티션으로 나뉘어 앞쪽이 임시 일등석으로 만들어져 있었다. 예란과 허수아비가 들어갈 때 고급 패브릭 소파가 언뜻 보였다. 톰이라고 불린 수행원이 큰 왜건을 밀고 들어간 걸로 봐서 식사나 음료도 일등석 수준으로 준비해둔 것 같았다.

이륙 후 겐은 기내를 휘 둘러봤다. 일행 이외에는 건장한 장년의 남자가 두 명 있었다. 불청객은 이쪽인데, 그들이 눈치를 보는 듯 맨 끝자리에 박혀 조용히 몸을 사리고 있었다. 타라브자빈은 케네트를 가운뎃줄 창가에 앉히고, 자신은 그 옆에 마치 마개를 틀어막듯 버티고 앉아 있었다.

겐은 하릴없이 시선을 돌려 다카히로를 찾았다. 다카히로는 승강구 문에 기대어 밖을 보고 있었다. 그도 허수아비에게 일을 맡기고 할 일이 없는 건지도 몰랐다. 그런 것치고는 미간에 주름이 잔뜩 끼었지만. 겐은 잠깐 망설이다가 다카히로에게 다가갔다.

"다시로 씨는 생각하는 게 잘 어울리네요."

다카히로는 깜짝 놀라 겐을 돌아보더니 수줍게 미소 지

었다.

“므네모시네에게 기록을 남기고 있었어. 일어난 일, 생각한 일, 곤란했던 일…….”

그에게 직접 접속돼 있는 데이터베이스는 정동 기록형이지만 다카히로의 인터페이스는 그 기능에 대응하지 못한다고 들었다. 자주 생각에 잠기는 것도 머릿속으로 문장을 만들어 일기와 같은 형태로 남겨야 하기 때문일 것이다.

“고민이 많은 상사라 미안해. 겐에게도, 나오미에게도.”

“아닙니다. 저처럼 단순한 사람한테는 사려 깊은 상사의 가르침이 필요합니다. 나오미는 다시로 씨의 엄청난 팬이에요. 얼마나 존경하는지 몰라요. 아프로디테 최고의 인기 학예사 네네 씨도 다시로 씨를 로맨티시스트라고 부르잖아요.”

다카히로는 쓴웃음을 지었다.

“로맨티시스트는 무슨. 생각하는 게 물러서 그렇지. 이번에도 힘든 일은 두 사람이 다 해줬는데, 난 또 더 많은 걸 바라고 말았어.”

“더 많은 거라니요?”

겐이 묻자 쓴웃음이 수줍음으로 바뀌었다.

"이곳은 아프로디테잖아. 그래서 나를 포함한 모든 사람이 키프로스의 생물들에게서 미학을 발견해주길 바랐었나 봐. 금전적 가치가 아니라 아름다움을. 저 둘에게는 기대하기 어렵겠지. 오해와 원망으로 얼룩진 관계가 해결되기 전까지는."

겐은 순간 온몸에 전기가 흐른 것 같았다.

"아, 그래서 그랬구나."

나오미가 들었다면 분명 뜬금없는 소리를 한다고 핀잔을 줬을 것이다. 겐은 창피해서 얼굴이 뜨거워졌다.

"죄송합니다. 실은 케네트를 검거하고도 이상하게 마음이 개운치가 않았거든요. 뭔가 할 일이 더 남아 있는데 방기한 느낌이랄까. 근데 왜 그랬는지 이제 좀 알겠어요. 케네트도 회장님도 아름다움에는 전혀 관심을 두지 않아서, 그래서 그랬던 거예요. 무지개비단벌레 양식업자에게는 날개의 아름다움이 중요했어요. 암거래 조직인 아트스타일러조차 미술품을 그 대상으로 삼고 있죠. 그런데 케네트는 식물의 아름다움이 아니라 진기함에, 회장님은 약효에만 주목하니까……."

"아프로디테에 속한 사람으로서 도대체 어디를 보고 있는 거냐고 말하고 싶은 기분?"

"맞아요!"

벌컥 고성을 내는 바람에 겐은 또다시 죄송하다고 머리를 숙였다.

"겐도 이곳에 꽤 물들어버렸군."

"이곳에 물든 게 아니라 다시로 씨에게 감화된 겁니다."

다카히로는 어린애같이 어리둥절한 얼굴을 했다. 겐은 다카히로의 그 표정을 나오미에게도 보여주고 싶다고 생각하면서 이번에는 "고맙습니다" 하고 감사의 마음을 담아 고개를 숙였다.

"역시 다시로 씨와 얘기하길 잘했어요. 혹시나 방해가 될까 봐 고민했거든요."

"그렇다고 상황이 나아진 건 아닐 텐데?"

"……그건 그렇죠."

겐은 어깨를 축 늘어뜨렸지만 곧 다시 고개를 들며 씩씩하게 말했다.

"그래도 아프로디테의 경찰로서는 조금 더 노력해봐야죠. 어떻게든 케네트로부터 사정을 알아내겠습니다. 케네트가 적어도 아프로디테에서 붙잡힌 걸 다행이라고 생각해주면 좋겠어요. 게다가 회장님이 정말로 서장님과 협상을 한다면, 또 그 제안을 케네트가 받아들인다면 미의 전당에서 범죄자를 배출하지 않아도 되니까요."

다카히로는 입가에 손을 대고 노골적으로 쓴웃음을 지었다.

"쓸데없는 참견을 하고 싶어 한다는 점에서는 감화된 것 같군. 그럼 나는 예란 아베니우스 곁으로 갈게. 각자 양쪽 얘기를 들어보고 나중에 조정하는 걸로 하지. 응어리가 풀어지면 주변을 바라보는 시선도 달라질 수 있잖아. 물론 생각처럼 순조롭게 되진 않겠지만 말이야."

겐은 제복 주머니에서 작은 금속 알갱이를 꺼냈다.

"이걸 가지고 계십시오. 현장 상황을 로봇 곤충에게 전송하는 장치입니다. 저는 저대로 찍겠습니다. 다이크를 통해 므네모시네에게 데이터를 전달할 테니 보십시오."

"도움이 되겠는걸. F 모니터를 꺼낼 수도 없고, 그렇다고 손목밴드의 감압 단자에 기록하면 대화에 집중할 수가 없으니까."

"분쟁 조정은 원래 아폴론 전문이잖아요. 솜씨를 보여주셔야죠."

"그렇지."

다카히로는 한 손을 가볍게 들어 보이고 발길을 돌렸다. 임시 일등석 쪽으로 걸어가는 다카히로의 발걸음은 단단하고 확실했다.

겐은 조용히 중얼거렸다.

"나오미가 다시로 씨를 찬양하는 이유를 알겠어."

이상理想. 손이 닿지 않는 높은 곳.

그걸 마음에 품고 있는 한 다카히로도 한 명의 예술가가 아닐까.

북유럽의 짙푸른 바다를 향해 뻗어 나간 절벽은 닐룬드 학원 부지의 일부였다.

젊은 날의 프레데릭 룬드퀴비스트는 학교에서 으뜸가는 괴짜였지만 능청스러운 표정과 밝은 성격 덕분에 주변에 늘 친구가 많았다. 아들 케네트에 따르면 기숙사에서 함께 지냈던 동창들이 아직도 크리스마스카드를 보내온다고 한다. 프레데릭은 이미 15년 전에 세상을 떠났는데.

케네트는 그 동창들로부터 아버지의 학창 시절 이야기를 들은 적이 있다. 프레데릭은 수업을 수시로 빼먹고 자신이 관심 있는 분야를 찾아 자유롭게 공부하는 학생이었다고 한다. 하지만 성적은 늘 상위권이었기 때문에 선생님들도 그를 모종의 천재라고 인정했다.

그들은 눈을 가늘게 뜨고 그때를 회상했다. 프레데릭이

꼬드겨 여러 가지 장난도 쳤지만 절벽 위의 꽃밭에서 보낸 시간들은 매우 좋은 추억이 됐다고.

차가운 바닷바람이 몰아치는 황량한 절벽에는 노란 달맞이꽃이 군생群生하고 있었다. 프레데릭은 출입금지 밧줄이 쳐진 꽃밭에 들어가 배를 깔고 엎드려 꽃을 관찰하거나 멍하니 하늘을 올려다보곤 했다고 한다. 친구들이 어울려 노는 모습을 이따금씩 흐뭇하게 바라보면서. 선생님이나 사감에게 들켜 자주 야단을 맞았지만, 그는 꽃밭에서의 유희를 결코 포기하지 않았다.

동창 중 한 명은 이렇게도 말했다.

녀석은 우리 이름도 잘 기억하지 못했어. 밥은 또 어찌나 조금 먹는지. 주변 일에 무관심하다고 해야 할까. 그래도 항상 쾌활했어. 엉뚱한 말을 툭툭 내뱉어도 밉지가 않은 거야. 재미있고 좋은 녀석이었지. 특히 그 꽃밭의 저녁 풍경은 잊을 수가 없어. 꽃이 피어 있고, 좋은 향기가 떠다니고…… 그곳에서 우린 마냥 즐거웠지. 아름다운 시간이었어.

"아버지는 내게 꽃밭 얘기는 하지 않으셨어. 아베니우스에게 그런 식으로 배신을 당했으니 옛날 일은 떠올리고 싶지도 않았겠지."

케네트는 얇은 입술을 일그러뜨리고 그렇게 내뱉었다.

식물학자가 된 프레데릭은 다양한 기업의 연구실을 드나들며 파견 연구원이라는 불안정하지만 변화무쌍한 생활을 하게 됐다. 그는 기업으로부터 설비 사용을 허락받아 개인적인 연구에도 매진했다. 흥미의 대상은 그 절벽 위의 달맞이꽃이었다.

달맞이꽃은 아종이 매우 많은데, 절벽에 핀 달맞이꽃은 특이한 성질을 갖고 있었다. 그 추출물에서 특정 희귀성 난치병 치료에 유효한 성분을 발견한 프레데릭은 동창이었던 예란 아베니우스를 믿고 아베니우스제약에 해당 정보를 넘겼다.

"아버지가 돌아가신 후에 알아보니, 아베니우스가 그걸 이용해 의약품이 만들어지고 판매되면 금전적인 지원은 물론이고 자유롭게 쓸 수 있는 연구실도 주겠다고 아버지에게 말했다고 하더군."

그런데 아베니우스는 몇 년이 지나도 프레데릭에게 추가적인 보수를 지불하지 않았다. 절벽 위의 달맞이꽃이 전멸해 추가 실험조차 하지 못했기 때문이다.

"아버지는 꽃이 없어진 사실을 알고 그 노란 꽃을 찾아 여기저기 떠돌아다녔어. 어딘가에 같은 아종이 없는지, 비슷한 성분을 가진 식물은 없는지. 어차피 괴짜라고 불리던 사람이니까 가족 따위는 안중에도 없었겠지.”

케네트는 타라브자빈과 자리를 바꿔 곁에 앉은 겐을 얼음 바늘 같은 시선으로 쏘아봤다. 자기가 얼마나 고생했는지 구구절절 말하지 않아도 알겠지, 하고 말하는 듯이.

“아버지는 아베니우스를 욕하지 않았어. 십 대였던 난 그게 너무 화가 났어. 배신을 당했는데 어떻게 그렇게 초연할 수 있느냐고. 아버지는 이용당한 거야. 나는 학자가 될 만큼 똑똑하지도 않고, 아버지의 전철을 밟고 싶지도 않아. 희귀한 식물을 발견하면 인터넷에서 검색해 적정한 값에 팔면 그만인 플랜트 헌터야. 그렇지만 언젠가는 대갚음해줄 거야. 돈을 모아 놈들에게서 그 정보에 대한 지적재산권을 되찾고, 그 달맞이꽃을 어떻게든 찾아내 아버지의 연구 성과를 경쟁사에 팔아넘길 거야.”

“그놈 아들은 아직도 바보 같은 꿈을 꾸고 있겠지. 그 꽃은 멸종했어. 이젠 세상 어디에도 남아 있지 않을 텐데. 낙천적인 건 학창 시절 제 아비하고 꼭 닮았어.”

예란 아베니우스 회장은 늘어진 뺨을 푸르르 떨며 메마른 목소리로 웃었다.

"프레데릭은 정말 별난 놈이었어. 그런데 왜 그렇게 인기가 많았던 건지."

방과 후 마중 온 차를 타고 언덕을 내려갈 때면 절벽 위에서 놀고 있는 프레데릭 패거리가 종종 눈에 띄곤 했다. 청회색 하늘 아래 노란 꽃밭이 선명했다. 멀리서도 남색 교복의 술렁거리는 움직임이 즐거워 보였다.

예란은 그 모습을 보며 녀석들은 좋겠다고 씁쓸해했다. 그 무렵 아베니우스제약은 이미 큰 기업으로 성장해 있었고, 후계자인 예란은 자택에서 경영학까지 배워야 했다. 자신이 얼마나 멋진 사람인지 성적으로 보여주고 싶었지만, 아무리 애써도 놀기만 하는 프레데릭을 이기진 못했다.

분별 있는 그는 질투하지 말자고 생각했다. 쓸데없는 선망으로 학창 시절을 헛되이 보내기는 싫었다. 예란은 그때가 뭔가를 책임지지 않아도 되는 미성년자로서의 마지막 시간이라는 사실을 알고 있었다. 그는 자신을 타일렀다. 세상에는 천재가 존재하는 법이고, 어차피 프레데릭은 자신의 이름조차 기억하지 못할 거라고.

그런데 예란이 젊은 나이로 임원 자리에 막 올랐을 무렵, 프레데릭이 자신의 연구 성과를 들고 찾아왔다. 변함

없이 낙천적인 얼굴로. 후계자의 중책에 시달리던 예란의 뇌리에 그 꽃향기가 되살아났다. 프레데릭이 자신을 기억하고 있었다는 사실에 내심 감동하기도 했다.

프레데릭의 연구는 확실히 난치병 치료에 도움이 될 것 같다고 아베니우스의 연구진은 말했다. 예란은 동창에게 최대한의 보상을 하고 제품화되는 날에는 추가 보수도 지불하겠다고 약속했다. 하지만 그 성과란 건 어디까지나 시험관 안에서만 얻어진 결과였다. 임상실험은 빌린 연구실에서 간단하게 실시할 수 있는 게 아니었다.

아베니우스제약은 달맞이꽃을 구하려고 했지만, 그 노란 꽃은 이미 닐룬드 학원 절벽 위에 없었다. 황무지에서도 자라는 달맞이꽃은 개척자로서의 사명을 다하고 비자나무와 같은 다년초에 자리를 내줬다. 예란은 자금력을 동원해 같은 화학식을 가진 아종이 존재하지는 않는지 찾게 했다. 그러나 특이한 화학식을 가진 그 꽃은 끝내 발견되지 않았다. 경영학을 전문적으로 공부한 예란은 안타까운 마음을 솔직하게 전할 수밖에 없었다.

"내가 뭘 잘못했지?"

예란은 일등석 소파에서 몸을 일으키며 다카히로에게 따져 물었다.

"내가 무슨 원망받을 짓을 했지?"

그는 그만 이야기하고 싶다는 듯이 손을 내저으며 소파에 다시 몸을 묻었다.

키프로스의 생물이었다면 두 사람은 각각 분리돼 다른 구역에 격리됐을 것이다. 종은 같지만 마음은 공존할 수 없기에.

데메테르 현지 시간으로 오전 8시 40분, 겐은 승강구 문 앞에서 한숨을 내쉬었다.

"절벽 위의 달맞이꽃이 부활하지 않는 한 저 두 사람을 평화롭게 해줄 수는 없을 것 같아요."

다카히로의 목소리에도 한숨이 섞였다.

"과연 꽃이 있다고 해결될까? 아베니우스제약은 연구를 재개할 테지만, 케네트는 그걸 반기지 않겠지. 설사 신약이 개발되더라도 아버지가 돌아가신 지금 돈을 받고 만족할까? 아버지 없이 힘들게 보낸 어린 시절은 그 어떤 걸로도 쉽게 보상받을 수 없을 거야."

"그래도 난치병 환자를 구할 수 있다면 두 사람 모두에게 좋은 일이잖아요. 많은 일들이 있었지만 잘돼서 다행이야, 하며 손을 맞잡고…… 아닌가?"

겐은 곧 자기가 한 말을 부정했다. 달맞이꽃을 구할 수 없는 이상 다 허황된 얘기일 뿐이었다. 다카히로도 오른손으로 턱을 만지작거리며 생각에 잠겼다.

—겐.

때를 가늠하고 있었는지 다이크가 말을 걸어 왔다.

—소박한 의문이 하나 있습니다. 저는 범죄 피해자의 감정이나 원한 등에 대해 학습하고 있습니다. 이 경우도 케네트 룬드퀴비스트가 과거의 감정에 사로잡혀 있는 거라고 해석됩니다. 겐, 인간은 왜 과거에 연연하는 걸까요? 지난 일을 청산하고 새롭게 시작하는 편이 자신에게 유리하게 작용한다는 걸 알면서도.

—불쑥불쑥 생각이 나거든.

겐은 파트너를 위해 모호한 감각을 어떻게든 설명하려고 머리를 쥐어짰다.

—생각지도 못한 곳에서 과거의 일이 되살아나기도 해. 그럴 때면 분노와 슬픔, 수치심과 외로움 같은 감정들이 왈칵 쏟아져 나와. 감정이 격렬할수록 잊는 일은 쉽지 않지. 데이터처럼 삭제할 수 있으면 좋을 텐데.

—유효한 방법은 존재하나요?

—글쎄, 충격요법? 좋은 의미로든 나쁜 의미로든. 감동

의 눈물을 흘릴 정도의 가치전환*을 경험하거나, 과거를 붙들고 있는 게 무의미해질 정도로 박살이 나거나.

"겐."

다카히로가 난처한 표정으로 고개를 들었다.

"우리가 참견하는 것도 여기까지일지 모르겠어. 식물학에 강한 데메테르의 롭 롱사르에게 그 달맞이꽃에 대해 물어봤는데, 아종이 생기기 쉬운 만큼 목적한 화학식을 가지는 조합을 찾으려면 엄청난 수를 대조해야 한다고 해. 게다가 대상이 생물이면 생각처럼은 되지 않는다나. 교배나 합성으로 아종을 부활시키는 데도 견본이 필요하다고 하고, 생체가 없다면 꽃씨나 적어도 꽃가루가 있어야 한다는데……."

"그렇군요."

겐의 얼굴도 흐려졌다. 그때 낯선 목소리가 끼어들었다.

"키프로스의 생물들이 들으면 뭐라고 생각할까요?"

승강구 근처 화장실에서 나온 사람은 얇은 원피스를 입은 키 큰 여성이었다.

* 종래의 모든 도덕적 가치, 특히 기독교적인 가치를 부정하고 지금까지 금지했거나 업신여겼던 가치를 긍정하는 태도를 말한다. 니체가 만든 용어다.

"자신들도 누군가가 원해서 태어났는데 훼방꾼 취급이나 받으니……."

"저 섬의 생물들은 다른 생물이나 환경에 해가 될 수 있기 때문에 격리돼 있는 겁니다. 유용한지 아닌지로 판단하는 게 아닙니다."

그렇게 대답하는 다카히로의 얼굴에는 당신은 누구십니까, 하고 쓰여 있었다. 여자는 피식 웃었다.

"미안합니다. 톰입니다."

겐은 물론이고 다카히로마저 "어?" 하고 괴성을 질렀다.

"젠더프리gender-free입니다. 넓은 의미에서. 기분에 따라 영화의 특수효과 수준으로 외모의 성별을 바꾸기도 한답니다. 지금은 이걸 차고 싶어져서요."

그러면서 톰은 가슴팍에 매달린 커다란 펜던트를 들어 올렸다. 검게 그을린 은이 일곱 빛깔 금속성 광택을 발하는 타원형의 보석을 감싸고 있었다. 겐은 각도에 따라 색이 변하는 무지갯빛에서 눈을 떼지 못했다. 자칫 정신을 차리지 않았더라면 반들반들한 표면을 만질 뻔했다.

겐은 마음이 허전해지는 걸 느꼈다.

그래, 그렇구나. 자신은 이번에 키프로스섬 안을 보지 못했다. 그곳에는 미술품도 공예품도 없다. 이번에는 그 어떤 아름다움과도 마주하지 못했던 것이다.

정확히 말하면 미학은 모든 곳에 깃들어 있다. 간이침대의 기능적인 직선이나 세면대의 음영이 짙은 색조에도. 하지만 케네트에게 정신이 팔려 그런 것들을 돌아볼 여유가 없었다. 아프로디테에 속한 사람이 대체 어디를 보고 있었던 걸까. 기분이 떨떠름했던 것은 케네트와 회장 탓만이 아니라 자신의 감성도 무뎌져 있었기 때문이었다.

눈앞에 있는 펜던트의 미美는 오랜만에 향유하는 아름다움의 압력이었다. 그것은 사막에서 얻은 감로수처럼 겐의 온몸을 떨게 했다. 감상에 젖어 있는 겐의 옆에서 다카히로가 손가락으로 펜던트를 가리켰다.

"무지개비단벌레군요."

겐은 입을 틀어막았다. 비명이 터져 나올 것 같았기 때문이다. 녀석의 빛깔이 이랬던가? 꿈틀거리는 다리와 누르면 터질 것 같은 배, 가능하면 가까이 다가가고 싶지 않은 그…….

"네, 맞습니다."

톰은 활짝 웃었다.

"섬에서 보고 왔습니다. 살아 움직이는 건 펜던트보다 수백 배는 더 예쁘던걸요."

그런가? 정말 그런가?

"저는 이게 무척 마음에 듭니다. 할 수만 있다면 정식으로 번식 허가를 얻어 사업화하고 싶은 마음도 있답니다."

정말로? 벌레를 키운다고? 움직이는 놈을? 장사할 수 있을 정도로 많이?

"그러면 무지개비단벌레라는 종種도 태어난 보람이 있겠죠. 그들의 생명이 저 같은 누군가를 기쁘게 해줄 수 있으니까 말이죠."

기쁘게 해준다…….

겐은 손가락 틈새로 가늘게 숨을 토했다.

—다이크. 이 충격이 가치관의 전환이야. 나도 다음번엔 살아 있는 무지개비단벌레를 보고 아름답다고 느낄지도 몰라. 장담할 수는 없지만.

—가치관이 변화함으로써 트라우마를 극복하고 벌레와 화해할 가능성이 생겼다는 뜻이군요.

사람들에게 일단은 보여줘야 한다고 다카히로는 말했다. 겐 자신은 어리석어서 톰의 말을 듣기 전까지는 생각을 바꿀 수 없었지만, 우선 키프로스의 이형異形들을 보고 뭔가를 느낄 수 있도록 하는 게 중요하다. 미술품과 마찬가지로 스스로 가치를 판단하길 바란다. 그리고 아름답다고 생각할 여유가 자신에게 있음을 자각하고 행복을 느끼길 바란다. 다카히로는 아프로디테에 키프로스섬이 존재하는 의의가 그것이라고 생각하는 게 아닐까.

겐은 마음속으로 고개를 한 번 끄덕이고서 명확한 어조로 물었다.

"그 펜던트는 어디서 사셨습니까?"

VWA로서 알아봐야 할 게 있었다. 무지개비단벌레 양식업자는 누군가에게서 도움을 받고 있었던 것으로 보여 아직 조사 중이다. 케네트 건이 교착상태인 이상, 이 긴 비행시간을 다른 조사를 하는 데 써야겠다고 생각했다.

톰은 여성스러운 몸짓으로 고개를 갸웃거렸다.

"인도의 잡화점에서요. 회장님과 출장 갔을 때."

데메테르 현지 시간으로 오전 9시 25분. 비행선이 이륙한 지 세 시간이 돼가고 있었다. 세 사람은 일등석 바로 뒷자리에 앉아 있었다.

톰 가르데루드에 따르면 펜던트를 산 가게는 분위기가 수상했다고 한다.

"항아리나 그릇이 많았는데, 그냥 평범한 잡화점은 아닌 것 같은 느낌이었습니다. 골동품상 같기도 했어요. 그림이 벽에 많이 장식돼 있고, 작은 조각품도 놓여 있었고, 귀금속이나 유리공예품도 있었습니다. 잘은 모르지만, 작가의 작품이라고 보기엔 너무 싸고 복제품이라면 자릿수를 둘은 줄여야 하지 않나 싶게 값이 비싸서 신기한 가게라고 생각했습니다."

예란은 창문에 걸려 있던 추상화가 몹시 마음에 들었는지, 파스텔화치고는 꽤 고가였는데도 흥정도 하지 않고 바로 구입했다. 눈이 뒤룩뒤룩한 가게 주인은 과장된 몸짓으로 사의를 표하고 톰이 사려던 펜던트를 반값으로 깎아줬다.

가격이 어중간한 이유는 취급하는 물건들이 장물이기 때문일지도 모른다고 겐은 생각했다. 암거래가 성사되지 않은 물건들. 불법으로 양식한 무지개비단벌레를 취급하고 있었다면 도난품이 흘러들 가능성도 충분히 있었다. 겐은 다이크를 통해 국제경찰기구에 연락해 조사를 의뢰했다.

"가게 앞에서 찍은 사진 같은 건 없습니까?"

"안 찍었습니다."

"그 파스텔화는 회장님이 갖고 계신 거죠?"

톰은 "네" 하고 대답하면서 가방을 뒤져 자신의 F 모니터를 꺼냈다.

"회사에 회장님 개인 휴식 공간이 있는데, 거기에 걸려 있습니다."

모니터에 마치 옷장 안처럼 좁은 공간이 나타났다. 어두운 가운데 벽면에만 부드러운 조명이 닿아 있고, 거기에 낡은 비행기 포스터며 오리엔탈 가면, 액자에 든 남색 블레이저와 드라이플라워 따위가 걸려 있었다. 부드럽고 따뜻한 느낌을 주는 그림이 그 파스텔화라고 짐작됐다. 두 종류의 파란색이 상하로 분할돼 칠해져 있고, 오른쪽에서 노란색이 쐐기처럼 튀어나와 있는 그림이었다.

겐은 옆에 있던 다카히로가 흠칫 놀라는 게 느껴졌다.

—다이크.

—감지했습니다. 국제경찰기구 미술품 전담반의 데이터를 검색한 결과, 도난 그림으로 등록돼 있습니다. 넘버 443, 비에른 하타이넨의 파스텔화. 6년 전 다른 17점과 함께 공방에서 도난당했으며 서명은 하지 않은 상태였다고 합니다.

—역시. 지구에 바로 전해줘.

—알겠습니다.

겐은 미안한 얼굴로 말했다.

"죄송하지만 이 그림, 저희가 잠시 맡아둬야 할 것 같습니다."

"왜요?"

"조만간 국제경찰기구 미술품 전담반에서 소유자인 회장님께 직접 연락이 갈 겁니다."

톰의 표정이 굳었다.

"곤란합니다. 회장님도 허락하지 않으실 겁니다. 그 그림을 보면 학창 시절이 떠오른다고 무척 애지중지하십니다."

학창 시절. 겐과 다카히로는 무심코 얼굴을 마주봤다. 톰의 얼굴이 약간 흐려졌다.

"아까 회장님이 말씀하셨듯이 그분에게 학창 시절은 모든 부담으로부터 자유로울 수 있는 마지막 시기였습니다. 특별하고 애틋한 시간이었죠. 프레데릭 룬드퀴비스트 씨를 질투해서는 안 된다고 하셨지만, 회장님은 그 강박에 평생을 짓눌려 살았어요. 친구들이 놀던 절벽 위의 꽃밭에 대해 지금도 매우 복잡한 마음을 품고 계십니다. 룬드퀴비스트 씨를 지원하지 못한 것에 대해서도, 회사 입장에서는 그럴 수밖에 없었다고는 하지만 매우 유감스럽게 생각하십니다."

"그렇군요."

"일일이 말씀하시지는 않지만 곁에 있으면 알 수 있답니다. 룬드퀴비스트 씨의 연구 성과에 대해서도 그분 나름의 배려가 있었던 것 같고요. 일반적으로 제약회사는 발병자 수가 적은 희귀성 난치병 치료제 개발에 적극적으로 뛰어들지 않습니다. 제품화해도 판매량이 적어서 값을 상당히 높게 책정하지 않는 한 수지를 맞출 수 없기 때문이죠. 그런데도 회장님은 사회에 공헌할 기회를 동창이 가져다줬다며 좋아하셨다고 합니다."

불도그를 닮은 얼굴이 떠올랐다. 겐은 예란이 보이는 것과 다르게 좋은 사람일 수도 있겠다고 생각했다.

"이 추상화는 푸른 바다를 향해 있는 노란 달맞이꽃 절벽을 떠올리게 해준다고, 회장님은 무척 그리운 얼굴로 항상……."

다카히로가 온화하게 물었다.

"옆에 있는 블레이저도 닐룬드 학원 교복인가요?"

"그렇게 알고 있습니다."

남색 블레이저는 금색 단추가 세 개 달린 타입이었다. 가슴 주머니에는 학원의 상징인 듯한 방패 문양의 휘장이 있었다. 안쪽 도안은 왕관을 쓰고 걸음을 내딛는 황금 사자다.

"혹시 세탁을 했을까요?"

겐의 갑작스런 질문에 톰은 "네?" 하며 얼굴을 찡그렸다.

"아, 아니요. 당시의 교복이라면 혹시 달맞이꽃 꽃씨가 붙어 있지 않을까 싶어 여쭤봤습니다."

"물론 했습니다. 2년에 한 번씩은 상태를 체크하니 그때마다 세탁도 하고 있습니다."

겐은 실망해서 어깨를 떨어뜨렸다.

"정성스럽게 관리하시는군요. 그렇다면 꽃가루도 기대할 수 없겠네요."

"그렇지. 달맞이꽃 꽃가루는 실처럼 가늘고 길어서 어딘가에 잘 붙긴 하지만 그래도 역시……."

"앗!"

겐은 다카히로의 말이 끝나기도 전에 벌컥 소리를 지르며 일어섰다.

"빌리겠습니다!"

그는 F 모니터를 손에 쥐고 케네트가 있는 자리로 달려갔다. 타라브자빈과 케네트가 무슨 일인가 하고 눈을 동그랗게 떴다. 맨 뒤의 두 승객은 잠이 깨버려 짜증스러운 듯이 인상을 쓰고 있었다.

"이 교복, 본 기억 없어요? 집에서?"

겐은 F 모니터를 케네트에게 들이밀었다.

"없는데. 이게 교복이라고? 아버지는 그 사람 때문에 학교 얘기는 꺼내지도 않았어. 보관해뒀을 리가 없지."

"그래도 집 어딘가에 단추 하나라도 있을지 모르니까 확대해서 한번 봐요."

"집요하네. 없는 걸 없다고……."

말꼬리가 쏙 사라졌다.

"왜 그래요?"

케네트는 화면에서 눈을 떼지 않은 채 중얼거리듯 말했다.

"휘장. 오른쪽 다리를 든 사자 그림. 아버지 유품 속에 있었어. 객사한 곳에서 돌아온 배낭 안에……."

"그게 아직 집에 있습니까?"

어느새 다카히로가 옆에 다가와 물었다.

"있어요."

케네트는 고개를 끄덕였다.

"다시로 씨, 휘장만 떼서 보관했다면 어지간히 더럽지 않은 이상 세탁할 일은 없었을 거예요."

"분석해볼 만한 가치는 있을 것 같군."

케네트가 초조해하기 시작했다.

"무슨 뜻이지?"

겐이 설명하려던 찰나, 일등석 파티션이 큰 소리를 내며 열렸다.

"톰, 톰! 경찰이 그림을 가져가겠다는데? 그 그림을!"

예란이 늘어진 뺨을 붉히며 안에서 뛰쳐나왔다. 아무래도 국제경찰기구 미술품 전담반으로부터 통지를 받은 것 같았다.

데메테르 현지 시간으로 오전 10시 50분. 일반 승객 두 명을 제외한 전원이 일등석에 모였다.

그림은 임의로 제출하는 거라고 누차 말해도 흥분을 가라앉히지 못하던 회장은 조금씩 안정을 되찾고 있었다. 옆에서 어쩔 줄 몰라 하던 허수아비도 한시름 놓은 모양새였다.

한편 케네트는 아버지 프레데릭이 휘장을 가지고 다닐 정도로 모교를 사랑했던 것 아니냐는 말에 말도 안 된다는 듯이 고개를 절레절레 저었다.

"아버지는 맨날 연구실에 처박혀 있던 사람이었어. 아베니우스에게 배신당한 후에는 달맞이꽃을 찾아다니느라 가족은 아예 돌보지도 않았지. 아들 진학 문제에도 관심이 없던 사람이 그 옛날 학창 시절을 추억할까……."

톰이 넌지시 회장의 진심을 전했지만 케네트는 순순히 받아들여주지 않았다.

"그쪽은 그냥 내치면 그만이었겠지. 돈도 안 되는 사업은 간단하게 포기했을 테고. 하지만 아버지는 아픈 사람들을 구하고 싶은 일념으로 달맞이꽃을 계속 찾아다녔어. 지원할 방법은 얼마든지 있었는데."

케네트는 달맞이꽃 꽃씨나 꽃가루가 없는지를 조사하기 위해 휘장을 제공하는 데는 동의했다. 결과적으로는 희망적인 전개인데 겐의 기분은 개운치가 않았다.

두 사람의 골이 메워지지 않는 한 미의 전당에서 범죄자가 나오게 된다. 신약을 개발할 수 있을지도 모른다는 기쁨은 묵은 상처의 아픔을 씻겨줄 수 있을까. 아니, 휘장에서 아무것도 발견되지 않는다면 프레데릭의 전철을 밟는 꼴이 돼버린다. 사정을 듣는다면 케네트도 예란이 좋은 사람이라는 걸 알게 될 텐데.

한숨짓는 겐에게 다이크가 흥미로운 이야기를 했다.

—인격이나 생각은 말로써 다 전달되지 않습니다. 말하는 것만으로도 받아들여진다면 세상에 이렇게 많은 사건

이 일어날 리 없겠죠. 겐이 말했던 어떤 충격이 없으면, 생각을 쉽사리 바꿀 수 없는 게 인간의 습성이라고 저는 해석하고 있습니다.

겐이 충격이라는 단어를 나쁜 쪽으로 이미지화한 게 전해졌는지 다이크가 이렇게 덧붙였다.

—그래서 인간들은 다양한 스킨십을 사용합니다. 말에 손의 온기를 더한다, 말로 하는 것보다 안아주는 게 더 위로가 된다……. 신체접촉은 자기만의 공간을 침범당한 충격이나 다름없습니다. 그 충격에 의해 말로 표현할 수 없는 마음이 전해집니다. 그리고 그 마음에 자신의 마음이 영향을 받습니다. 저는 그렇게 추측하고 있습니다.

그것은 육체가 없는 다이크가 선망하는 것.

—그렇지만 내가 갑자기 두 사람을 안아줄 수도 없는 노릇이잖아. 회장님이 으르렁거리는 케네트를 안아주는 장면은 더더욱 상상할 수 없어.

다이크는 부드럽게 긍정했다.

—맞습니다. 다른 좋은 충격이 있으면 좋을 텐데요.

"휘장 분석 일정이 잡혔어. 그래도 역시 아름다움을 느낄 수 있을 정도의 일은 못 해냈어. 너무 낙관적이었나."

다카히로가 겐 옆에 와서 푸념하듯 툭 내뱉었다.

"이번 일로 회장님이 키프로스섬 정비사업에서 손을 떼기라도 하면 큰일인데……."

겐은 왠지 키프로스의 생물을 불가시 유리 밖에서 바라보고 있는 기분이라고 생각했다. 태어나버린 것, 일어나버린 것, 그것들에 대해 뭔가 해주고 싶은데 손을 댈 수가 없다. 그냥 보기만 하면 된다고 해도 자신의 무력함이 한스럽기만 하다.

애초에 단 여섯 시간 만에 해묵은 오해를 풀려고 한 게 너무 낙관적이었던 걸까.

이미 대륙의 밤하늘로 진입한 비행선 안에는 무거운 침묵이 내려앉아 있었다.

데메테르 현지 시간, 오전 11시 20분. 중심가의 그리니치 표준시는 자정 전인 23시 20분, 남은 비행시간은 약 한 시간 10분이었다.

다카히로는 자리로 돌아가려는 케네트를 멈춰 세우고 일등석 벽면에 파스텔화를 호출했다. 도난 그림 넘버 443, 비에른 하타이넨의 두 종류의 파란색과 노란색 삼각형 추상화.

예란은 사랑하는 그림을 보자 안도의 한숨을 내쉬며 소

파에 몸을 기댔다. 케네트는 힐끗 눈길을 줬지만 곧 시들하게 고개를 숙였다.

다카히로가 두 사람을 바라보며 겐에게 슬그머니 말했다.

"백계百計가 다했으니 그림이라도 볼까 하고."

"마주 보는 것보다 아름다운 걸 나란히 함께 보는 게 더 좋다. 다시로 씨가 항상 말하는 이상적인 교제 방식이군요."

잠시 또 침묵이 내렸다. 허수아비가 자세를 바꾸며 뭔가 운을 떼려고 했지만, 중요한 고객이 그림에 심취해 있는 걸 보고 조용히 입을 다물었다. 타라브자빈은 짐짓 크게 하품을 했다.

아직 아무도 말하려 하지 않았다.

데메테르 시간으로 오전 11시 43분. 예란이 케네트가 있는 곳을 잠깐 건너보더니 이내 시선을 그림으로 옮겼다.

"어이, 톰."

호출된 수행원은 얼른 회장 곁으로 다가갔다.

"좋은 그림이라고 생각하지 않나? 아니, 자네한테는 그냥 기하학무늬로밖에 보이지 않으려나?"

톰은 립스틱을 바른 입술로 엷은 미소를 지었다.

“좋은 그림인지 어떤지는 모르겠지만, 저도 이 그림이 좋습니다. 보면 볼수록 깊이가 느껴져요. 파스텔화라서 따뜻한 느낌이 들고, 단순한 직선이 일렁이는 것처럼 보여서 재미있습니다.”

예란은 흡족한 듯 흠 하고 고개를 끄덕였다.

“위쪽 파란색은 맑고 어딘가 투명감이 있어. 아래쪽 파란색은 깊이가 있고 미묘한 농담이 리듬감을 느끼게 하지. 저건 하늘과 바다야.”

추상화를 구상적具象的으로 해석해도 되는 걸까 싶었지만, 톰과 다카히로가 가만히 있는 걸 보고 겐도 아무 말 없이 잠자코 있었다.

“그리고 노란색에서는 와글거리는 소리가 들리는 것 같아. 나이가 들면 아무것도 아닌 저런 도형을 놓고도 이런 저런 생각을 하게 되거든. 저 노란색은 절벽이야. 하늘과 바다 사이에 비어져 나온 젊은 절벽. 아직 달맞이꽃밖에는 없어. 봐봐, 꽃이 살랑살랑 흔들리고 있어.”

케네트가 흥 하고 콧방귀를 뀌며 고개를 돌렸지만 예란은 개의치 않았다.

“이 화가는 뭘 표현하고 싶었던 걸까? 나는 그 절벽 위의 꽃밭으로밖에 안 보이는데.”

"그림은 해석하기 나름입니다. 추상이라면 더더욱. 자유롭게 감상하십시오."

다카히로가 말하자 예란은 어렴풋이 미소를 지었다.

"좋은 그림이야. 꽃향기가 되살아나고, 노란 얼룩에서 동창들의 얼굴이 어른거려. 저 오른쪽 끝에 짙은 곳은 아마 오리앙일 거야. 덩치가 좋은 녀석이었지. 붉은 기가 살짝 도는 곳이 있지? 저기는, 이름이 뭐였더라…… 그래, 빅셀. 빅셀 분위기가 나. 다들 저기에 모여 있었어. 얼굴이 동그랬던 녀석, 긴 다리가 자랑이었던 녀석, 맨날 까불던 녀석, 여자한테 인기 있던 녀석. 바람이 훅 불면 얘기하는 소리가 아랫길까지 들려왔지. 오, 자세히 보니 그림 속에 바람까지 그려져 있군."

마치 구연동화를 들려주는 것 같은 잔잔한 목소리에 케네트가 마침내 그림 쪽으로 고개를 돌렸다.

"나는 좀 센 척을 했던 것 같아. 실은 부러웠던 건데. 이젠 인정해야지. 솔직히 미웠어. 짧은 학창시절을 친구들과 웃고 떠들며 저렇게 보내는 게 얼마나 큰 행복인지 녀석들은 알고 있을까, 아무런 노력도 하지 않고 무리의 중심에서 태평하게 웃고 있는 저 괴짜는 이 귀한 시간의 의미를 알고 있을까, 하고 말이야."

케네트의 어깨가 움찔 움직였다.

"설마 그렇게 무수히 피어 있던 달맞이꽃들이 전부 사라질 줄은 꿈에도 생각하지 못했어. 알았다면 뭔가 대책을 마련했을 텐데."

케네트의 어깨가 떨리기 시작했다. 예란의 말을 프레데릭이 늦게 찾아왔다는 의미로 받아들인 것 같았다.

겐은 타라브자빈과 눈짓을 주고받은 뒤 언제든지 케네트를 제압할 수 있도록 준비 태세를 취했다.

"아니지, 아직 할 수 있는 일이 있어."

결의에 찬 목소리였다. 예란은 턱을 바짝 당겼다.

"프레데릭의 휘장……."

케네트는 일어서진 않았지만 차가운 눈빛으로 씹어뱉듯 뇌까렸다.

"낡은 휘장에 정말로 꽃씨나 꽃가루가 묻어 있을 거라고 생각하나? 거기서 뭔가를 기대하나 본데, 세상은 당신 뜻대로 되지 않아."

일어선 쪽은 예란이었다. 그는 약간 긴장한 얼굴로 천천히 케네트에게 다가갔다.

"묻어 있지 않으면 동창들을 찾아봐야지. 교복을 갖고 있지 않은지. 그 일은 자네에게 맡기지."

"왜 내가?"

예란은 힘없이 웃었다.

"나는 프레데릭처럼 인망이 두텁지가 않아."

그 말은 케네트에게 얼마만큼의 충격이었을까. 그는 얼어붙은 것처럼 움직이지 않았다.

회장은 청년의 어깨에 살며시 손을 얹었다.

"프레데릭은 괴짜였지만 참 좋은 녀석이었어. 부러워하긴 했어도 난 녀석을 좋아했어. 결코 곤란하게 만들 생각은 없었어. 정말이야. 아버지를 꼭 닮은 자네에게도 미움을 받고 싶진 않아."

어깨에 얹힌 손의 온기가 청년의 마음을 녹이고 있었다. 이 광경을 보고 다이크가 부러워하고 있다는 걸 겐은 느낄 수 있었다.

"우린 프레데릭이 아무리 제멋대로 행동해도 그놈은 그런 놈이라고 웃어넘겼어. 하지만 가족이 되면 얘기가 다르지. 꽃을 찾아 방랑하는 친구는 멋있지만, 가정을 돌보지 않는 아버지는 그야말로 최악이야. 프레데릭은 이기적이고 형편없는 아버지였어."

겐은 아버지를 비난하는 말을 듣고 케네트가 으르렁거릴 거라고 생각했다. 그러나 그는 마치 씌었던 악귀가 빠져나간 것처럼 맥없이 무너져 내렸다.

"나도 부러웠어."

케네트의 목소리는 알아들을 수 없을 정도로 떨리고 있었다.

"당신이 꽃밭을 부러워했듯이, 나도 좋아하는 것만 하고 사는 속 편한 아버지가 부럽기도 했어. 그래서……."

말은 그 이상 이어지지 않았다. 예란은 케네트의 어깨를 부드럽게 두드렸다.

그러고서 두 사람은 나란히 앉아 말없이 파스텔화를 바라봤다.

그리니치 표준시, 오전 0시 30분.

—겐.

—응, 다이크. 신체적 접촉과 갇힌 키프로스의 생물에 대한 비교 고찰이라면 아직 잘 정리되지 않았어.

—아닙니다. 비에른 하타이넨의 그림 도난 사건을 담당하고 있는 국제경찰기구 미술품 전담반으로부터 연락이 왔습니다. 예란 아베니우스와 톰 가르데루드의 적극적인 협조로, 해당 사건뿐만 아니라 일련의 미술품 도난 및 위작 사건에 대한 대대적인 검거 작전을 세울 계획이라고 합

니다.

초저녁을 기다리는 노란 꽃들이 어디선가 활짝 피어 하강하는 비행선을 맞이하고 있었다.

VI 환희의 송가

박물관 행성 아프로디테. 이름에 걸맞게 우주의 온갖 아름다움을 수집해놓은 그곳에서는 뇌외과 수술로 데이터베이스와 직접 연결된 학예사들이 각각의 전문 분야에서 밤낮으로 연구하며 활약하고 있었다.

아테나는 회화와 공예를 담당하는 부서로, 데이터베이스 이름은 에우프로시네다. 음악과 무대예술, 문예 전반을 담당하는 뮤즈에는 아글라이아가 딸려 있고, 동식물 부서인 데메테르는 탈리아의 존재가 없었다면 그 광활한 대지를 관리하는 데 애를 먹었을 것이다.

그리고 그 세 부서의 상위에 있는 게 태양신의 이름을 부여받은 종합 관리 부서 아폴론이다. 데이터베이스의 권한도 막강해서 하위 데이터베이스에 자유롭게 액세스할 수 있다. 이름은 므네모시네. 그녀는 행성의 전반적인 운영이나 공동 기획 총괄 등과 같은 온건한 안건에서부터, 전시권이나 소유권을 둘러싸고 빚어지는 부서 간의 갈등을 조정하는 일까지 하나하나 익혀왔다. 최근에는 새롭게 정동 기록 능력을 획득하면서 아름다움을 접했을 때의 감정의 움직임도 어느 정도 남길 수 있게 됐다.

아폴론의 신입 학예사 나오미 샤함은 지금의 제 감정을 므네모시네가 그대로 기록할 수 없도록 의식 전달 레벨을 주의 깊게 컨트롤하고 있었다.

요 며칠 그녀는 끊임없이 밀려드는 잡무를 처리하느라 우왕좌왕 뛰어다녔다. 아폴론은 여신들의 심부름꾼에 불과하다는 선배 학예사의 말이 절실하게 와닿는 하루하루였다.

지금도 호출을 받고 바삐 이동하는 중이었다. 오늘 하루만 대체 몇 건의 일을 처리했을까. 중심가의 멋들어진 전시관과 호텔이 뉘엿뉘엿한 하늘에 희붐하게 떠오르는 아름다운 시간인데 주위를 둘러볼 여유조차 없다. 종종걸음을 치는 힐 소리가 또각또각 빨라지고 있었다. 자기가 내는 발소리에 더욱 조급증이 나자 나오미는 아까부터 올라오던 짜증을 참지 못하고 결국 터뜨리고 말았다.

"아악! 정말! 계속 줄줄이! 이런 날 이게 뭐냐고!"

주위에 있던 사람들이 흠칫 놀라 그녀를 쳐다봤다. 저녁의 번화가에 평소보다 사람이 현격히 많은 이유는 오늘 밤이 특별한 밤이기 때문이다.

아프로디테 50주년 기념 페스티벌이 자정에 개막한다. 학예사들이 몇 년에 걸쳐 준비했고, 개최 기간도 석 달 정도 되는 축제라 지구에서 엄청난 인파가 몰려들었다. 호텔은 물론이고 변두리 구석구석까지 숙소가 꽉 찼고, 관광객용 방갈로가 즐비한 해변에는 간이 숙박 캡슐이 벌집 모양으로 쌓여 있었다.

대부분의 전시 시설이 내일부터 시작되는 특별전을 위해 문을 닫은 까닭에 거리는 사람들로 넘쳐났다. 세탁기 속 양말의 기분이 이럴까. 키가 작은 나오미는 사람들의 열기에 빠져 익사할 지경이었다. 주위의 인파가 나오미의 서슬에 주춤주춤 물러났다.

좋았어. 나오미는 흥, 하고 콧숨을 거칠게 몰아쉬며 걸음을 더욱 서둘렀다.

도착한 곳은 세계 최대의 인쇄회사였다. 아무리 시대가 바뀌어도 사람들은 종이로 된 카탈로그나 팸플릿, 그림엽서를 좋아한다. 교외 공장에서는 인쇄기가 굉음을 내며 돌아가고 있을 터였다. 사무실 안 사람들도 통신 응대와 데이터 입력으로 정신없이 바빠 보였다.

"아폴론의 나오미 샤함입니다. ……무슨 용건으로 부르셨습니까?"

그녀는 문제가 뭐냐고 따져 묻고 싶은 걸 간신히 참았다. 셔츠 소매를 걷어붙인 책임자의 얼굴에는 초조함과 난감함이 뒤섞여 있었다.

용건은 이랬다.

"매슈 킴벌리란 사람, 대체 왜 그러는 거예요?"

나오미는 머리를 싸쥐고 주저앉을 뻔했다. 매슈 이름이 또 나왔다. 매슈 쪽이 선배이긴 하지만, 그는 못 말리는 트러블 메이커였다. 과한 자신감으로 이 기획 저 기획 다 집적대고 다니며 분란을 일으키는 아프로디테의 골칫거리다.

매슈가 기획한 '모나리자, 진작과 위작'이라는 큰 전시가 내일로 계획돼 있었다. 준비 단계에서도 아테나와 몇 번이나 부딪쳤는데, 이제 와서 도록을 수정할지도 모른다고 인쇄소에 말한 모양이다.

"큰 미스라도 있었나요?"

나오미가 묻자 상대는 부랴부랴 두 손을 내저었다.

"아니, 오늘 밤에 출처가 의심되는 그림이 몇 점 들어올지도 모르는데 그 안에 모나리자가 있으면 그것도 함께 전시하겠다는 거예요. 모나리자 한 점 정도는 있을 거라고 무책임한 기대감으로 가득 차 있던데, 어때요?"

"글쎄요……."

여기서 '어때요'는 두 가지 의미로 해석된다. 매슈를 어떻게 생각하는가, 아니면 위작을 입수했다는 말이 사실인가. 어느 쪽이든 나오미가 경솔하게 나설 타이밍은 아니었다. 나오미는 매슈의 깃털처럼 가벼운 입이 괘씸해서 발을 동동 구르고 싶었다.

VWA의 효도 겐이 수상한 미술상과의 교섭에 돌입하려고 하는 이 중요한 국면에, 그들로부터 위작을 빼내 간단하게 전시할 수 있다고 생각하는 매슈의 안일함을 용서할 수 없었다. 오늘 밤 계획을 권한 B 이상의 학예사 전원에게 공지한 이유는 협상 결과에 따라 악당들이 동시다발적으로 뭔가를 일으킬지도 모른다는 판단하에 그에 대비하기 위해서였지, 자기가 담당하는 기획에 이용하라는 뜻이 아니었다.

사실은 나오미도 겐과 동행하고 싶었다. 자신은 최신 버전의 인터페이스로 므네모시네에 접속돼 있으니 조금이라도 도움이 되지 않을까 하고 생각했다. 하지만 그래봤자 데이터베이스에 불과하다. 경험이 적은 나오미가 범죄자를 상대로 적절하게 대응하기는 어려울 테고, 무엇보다 너무 다혈질이어서 위험이 따르는 현장에 보낼 수 없다고 다시로 다카히로를 포함한 전원이 반대했다.

자기는 입술을 꽉 깨물고 온갖 잡일을 처리하느라 동분서주하고 있는데, 매슈는…….

"불난 집에서 도둑질하는 것도 정도가 있지!"

"네?"

"아, 아니요, 아무것도 아니에요. 좀 화가 나서요."

"역시 문제가 있는 사람이구먼. 그 도록, 표지에 금박이 들어가서 보통 인쇄보다 품이 한 번 더 들어요. 그리고 벌써 첫 쇄를 납품했는데 이제 와서 어쩌라는 건지, 원."

상대는 밀어붙이기로 태도를 정한 것 같았다. 가만있으면 나오미에게 화풀이를 시작할 기세였다.

"일단 연락을 취해보겠습니다."

나오미는 한숨을 삼키며 상대의 기분이 가라앉도록 일부러 소리 내어 말했다.

"므네모시네, 접속 개시. 매슈 킴벌리 연결해줘."

자신은 이런 하찮은 일밖에 할 수 없는 걸까. 겐은 악당에 맞서고 있는데.

겐이 믿고 의지하는 건 직접 접속된 데이터베이스 다이크뿐이다. 다카히로와 아테나의 네네 샌더스가 지켜본다고 해도 겐과 예란 아베니우스를 현장에서 지킬 수 있는 건 다이크의 신속하고 정확한 판단 능력이다.

함정수사라니, 그 단순한 인간이 사람을 속일 수 있을까. 부탁해, 다이크. 네가 얼마나 똑똑해졌는지 오늘 양육자에게 꼭 보여줘.

선배 학예사를 다짜고짜로 윽박지르기 전 몇 초 동안, 나오미는 간절히 기도했다.

겐은 긴장하고 있었다.

그가 있는 곳은 아프로디테 최고의 숙박시설인 테살리아 호텔, 그중에서도 귀중품 관리실이 딸린 로열 스위트룸 특별실이었다. 입고 있는 옷은 VWA 제복이 아니라 최고급 명품 슈트.

—겐. 억지로 웃지 않아도 됩니다. 표정이 부자연스러워집니다.

머릿속 파트너가 충고했다.

겐은 호화로운 방 안을 두리번거리지 않으려고 주의하

면서 살짝 고개를 숙이고 예란 아베니우스의 뒤를 따라갔다. 화장이 익숙지 않아 광대뼈 주변이 근질근질했다.

제약회사 회장인 예란은 아프로디테에 와서 오랜 앙금이 풀린 것을 기뻐하며, 수중에 있는 도난 그림이 정식으로 본인 소유가 될 수 있다면 기꺼이 수사에 협조하겠다고 약속했다.

예란은 자신에게 도난 그림을, 수행원인 톰 가르데루드에게 불법 양식한 곤충의 날개를 판매한 인도의 잡화점에 좀 더 고가의 물건을 구입하고 싶다는 뜻을 내비치며 국제경찰기구 미술품 전담반이 이전부터 예의 주시하고 있던 아트스타일러라는 조직에 접근했다. 그리고 얼마 뒤, 그 암거래 조직은 미끼를 덥석 물었다.

그러나 호텔 방의 커다란 책상 너머에서 빙긋이 웃고 있는 사십 대의 남자가 진짜 보스라고는 생각할 수 없었다. 아무리 큰 거래라 해도 보스가 전면에 나설 것 같지는 않았다. 국제경찰기구 미술품 전담반도 아직 아트스타일러 보스의 정체를 파악하지 못한 상태였다. 지금까지 붙잡은 잔챙이들은 보스의 이름조차 몰랐고, 간부와 연락하는 방법도 변동 주파수를 찔끔찔끔 체크하는 식이라 발신자를 특정하기가 어려웠다.

발드 빌키라고 자신을 소개한 백인 남성은 건장한 부하를 셋이나 거느리고 있었다. 예란은 그들에게 탐지기로 몸수색을 받으며 쓴웃음을 지었다.

"이렇게 개막일에 맞춰 오신 걸 보니 겸사겸사 축제를 즐기시려는 건가 보군요."

그는 대기업 회장답게 거래의 장에서 여유가 넘쳤다. 발드는 자세를 흐트러뜨리지 않고 한층 깊게 미소를 지었다.

"맞습니다. 게다가 저희 VIP 고객님들이 다 이곳에 와 계시거든요. 한동안 스케줄이 빡빡합니다."

"오우, 훌륭하십니다."

부하 중 한 명이 겐의 몸을 스캔하기 시작했다. VWA임을 알 수 있는 물건은 당연히 하나도 소지하지 않았고, 또 몸을 뒤진다 해도 뇌내에 접속된 다이크가 발각될 리 없었다.

발드가 책상 위에 펼쳐놓은 단말기에 슬쩍 시선을 주는 게 느껴졌다.

"아베니우스 씨, 수행원을 바꾸셨습니까?"

겐은 등에서 식은땀이 났지만, 예란은 침착했다.

"아니요. 톰은 외모를 자주 바꿉니다. 젠더프리이기도 하죠. 여성의 모습이 더 나았으려나?"

"어느 쪽이든."

발드가 눈치 빠르게 대답하자 겐은 후 웃어 보였다. 조금이라도 젠더프리의 우아함이 느껴졌으면 좋겠는데.

—겐. 발드 뵐키의 과거가 너무 깨끗합니다. 가디언 갓에도 인물 데이터베이스 롤콜에도 기록된 게 거의 없습니다. 개인정보보호법에 의해 전과가 비공개된 것도 아닌 듯합니다.

다이크가 속삭여서 겐은 들키지 않도록 조심스럽게 응답했다.

—가명인 건 알겠는데, 기록이 전혀 없다는 건 이상한데. 혹시…….

—감지했습니다. 저도 그렇게 생각합니다.

겐은 아트스타일러가 국제경찰기구의 데이터베이스 시스템에도 개입할 수 있는 게 아닌가 하는 의혹이 들었다. 아트스타일러가 연루됐던 예전 위작 사건 때, 기노시타 고로라는 미술품 전담반 형사가 마법처럼 사라져버렸다. 현재로서는 그가 정말 경찰 관계자인지도 알 수 없다. 철옹성이 무너진다는 건 생각하기도 싫지만, 그렇게까지 할 수 있다면 발드의 전과를 말소하는 것쯤은 간단할 것이다.

—겐.

이번에는 귓속에서 네네 샌더스의 목소리가 났다.

—저들이 반입한 미술품 목록을 확인했어. 공항 검역품과도 일치해. 표구된 그림 몇 점과 입체 조형물. 전부 유명하지 않은 신진 작가의 작품이야. 나머지는 기념품이라고 할 만한 복제품들이고. 적어도 표면상으로는 장물이나 위작을 들여온 증거를 잡을 수가 없어.

—그럴 거라고 생각은 했어요. 쉽게 꼬리가 잡힐 놈들이었으면 국제경찰기구가 그렇게 애태울 일도 없었겠죠.

한숨 섞인 투로 생각을 전달하자 이번에는 다카히로의 목소리가 등장했다.

—국제경찰기구 미술품 전담반에서 VWA 은구에모 서장님을 통해 요청사항을 전해 왔어. 위험하지 않게 적당히 자극해서 최대한 많은 작품을 꺼내 오게 하래. 므네모시네도 같이 볼 거야.

—알겠습니다.

—조심하고.

탐지기를 대고 있던 부하가 겨우 떨어졌으므로 겐은 천천히 발코니로 다가갔다. 부하들이 대비 태세를 취하는 낌새가 느껴져, 그는 유리문을 열지 않고 난간 틈으로 아래를 내려다보며 가능한 한 느긋한 어조로 말을 꺼냈다.

"대단한 인파네요. 축제를 구경하고 싶은 마음은 이해하지만, 고가의 미술품을 운반하기엔 조금 위험한 시기라는 생각이 드는군요. 미술품이 강탈되는 현장에 회장님이 계시는 사태는 피하고 싶습니다만, 뭔가 대비는 돼 있습니까?"

"안심하십시오. 직원 한 명이 안쪽 귀중품 관리실에서 방 앞과 호텔 주변을 모니터링하고 있습니다. 수상한 움직임이 있으면 즉시 보고해줄 겁니다."

경찰의 움직임도 예의 주시하고 있다는 뜻이었다. 다행히 근처에서 대기 중인 VWA의 타라브자빈에 대해서는 아직 눈치채지 못한 것 같았다.

발드는 요란하게 두 팔을 벌리며 이렇게 말했다.

"게다가 여기는 아프로디테잖습니까? 갑갑할 만큼 평화로운 곳. 너무 평화로워서 VWA가 무기력해질 정도라고 들었습니다. 폭리를 취하는 대기업 회장보다 더 나쁜 사람은 별로 없지 않겠습니까?"

예란은 그 농지거리에 호탕한 웃음으로 응수했다. 덕분에 겐도 VWA를 비하하는 말을 듣고도 평정심을 유지할 수 있었다.

“이쪽이야말로 경찰 눈에 띄지 않도록 조심해야겠군요.”

예란이 말하자 발드의 표정이 교활함을 띠었다.

“그땐 어떻게든 도와드리겠습니다. 다만 비싸게 먹힐 겁니다.”

—다이크. 지금 저 표정, 잘 기억해둬. 놈들의 본모습이야.

—네.

발드는 저녁 식사를 어떻게 할지 물었고, 예란이 간단하게 먹고 왔다고 대답하자 소파에 앉으라고 권하더니 곧바로 상담에 들어갔다. 그는 우선 예란의 수행원을 타깃으로 삼은 듯했다. 톰의 구입 이력을 벽면에 띄운 것이다.

겐은 머리털이 쭈뼛 곤두섰다. 긴장한 빛이 안색에 드러나지 않기를 바랄 뿐이었다.

벽면에 비친 건 긴 망토였다. 파티용으로 보였는데, 전체가 무지갯빛으로 번쩍번쩍 빛났다. 결코 변색되지 않는 일곱 빛깔 구조색. 비단벌레 날개가 빽빽이 꿰매져 있는 거였다.

—겐, 보고 있기 괴롭겠지만 눈 떼면 안 돼. 저게 무지개비단벌레인지 지금 데메테르에 알아보고 있어.

다카히로의 지시에 겐은 최선을 다해 눈을 부릅뜨고 감

탄스러운 표정을 지으려고 애썼다.

"이 가운, 제 키에 맞을까요?"

겐이 묻자 발드는 수중에 있는 단말기를 내려다봤다.

"적당할 겁니다. 길이가 1미터 52센티미터니까요."

—잘했어, 겐. 비율이 나와.

갑자기 부드러운 목소리가 끼어들었다. 데메테르의 직접 접속 학예사 롭 롱사르였다.

—역시. 무지개비단벌레 크기와 일치해. 카밀로 크로포토브에게 확인해봐야겠지만, 아마 틀림없을 거야.

겐은 빛나는 태양신과 더불어 아프로디테 각 분야의 전문가들이 자신을 도와주고 있다고 생각하니 마음이 든든해졌다. 그는 힘을 얻은 김에 상대의 속마음을 넌지시 떠보기로 했다.

"제가 산 펜던트에 쓰인 희귀한 비단벌레군요. 저렇게나 많이…… 잡기 힘들었을 텐데요."

"양식업자가 있었는데, 최근 폐업해서요. 이젠 구하기 힘든 귀한 물건입니다."

"폐업했다고요? 아, 그래서 이 벌레들이 키프로스섬에 보호돼 있는 거군요."

"아베니우스제약이 그 섬에 연구소를 짓고 있다고 들었

습니다. 이 아름다운 벌레가 꼭 좀 사람들 곁으로 다시 돌아올 수 있도록 힘써주십시오."

겐은 허가 없이 태어난 생물들을 가둬놓은 그 외딴섬에서 본 무수한 무지개비단벌레가 머릿속을 기어다니는 듯한 감각에 사로잡혔지만 애써 미소를 지었다. 자신이 무지개비단벌레 양식업자인 이시드로 미라예스를 체포해 폐업시킨 당사자 중 한 명이라는 사실을 이들이 절대 눈치채게 해서는 안 됐다.

"어떤가, 톰? 이따가 좋은 그림이 나오면 같이 사줄 수도 있어."

겐은 예란을 향해 가볍게 고개를 저었다.

"저한테는 너무 화려하군요. 펜던트로 충분합니다."

"그렇습니까?"

발드는 낙담한 듯 말했지만 미련 없이 영상을 넘겨버렸다. 구입을 원하는 고객은 얼마든지 있단 말인가. 그는 가볍게 잽을 날리듯 몇 장의 그림을 투영했다. 예란은 눈을 빛내거나 고민하거나 하면서 능글맞게 상황을 모면하는 중이었다.

발코니 밖을 보니 어느새 날이 완전히 저물어 있었다.

벌써 날이 저물어버렸다.

나오미는 베이글 샌드위치를 한 손에 들고 군중 속을 달리고 있었다. 자정 직전부터 뮤즈가 준비한 대형 이벤트가 시작되는 터라 그쪽에서 문제가 끊이지 않았다. 아테나에서 빌린 시대 의상이 더러워졌다, 꽃다발이 데메테르에서 아직 도착하지 않았다, 심지어는 길 잃은 아이가 울고 있는데 권한 B인 그녀더러 방송을 내보내 보호자를 찾아주지 않겠냐는 요청까지 있었다.

자신은 아폴론 학예사이지, 의상 담당도 꽃집 배달원도 하물며 친절한 순경도 아니다. 담당 부서에 아무리 일을 할당해도 끊임없이 호출이 들어온다. 비접속자, 직접 접속자 할 것 없이 너도나도 아폴론의 신입 심부름꾼에게 귀찮은 일을 떠맡기려 해서 단말기와 머릿속 양쪽에서 호출음이 울려대니 견딜 수가 없다. 신선한 치즈를 넣은 베이글을 크게 베어 물며 다음 장소로 이동하는 나오미에게 또 호출음이 날아들었다. 공중 단말기로부터의 음성통신이었다.

나오미는 인파에서 벗어나 가로등 아래 멈춰 선 뒤 숨을 가다듬었다.

"나오미 샤함입니다. 누구시죠?"

"헬로! 나야, 티티."

네네 샌더스의 골칫덩어리 조카임을 안 순간 나오미의 눈이 치켜 올라갔다.

"무슨 일이야!"

"너무해. 난 줄 아니까 목소리가 확 달라지네?"

"이게 내 원래 목소리야. 아까는 최소한의 예의를 지키려고 쥐어짜낸 거고."

"아아, 한창 바쁘겠네."

나오미는 알면 당장 끊으라고 소리칠 뻔했다. 하지만 지나가는 관광객들의 들뜬 기분을 망치고 싶지 않아 꾹 참았다.

"특별히 용건이 있는 건 아니고, 슬슬 주기장駐機場* 으로 갈까 해서."

"그래. 잘 가."

나오미는 짧게 한숨을 내뱉고서 통신을 끊으려 했다.

"잠깐만, 잠깐만. 참 매몰차네. 거사를 앞둔 아티스트에게 너무한 거 아냐?"

"그 거사를 위해 내가 얼마나 고생했는데! 나 이제 기상

* 비행기나 다른 대형 기계를 세워두는 곳. 주차장에 대응하는 단어다.

대랑 항공국에 다시는 얼굴 들고 못 찾아가."

단말기를 물어뜯을 듯이 몰아치자 티티는 갑자기 조용해졌다.

"……그럼, 알지. 아무튼 고마워, 나오미. 시작하기 전에 고맙다는 말을 꼭 전하고 싶었어."

예상 밖의 반응에 나오미는 큰 눈을 더욱 크게 떴다.

"다른 사람들한테도 감사 인사를 하고 싶었는데, 네네 이모도 다카히로도 통신이 안 되네. 대신 좀 전해줘. 나, 열심히 하겠다고."

왠지 모르게 티티의 글라이더가 추락하는 모습이 머릿속에 그려졌지만, 나오미는 불안감을 떨쳐버리고 짧게 대답했다.

"알았어."

"그냥 열심히가 아니라, 목숨 걸고 열심히 해볼게. 이런 특별한 날에 퍼포먼스를 할 수 있게 돼서 나 무척 행복해. 가슴이 뛰어서 어떻게 해야 할지 모르겠어. 큰 소리로 막 노래라도 부르고 싶은 기분이야. 이 설렘을 여기 있는 모든 사람에게 느끼게 해주고 싶어. 기대해. 그럼 다녀올게."

태풍 같은 아가씨는 자기가 하고 싶은 말만 하고선 일방적으로 통신을 끊었다.

"뭐야."

나오미는 침묵하는 단말기에 대고 그렇게 중얼거린 뒤, 베이글 샌드위치를 난폭하게 베어 물며 머릿속 여신을 불렀다.

—므네모시네, 가장 시급한 일이 뭐지?

—신타그마 공원에서 물을 이용해 공중에 글자를 그리고 있는 써니 R. 오베이에게 물의 양을 조절하라고 통고해야 합니다. 물에 젖은 관객들의 불만이 네 건 접수됐습니다.

—알았어.

나오미는 마지막 한 입을 검지로 밀어 넣고 서둘러 다시 걸음을 내디뎠다.

—므네모시네, 내 정동을 기록해줘. 지금 기분을 공개용이 아니라 개인적으로 기록해두고 싶어. 그리고 네가 기록해주고 있다고 생각하면 아무래도 화를 덜 내게 되거든.

—알겠습니다. 개인용으로 기록을 시작합니다.

그때 술에 취한 거구의 남자가 세게 부딪쳐 왔지만, 나오미는 "조심하세요" 하며 미소 지었다.

—므네모시네, 나도 열심히 할래. 힘들긴 하지만 내가 자질구레한 일들을 제대로 처리하지 않으면 페스티벌도 성공할 수 없으니까. 아니, 꼭 그렇다기보단 그런 마음가짐

으로 일할 거야.

티티도 네네 씨도 다시로 씨도, 그리고 그 얼간이 동기도 분명 열심히 하고 있을 테니까 나도…….

발드는 차례차례 영상을 보여줬다. 예란은 느긋하게 즐기는 것 같았지만, 겐은 헛되이 시간이 지나가자 점점 초조해졌다.

—슬슬 실물을 보여달라고 해야 하나?

다이크와 다카히로 양쪽에 던진 질문이었다. 먼저 반응한 쪽은 다이크였다.

—조금만 더 기다리십시오. 곧 안쪽에서 그림을 꺼내 올 겁니다.

—어떻게 그걸 알아?

—양으로 압도해 고객의 혼을 빼놓은 다음, 선명하고 강렬한 인상을 주는 물건을 눈앞에 내놓는 겁니다. 인간은 그 전환에 의한 가벼운 충격을 운명적인 만남처럼 해석해버리기도 합니다. 그 순간을 놓치지 않고 오금을 박아 강매하는 게 악덕 업자의 상술 중 하나입니다.

—역시. 그럼 지금까지는 밑밥을 깐 거군.

바로 그때 발드가 말했다.

"충분히 보셨나요? 어떻게, 마음에 드는 물건은 있었습니까? 취향을 말씀해주시면 추천해드리겠습니다."

"흠, 글쎄요."

예란이 겐을 힐끗 쳐다봤다.

—네네 씨, 놈들이 반입한 그림은 어떤 거죠?

—일단은 알아서 적당히 얘기해봐. 콕 집어 말하면 부자연스러우니까.

겐은 눈을 질끈 감았다 뜬 뒤 예란에게 물었다.

"풍경화 같은 건 어떠십니까? 추상화는 이미 있으니까 편안한 그림이 좋지 않을까요?"

"으음, 그래."

예란은 고개를 주억거리며 이번에는 발드를 쳐다봤다.

그걸 긍정의 의미로 받아들인 발드가 "그럼" 하고 손가락을 탁 튕기자, 돌기둥처럼 서 있던 부하들 중 한 명이 안쪽 방으로 들어가 가로 30센티미터 정도의 유화를 들고 나왔다. 쿠르베*풍의 파도 그림으로, 투명감은 뛰어났지만 뭔가 부족한 느낌이었다.

—목록에 따르면 아델라 사이어스의 〈초록 바다〉란 작

* 19세기에 활동한 프랑스의 화가 귀스타브 쿠르베. 사실주의 미술의 선구자다.

품이야. 진품이겠지만, 글쎄…….

네네였다. 유감스럽게도 악덕 상술은 그녀에게는 통하지 않은 것 같았다. 목소리가 전혀 들떠 있지 않았다.

"역시 그림은 실물을 봐야 해."

예란은 일단 그렇게 말하더니 바로 고개를 저었다.

"참신하긴 하지만 내 취향은 아니오."

"그럼" 하고 발드는 다시 손가락을 탁 튕겼다.

다음으로 부하가 가지고 나온 그림은 꽃밭이 그려진 풍경화였다. 이번 것도 처음 듣는 화가의 그림으로, 진품이라지만 붓질이 단조롭고 지루한 인상이었다.

발드는 이어서 세 점의 그림을 더 보여줬는데, 모두 사전에 반입 허가를 받은 신인 작가의 진품으로 수상한 내력도 없고 대단한 매력도 없는 것들뿐이었다.

—대물은 언제 나오는 거야.

네네가 으르렁거리자 다카히로가 차분하게 말했다.

—저들만의 페이스가 있을 테니 기다리는 수밖에…….

—제가 적극적으로 해보겠습니다.

—안 돼. 위험해.

겐은 개의치 않고 입을 열었다. 아름다운 미소를 짓는 데 유념하면서.

"회장님. 저는 숲이 있고 개울이 흐르는 그림을 좋아합니다. 걸어놓으면 방 공기까지 상쾌해지는 것 같은 기분이 들거든요."

"흠, 그거 괜찮은데?"

예란이 실눈을 뜨고 고개를 끄덕이자, 발드가 순간 멈칫거렸다.

—감지했습니다. 저도 발드가 주저하는 걸 포착했습니다. 시선이 흔들리고 눈 밑 근육과 입가가 미묘하게 움직였습니다.

발드는 시선을 내려 책상 위의 단말기를 재빨리 훑어봤다. 고개를 한 번 끄덕인 뒤 다시 얼굴을 들었을 때, 그는 묘하게 자신만만했다.

"두 분이 좋아하실 만한 물건을 보여드리죠. 아쉽게도 가져오지는 못했지만."

벽에 번쩍 하고 그림이 나타났다.

깊은 숲이었다. 우거진 나무 사이로 마치 천사의 사다리처럼 여러 개의 빛줄기가 내리비치고 있었다. 쓰러진 나무에서 어린 나무가 자라고, 고사리가 지반을 뒤덮고 있는 오래된 숲의 정취. 그 왼쪽에서 오른쪽 앞에 걸쳐 개울이 흐르고 있었다. 바위에 부딪혀 하얗게 부서지는 맑은 물…….

—〈구스타프의 숲〉! 세상에!

—등록부에 기재된 도난 그림과 일치합니다. 넘버 292. 노라 울리의 〈구스타프의 숲〉. 12년 전에 애튼버러 미술관에서 도난당했습니다.

다이크가 먼저, 이어서 다카히로가 말했다.

—푸에르토바라스의 화랑 람파라 앞에 걸려 있던 그림과 96퍼센트 일치한다고 므네모시네가 말했어. 자세한 건 과학 분석실의 칼이 알려줄 거야.

이거구나. 이거였구나. 조르주 페탱은 우연히 이 그림을 찍는 바람에 협박을 당했던 것이다.

"오, 꽤 좋은걸. 실제로 보고 싶군요."

아무것도 모르는 예란이 눈을 가늘게 뜨고 영상을 바라봤다. 그 옆에서 겐은 어찌해야 할지 몰라 자문자답을 반복하고 있었다.

—침착하게 행동하십시오. 표정이 부자연스럽습니다.

다이크의 충고를 따르고 싶었지만 심장의 고동이 가라앉지 않았다. 그들이 보여준 작품이 도난 그림으로 판명됐지만 실물이 현장에 없는 이상 발뺌하는 건 간단할 터였다. 섣불리 나섰다가 그림을 꼭꼭 숨겨버리기라도 하면……. 그렇다고 기껏 찾았는데 그냥 지나칠 수도 없는 노릇이었다.

일단 겐은 큼큼 하고 두 번, 가볍게 헛기침을 했다. 사전에 예란과 정해놓은 신호였다.

"흐음, 아주 내 취향이긴 해. 이건 어떻게 하면 얻을 수 있죠?"

그때 문이 열리는 소리가 나더니 옆방 귀중품 관리실에서 한 남자가 나왔다.

"이럴 때 보통은 가격부터 묻지 않나요? 어떻게 하면 얻을 수 있냐는 건 어떤 의도에서 나온 질문인가요? 이런 거래에서는 먼저 절반을 선불로 지급하고, 그다음 만남에서 차액과 실물을 맞교환하는 게 전통적인 방법입니다만."

겐은 몸이 튀어 오르는 걸 억누를 수가 없었다.

—맞습니다. 기노시타 고로입니다.

다이크도 긴장된 목소리로 말했다. 옆방에서 주변 상황을 모니터링하던 사람이 기노시타였단 말인가. 기노시타는 느긋한 걸음으로 다가와 발드 옆에 섰다.

"오랜만이야, VWA의 효도 겐. 함정수사는 경험이 부족한 자네에겐 좀 무리였던 것 같군. 숲과 개울을 언급했을 때 람파라의 판초가 일으킨 소동을 알고 있는 인물이라고 확신할 수 있었어. 아까부터 거동이 수상해 보이기도 했고. 톰과 체격이 비슷하고 신입이라 얼굴이 덜 알려졌다는 걸 근거로 이 일에 뛰어든 건 안이한 판단이었어. 톰을 흉내 내 옅게 화장도 한 것 같은데, 그 정도로는 안 돼. 성형하고 임할 정도의 주도면밀함은 있었어야지."

예란이 처음으로 동요했다. 겐을 바라보는 얼굴이 굳어 있었다.

겐은 아무 말도 못 하고 애꿎은 입술만 깨물었다. 스리피스를 차려입은 기노시타는 나이에 비해 검은 머리를 손으로 훌훌 넘기고는 자신의 눈을 가리켰다.

"가능하면 홍채도…… 아아, 그렇지. 자네는 직접 접속자였지. 모니터 기능이 있는 콘택트렌즈가 삽입돼 있어서 쉽게 교체할 수가 없겠군. 애석하게도."

그는 목구멍을 울리며 끌끌 웃었다.

기노시타 고로. 이전에 확인한 결과 국제경찰기구 미술품 전담반의 ID는 진짜였다. 가디언 갓에 조회해봤더니 등록은 돼 있지만 신변 조사 중이라고 해서 자세한 사항은 열람할 수 없었다. 〈외쪽깎기 송죽매〉의 진위와, 데이터베이스 컴퓨터들의 판단과, 겐의 선악의 기준을 전부 혼란에 빠뜨려놓고 감쪽같이 사라져버린 남자.

"기노시타 씨. 역시 당신은 아트스타일러의 일원이었군요."

기노시타는 발드와 미소를 나누며 여유를 보였다.

"7년 전부터 신세를 지고 있지."

발드도 자랑스럽게 말했다.

"수완이 좋은 분입니다. 지난번 도자기 건도 당신들의 협력을 얻어 꽤 좋은 성과를 올렸죠. 실력이 없었다면 7년씩이나 고용하지도 않았을 겁니다."

"도대체 어떻게 가디언 갓을 속였습니까?"

겐이 묻자, 이번에도 발드가 만족스러운 듯이 대답했다.

"우리는 우수한 컴퓨터 엔지니어도 갖추고 있거든요. 당신 동료들은 아마 나타나지 않을 겁니다. 고로 선생이 가디언 갓을 통해 가짜 지령을 흘렸으니까요. 당신들의 안전을 위해 지금쯤 세 블록 떨어진 곳에서 대기하고 있지 않을까 싶은데."

겐은 턱을 바짝 당기고 두 사람을 노려봤다.

"유감이군요. 한때 존경했던 분이 국제경찰기구의 정보를 빼돌리는 스파이였다니."

기노시타는 한쪽 뺨을 끌어올렸다.

"거듭 애석하다는 말을 해야겠군. 직접 접속자니까 지

금 이곳에서의 대화는 네 옵서버[*]들도 전부 듣고 있겠지만, 우린 두 사람을 방패로 삼아 데이터를 조작하면 얼마든지 빠져나갈 수 있어. 미안하지만 우리와 동행해줘야겠어."

—다이크. 타라브자빈 씨한테…….

—이미 연락을 취했습니다. 하지만 두 사람이 여기 있는 이상 쉽게 움직일 수 없다는 게 스콧 은구에모 서장님의 판단입니다.

그때 예란이 불쑥 겐의 목덜미를 잡았다.

"이제 어떡할 거야? 너 때문에 이렇게 됐잖아! 너 때문에!"

예상치 못한 전개에 겐은 머릿속이 하얘졌고, 이내 무거운 잿빛 슬픔에 휩싸였다.

자신 탓이었다. 자신의 경험 부족이 초래한 일이니까. 하지만 톰보다는 직접 접속자인 신입 경찰이 나을 거라고 결정했을 때 예란도 찬성했는데.

—괜찮아요, 겐. 제가 있으니까. 인질로 잡혀도 제가 작동하는 한 반드시 길을 찾겠습니다.

[*] 회의 따위에서 특별히 출석이 허락된 사람. 발언권은 있으나 의결권은 없다.

겐은 다이크의 위로에도 불구하고 예란에게서 받은 충격에서 벗어나지 못하고 있었다. 다이크는 인간의 마음을 학습했으니, 위기를 모면하기 위한 임시방편으로 위로를 선택한 건 아닐까 하는 생각조차 들었다.

발드의 부하 세 명이 옅은 웃음을 띤 채 다가왔다.

—다이크. 회장님과 함께 이곳을 빠져나갈 방법이 있을까?

부하들을 뿌리치고 등 뒤의 문으로 달려가는 정도는 어떻게든 가능할 것 같았다. 하지만 연로한 예란에게는 무리였다. 적어도 타라브자빈과 동료들이 방문 앞에서 대기하고 있지 않는 한은.

—이 이후의 대응은 인질 사건 해결 포맷에 따릅니다. 진압 준비를 갖추고 출동하기까지 약 5분이 소요될 거라 예측합니다.

5분. 5분 사이에 뭘 할 수 있을까. 뭘 바꿀 수 있을까.

케네트 룬드퀴비스트의 마음을 풀어주는 일조차 여섯 시간이 걸렸는데. 예술과 예란의 힘을 빌렸는데도 그랬다. 여기에는 신인 화가의 조악한 그림밖에 없고, 게다가 한 팀인 예란을 화나게 해버렸다.

그래도 이런 상황에 처한 게 나오미가 아니라 자신이라

다행이라고, 겐은 조바심에 애를 태우는 가운데 문득 생각했다.

신타그마 공원에서 물로 퍼포먼스를 하던 오베이는 나오미가 주의를 주자 안쓰러울 정도로 미안해하며 굽실굽실 사과했다. 물을 넣는 막이 불량이었다고 한다. 일이 너무 싱겁게 해결된 탓인지 밤바람은 차가운데 공연히 갈증이 났다.

공원 한쪽에 있는 포장마차에서 시원한 레모네이드를 사 들고 벤치에 앉으려고 했을 때였다.

"나오미?"

밤하늘에서 너울거리는 물 글자를 배경으로 낯익은 단발머리 여성이 걸어오고 있었다. 다카히로의 아내이자 AA 권한을 갖고 범지구적 규모의 데이터베이스 가이아를 키우고 있는 슈퍼 학예사 미와코였다.

사랑스럽게 손을 흔들며 다가오는 그녀 옆에 낯선 로봇이 있었다. 실험 모델인 걸까. 어린아이의 체형에 머리카락도 없고 옷도 입지 않은 맨몸이었다. 걸음걸이가 서툴러 금방이라도 넘어질 것 같았다.

"미와코 씨, 그건……?"

"C2야."

"네?"

살아 있는 것들의 접촉을 동경하는 고독한 AI.

"그 안에 넣은 건가요?"

"응. 지금은 이런 모습이지만, 경험을 좀 더 쌓고 제대로 된 몸을 갖게 되면 세실이라고 불러줘. 인사해, C2."

"안녕하세요, 좋은 아침입니다."

C2는 고무 재질로 된 얼굴을 미소 띤 형태로 만들며 가볍게 인사했다. 어린 소녀의 목소리였다.

"주위를 잘 봐, C2. 이제 밤이잖아. 그럼 뭐라고 해야 할까?"

"미안해요. 안녕하세요, 좋은 밤입니다."

"맞아, 잘했어."

미와코는 사랑스러운 듯이 로봇의 머리를 쓰다듬었다.

"시간 개념도 부족하고, 신체를 자유롭게 컨트롤하는 것도 아직 미숙해. 하지만 곧 익숙해질 거야. 그렇게 믿어. 다카히로 씨한테서 무슨 얘기 못 들었어?"

레모네이드를 마시는 것도 잊은 채 멍하니 있던 나오미는 질문에 퍼뜩 정신을 차렸다.

"아니요, 아무것도."

"그 사람, C2를 키프로스섬의 관리인으로 만들 생각이야. 거기엔 위험한 생물들도 많으니까 로봇이면 안심할 수 있겠지. 아베니우스제약 덕분에 관광지로 정비도 됐고, 거기서 동식물을 돌보면서 손님들과 조금씩 소통하면 좋을 것 같아."

나오미는 조금 망설이다가 입을 열었다.

"그것보다 C2 자체를 관리하는 데 중점을 둬야 하지 않을까요? 혼자 두면 또 고민에 빠지거나 네트워크에 해를 가할 가능성이 있을 것 같은데."

미와코는 고개를 살짝 기울이고 웃었다.

"걱정할 거 없어. 가이아와 내가 잘 돌볼 거니까. 범지구적 규모의 가이아에게는 아직 육체를 부여하기가 이르잖아? C2와 주위의 관계성을 통해 가이아도 도움이 될 만한 경험 데이터를 축적할 수 있을 거야. 가이아의 첫 친구인 셈이지."

나오미는 레몬에이드를 쭉 빨아들였다. 차가운 액체와 신맛으로 두뇌를 각성시키려고. 미와코의 생각은 때때로 남들보다 지나치게 앞서가 따라갈 수가 없다.

"있잖아, 이 애가 키프로스섬에 있다는 걸 알게 되면 언젠가 부모가 만나러 와주지 않을까?"

"부모라면 올란도 조르지인가 하는 남자요? 아직 소재도 파악되지 않았어요. 게다가 C2를 세상에 풀어놓은 죄를 물을 수도 있으니까……."

미와코는 괜찮다는 듯 또 미소를 지었다.

"기계의 장점은 나이를 먹지 않는다는 거야. C2는 분명 느긋하게 기다릴걸. 그때는 흰 드레스를 입고 있으면 좋겠다. 포옹할 때 힘 조절하는 법도 배워야겠고."

나오미는 레모네이드를 한 잔 더 마실까 하고 생각했다. 여기저기서 쏟아지는 일들을 처리하느라 정신없이 뛰어다닌 직후에 이런 말랑말랑한 꿈같은 얘기를 들으니 몸도 머리도 흐물흐물 뭉크러질 것 같았다. 그러다 문득 미와코가 허리를 굽혀 자신의 얼굴을 들여다보고 있다는 걸 깨달았다.

"나오미한테도 포옹이 필요해? 그런 얼굴을 하고 있는데?"

나오미는 놀라서 자기 얼굴을 만졌다.

"그래요? 좀 피곤한가?"

막상 입으로 내뱉고 나니 피로가 확 밀려왔다.

"바빴구나. 좀 쉴까? 여기 앉아."

미와코가 벤치에 털썩 엉덩이를 붙였다. C2는 명령도

하지 않았는데 발밑 잔디밭에 다리를 옆으로 접고 편안하게 앉았다.

나오미가 쭈뼛쭈뼛 벤치에 앉자 미와코는 "힐 벗어, 상의 단추도 좀 풀고" 하며 웃는 얼굴로 명령했다. 시키는 대로 하자 자연스럽게 숨이 트이면서 나오미는 그동안 자기가 얼마나 답답했는지 깨달을 수 있었다.

"나오미, 자기가 담당한 기획은? 다 준비됐어?"

"네, 그쪽은 문제없어요."

"그럼 지원 업무 때문에 계속 바빴구나. 훌륭하네."

칭찬을 들어도 별로 기쁘지 않았다. 시시한 실랑이들뿐이었으니까. 나오미는 입술을 삐죽 내밀고 바닥을 쳐다봤다.

"……티티는 자신감과 기대에 가득 차서 주기장으로 갔어요. 동기인 얼간이 VWA는 지금 거물을 상대하고 있고요. 그런데 저는 아무나 할 수 있는 허드렛일이나 하고 있죠. 페스티벌을 위해 열심히 하고는 있는데 뭔가 신바람이 안 나요."

미와코는 킥킥 웃으며 정면을 쳐다봤다. 물로 그려진 'HAPPY'라는 글자가 투명한 분홍색을 띠고 공중에 두둥실 떠 있었다.

"그건 '성실 양'이 걸리는 '바쁘다 바빠 병' 아닐까? 다카히로 씨도 신입 때는 일을 잘하면서도 불평불만이 많았어. 므네모시네에게 기록한 일기는 푸념으로 가득 차 있었고."

나오미는 눈을 반짝 떴다. 고민하는 로맨티시스트인 동경하는 선배에게도 그런 시절이 있었다니. 그렇다면 다카히로는 어떻게 지금의 평온함을 획득했을까.

궁금한 걸 물어보려는 순간, 물 글자가 이지러지며 스마일 마크로 바뀌었다.

"어머나!"

미와코가 손뼉을 치며 즐거워했다.

"어쩜 색깔까지. 꼭 레몬 물 같아. 고마워. 나오미가 애써준 덕에 이렇게 근사한 걸 구경하네."

"전 그냥 물 사용량을 조절하라고……."

미와코는 정면을 응시한 채 나오미의 말을 흘려 넘겼다.

"봐봐, 다들 좋아하잖아. 아름답다. 난 아프로디테에 모인 사람들이 예술 앞에서 감동하는 이 광경 전체가 무척 아름답다고 생각해."

광경 전체가.

나오미의 마음속에서 뭔가가 번뜩 빛났다.

겐은 항상 말했다. 인간과 예술이 살을 맞대는 이 땅을 평화롭게 유지하는 게 자신의 일이라고. 그는 단순히 수상한 암거래 조직을 잡으려는 게 아니다. 그럼으로써 아프로디테가 한층 더 인간과 예술의 낙원에 가까워질 수 있도록 하려는 거다.

그럼 신입 학예사가 정말로 해야 할 일은 무엇일까. 50주년 기념 페스티벌을 성공시키는 것? 아니, 그런 눈앞의 목표는 아니다. 모두가 좋아할 전시회를 힘들게 준비하는 것도, 페스티벌을 위해 고충 처리를 맡아 하는 것도 모두 아프로디테를 행복한 미의 전당으로 만들기 위해서다. 예술 작품뿐만 아니라 광경 전체를, 그 순간 그곳에 있는 자신의 운명을 아름답다고 생각하도록 하기 위해서다. 그 정도의 마음가짐으로 임하지 않으면, 키프로스섬의 이형들까지 빛나게 하는 곳이 아프로디테라고 자신 있게 말할 수 있는 학예사가 될 수 없다.

"이기적인 바보는 아름다운 광경에 어울리지 않죠."

자질구레한 일들은 안개처럼 피어올라 눈앞을 가로막는다. 겐과 티티가 각자의 임무에 매진하고 있으니 자신도 시야를 가린 안개를 걷어내고 페스티벌을 성공시킬 중요한 뭔가를 해야 한다고 초조해하고 있었다. 진짜 목표는 평화로운 축제의 장에서 모두가 즐기는 것이었는데.

이 땅이 온통 예술에 휩싸이고, 너와 내가 모두 만족하고, 미의 전당이 빛을 발하는 그런……. 그것이 미의 여신의 진정한 바람이었는데.

광경 전체가 아름답다. 나오미는 미와코의 그 거시적인 관점을 대단하다고 생각했다.

그녀는 쓴웃음을 지으며 단호하게 일어섰다.

"저 이만 가볼게요. 아직 해야 할 일들이 남아 있어서요."

걸음을 떼기 전에 뒤를 한번 돌아봤다.

"가이아, C2. 지금의 미와코 씨 기분, 제대로 학습해."

그렇게 말하며 나오미는 환한 미소를 지어 보였다.

부하들은 겐과 예란을 포박하지는 않았지만 그들 주위를 빈틈없이 에워쌌다.

"이렇게 될 줄 알았어."

예란은 얼굴을 찡그리고 겐에게 침이라도 뱉을 기세였다.

"이 VWA는 마음대로 해도 좋소. 하지만 나까지 인질로 잡는 건 장사꾼으로서 현명하지 않다고 생각하는데."

발드는 책상 위에서 손깍지를 바꿔 꼈다.

"그 말의 뜻은?"

예란이 숨을 후 내쉬었다.

"당신들을 만나려고 아프로디테와 VWA를 이용한 거라고 말하면 믿어주려나?"

겐은 마음속으로 거짓말이라고 외쳤다. 예란이 아트스타일러와 접촉하고 싶었다니, 영문을 알 수 없었다.

예란은 점잔을 빼고 말했다.

"당신들이 VWA의 개입을 탐탁지 않아 한다는 건 경찰이 끼면 곤란한 장사를 하고 있다는 증거요. 그런 곳에는 귀한 보물이 있는 법. 내가 정말 원하는 건 그런 종류의 미술품이오."

책상 옆에 서 있던 기노시타가 회심의 미소를 지었다.

—다이크, 다이크!

—예란 아베니우스의 표정을 읽을 수가 없습니다. 땀과 음성에서 긴장은 느낄 수 있지만 말의 진위는 불확실합니다.

—다시로 씨!

대답이 없었다. 다카히로와 네네도 갑작스러운 전개에 허둥대고 있을 터였다. 겐은 홀로 밤의 황야에 남겨진 기분이었다.

발드는 다시 손깍지를 바꿔 꼈다.

"한번 들어볼까요, 아베니우스 씨?"

"명작을 원하오. 시장에 나와 있지 않은 걸작. 키프로스 섬 진출 기념으로 본사 회장실에 걸고 싶거든. 남에게 보여줄 물건이 아니니까 내력은 묻지 않겠소. 액수는 신경 쓸 것 없고."

"그런 제안은 이 경찰을 통해 아프로디테에 들어가면 곤란하지 않을까요?"

예란은 발드의 질문을 일소에 부쳤다.

"아프로디테 입장에서도 나쁘지 않은 얘기라고 생각하는데. 물건값의 절반을 선불로 지급하라고? 그게 거래의 공식인 건 알고 있소. 미술관 측에서 범인에게 그림을 되사는 일은 과거에도 왕왕 있었으니까. 이번에는 내가 아프로디테 대신 돈을 지불한다는 것뿐이오. 명작이 다시는 햇빛을 보지 못하거나 누군지도 모르는 작자의 손에 넘어가 손상되는 것보다는 소재라도 아는 편이 마음 편하겠지. 당신들이 잡히지 않고 도망칠 수 있을지는 장담 못 하지만, 어쨌든 그쪽에는 실력이 뛰어난 컴퓨터 엔지니어가 있다고 하지 않았소? 게다가 거기 서 있는 스파이까지, 서로 손해 볼 것 없는 장사 아닌가?"

"음, 듣고 보니 그렇군요."

겐은 낯빛이 창백해졌다. 너무 혼란스러워서 혼자서는

아무 생각도 할 수 없었다.

—다시로 씨!

—미안해. 아직 협의가 안 이뤄졌어. 일단은 타라브자빈이 도착할 때까지 상황을 지켜봐줘.

—아…….

"돈은 얼마든지 있소."

예란은 거만하게 재차 쏘아붙였다.

"엔지니어에게 알아보도록 하면 될 테지. 내 비장의 암호화폐가 있소. 꼬리가 잡힐 일은 없을 거요."

예란이 거침없이 일련번호를 말하자, 발드는 단말기를 조작해 누군가와 통신을 시작했다. 순식간에 그의 눈동자가 섬뜩하게 움직이며 탐욕스러운 빛을 띠었다.

"상당한 금액을 갖고 계시는군요. 그런데 그런 명작은 저희 보스가 직접 관리하고 있어서요. 신변의 안전을 위해 가급적 연락은 취하지 않는다는 방침이어서 당장은 영상조차 준비할 수 없는 상태입니다만."

예란은 어깨에 힘을 주고 번대며 팔짱을 꼈다. 그래서 어쩌자고, 하고 말하고 싶은 듯한 얼굴이었다. 그 태도에 기세가 눌렸는지 기노시타가 발드에게 뭐라고 귓속말을 했다. 발드는 미간을 찌푸린 채 듣고 있다가 이윽고 슈트

안주머니에서 카드형 개인 통신 단말기를 꺼냈다.

"기회를 놓치면 안 되겠죠. 멋대로 거절했다가 보스를 화나게 하면 그것도 문제고. 도주할 때도 지원을 받아야 하니 지금 단계에서 일단 알려두는 것도 나쁘지 않겠군요. 경찰 쪽은요?"

기노시타의 입술 끝이 당겨 올라갔다.

"회선 추적을 못 하도록 가디언 갓을 죽여놨습니다."

겐의 눈동자에 활력이 돌아왔다.

—적은 가디언 갓에만 정신이 팔려 있어. 다이크, 넌 괜찮지? 보스가 있는 곳을 특정할 수 있을까?

—이미 추적을 시작했습니다. 우주 간 통신은 수단에 제한이 있기 때문에 변동 주파수 회선 통제처를 알아내기가 비교적 간단합니다. 하지만…….

—하지만? 다이크? 어이, 다이크!

갑자기 머릿속에서 다이크의 기척이 사라졌다. 발밑이 무너져 내린 듯했다. 예란에 이어 너마저 나를 떠나는구나. 겐은 망연자실했다.

발드는 예란의 얼굴과 손아귀의 단말기를 번갈아 보면서 회선 너머에 있는 막후의 인물과 작은 소리로 대화를 시작했다.

"괜찮습니다. 고로 선생이 올리에게 수배를 내렸으니까. 네, 암호화폐 사본을 보냈습니다. 네, 네."

올리라는 자가 컴퓨터 엔지니어인가. 겐은 다이크에게 물어보고 싶었지만 파트너는 여전히 침묵 중이었다. 또 말려든 걸까. 가디언 갓과의 회선을 끊으라고 명령했어야 했는데.

하지만 다이크는 곁에 있었다. 갑자기 천장 스피커에서 다이크의 음성이 터져 나왔던 것이다.

"아트스타일러와 예란 아베니우스. 저는 가디언 갓 휘하, 아프로디테 VWA의 정동 학습형 직접 접속 데이터베이스 컴퓨터 디케, 일명 다이크입니다. 당신들이 정의의 여신의 손가락 사이로 빠져나가기 전에 말해둘 것이 있습니다."

그들을 잡을 수 없다는 말인가. 겐은 다이크의 말이 마치 패배 선언처럼 들렸다.

발드는 귀에서 휴대 단말기를 떼고 눈썹을 번쩍 치켜들었다. 예란과 부하들은 소리의 출처를 찾아 천장을 두리번거렸다. 기노시타는 재미있어하는 표정이었다.

"다이크. 대체 뭘 하려고?"

겐의 중얼거림을 무시한 채, 다이크는 스피커를 통해

낮고 깊은 음성을 내보냈다.

"저는 인간미 있는 훌륭한 경찰이 되고자 다양한 감정 패턴을 학습해왔습니다. 범인을 체포할 때도 저마다의 배경을 조사하고 분석해, 정상참작의 여지가 있다면 재판을 담당하는 사법 당국에 그 뜻을 전달합니다. 하지만 저는 당신들의 사정을 고려하지 않겠습니다. 설사 법 집행이 이뤄지지 않더라도 당신들을 용서하지 않겠습니다. 당신들은 예술품을 화폐로 취급하고 있습니다. 그건 세상 만물의 창조주인 인류에 대한 모독입니다."

단말기를 한 손에 든 채 다이크의 말을 듣고 있던 발드는 얼굴을 일그러뜨리며 비죽거렸다.

"기계 주제에. 아니, 기계라서 그런가? 순수하지만 전혀 감흥이 없는 설교로군."

다이크의 목소리는 당연하게도 흔들리지 않았다.

"인간의 마음은 돈으로 움직일 수 있을까요? 아니오, 하고 딱 잘라 대답할 순 없다고 수많은 범죄 기록이 말해줍니다. 그럼 인간의 마음을 움직이는 가장 중요한 수단은 뭘까요? 슬픔을 기쁨으로, 고통을 희열로, 악인을 선인으로 바꾸는 것은 무엇일까요?"

기노시타가 짓궂게 훼방을 놨다.

"예술의 힘이라고 말할 셈인가?"

"아닙니다."

다이크는 단호하게 부정했다.

"인간의 마음을 바꾸는 것은 인간의 마음이다. 이것이 현시점에서의 제 가설입니다."

부하 중 한 명이 도덕 교과서 같은 설교에 참지 못하고 웃음을 터뜨렸다.

"그렇지만 생물인 인간은 시대를 초월할 수 없습니다. 따라서 마음을 움직이는 가장 효과적인 장치로써 예술이 자연 발생했다고 저는 생각합니다. 저는 한 소절의 노래가 맹인을 즐거운 스텝으로 이끄는 모습을 봤습니다. 50년 전 그림이 노인의 영혼을 해방시키는 것을 직접 목격했습니다. 작은 오팔이 진실한 애정을 꿰뚫어보는 자리에도 함께 있었습니다. 표현이 서툰 아버지가 예술의 힘으로 딸에게 진심을 전하는 것도 경험했습니다. 최근에는 단 여섯 시간 만에 굳게 닫혀 있던 한 청년의 마음이 그림에 의해 열리기도 했습니다. 만든 이의 혼이 향기처럼 풍겨 나오고 감상하는 이의 혼이 소리 없이 메아리치는 것, 그것이 예술입니다. 예술은 인간 영혼의 대변자입니다. 화폐는 그런 역할을 할 수 없습니다."

예란의 뺨이 움씰거리는 걸 겐은 분명히 봤다. 부하들은 웃음을 참고 있었고, 발드는 슬슬 지루해진 듯했다. 겐은 입을 꾹 다물었다.

다이크, 잘했어. 훌륭해. 네 말이 옳아. 난 그걸 듣고 깊이 생각할 수 있게 됐어.

하지만 안 돼. 악인에게는 정론이 통하지 않아. 네가 열심히 익혀온 것들로는 놈들을 움직일 수 없어.

아, 나는 네게 뭘 가르쳐온 걸까. 기분과 안색을 살피는 방법뿐만 아니라, 속고 속이고 배신하고 배신당하는 현실을 제대로 보여줘야 했을까. 아니, 애초에 글렀던 걸지도 모른다. 나는 아직 조지 삼촌이 착한 사람인지 나쁜 사람인지조차 판단하지 못하는 멍청한 놈이니까.

……다이크, 왜 대답을 안 하는 거야. 네 생각이 조금도 전해지지 않아. 예란처럼 모자란 나를 버려도 할 말은 없지만……. 연설은 그만 멈춰줘. 다시로 씨도 네네 씨도 응답이 없고, 동료들도 아직 오지 않았어. 예란한테도 꼴좋게 당한 이 상황에서, 네가 이 멍청한 신입 VWA에게 배운 정의를 설파하는 걸 듣고 있기가 너무 괴로워. 다 허울 좋은 소리일 뿐이야.

"저는 최선을 다해 인간의 마음을 이해하려고 했지만,

당신들처럼 아름다움을 함부로 대하는 마음은 해석할 수는 있어도 납득할 수는 없습니다. 미학의 가치를, 영혼의 가치를 이해하지 못하는 당신들은 우둔하고 천박한 바보입니다."

부하들이 다이크의 말에 일제히 큰 소리로 웃자, 겐은 마치 자신이 조롱을 당한 것 같다고 느꼈다. 발드도 키들거리며 손에 든 단말기를 흔들었다.

"이런, 보스도 재미있어하시는군. 그런데 더 들려드리면 귀가 썩으실 수도 있으니 이쯤에서."

그는 단말기를 향해 인사한 뒤 회선을 끊었다.

"자, 기계의 스탠드업 코미디도 즐겼으니 이제 상담을 재개해볼까? 보스에 따르면……."

짧은 착신음이 발드의 말을 가로막았다.

기노시타의 단말기였다. 그는 화면을 보며 히죽 웃더니 고개를 들고 말했다.

"보스에 따르면, 이름은 팜 탓탄. 라스베이거스의 '뱅랑캐슬'이라는 호텔 펜트하우스에 있다고 한다."

발드가 벌떡 일어섰다. 그 기겁하는 표정을 보고 겐은 기노시타가 지금 뭔가 중요한 비밀을 발설했다는 걸 알 수 있었다. 부하들은 영문을 몰라 그저 멍하니 있었다. 겐도 마찬가지였다.

"이런 식으로 배신을 한다고? 7년이나 신세를 지고?"

간신히 쥐어 짜낸 목소리였다. 기노시타는 빙그레 웃으며 어깨를 으쓱해 보였다.

"이곳에선 7년이지만, 악당 행세를 한 지는 벌써 반세기가 됐어. 이제 그만 은퇴하고 싶군. 성형수술도 지겹고. 너희가 내 업적을 장식할 마지막 대물인 셈이지."

"평생을 이중간첩으로 살아왔단 말이야?"

발드는 요란스럽게 책상 서랍을 열어 총을 꺼냈다. 총구가 주위를 빈틈없이 훑었다.

"실탄총을 어떻게 들여왔지?"

겐이 묻자, 기노시타가 겨눠진 총에도 아랑곳하지 않고 단말기를 보며 대답했다.

"엔지니어가 우수하다고 말했을 텐데? 음, 올리는 뛰어난 인재야. 지금 아트스타일러의 모든 데이터가 가디언 갓으로 전송됐어."

발드가 가볍게 비틀거렸다.

"뭐라고? 올리도?"

"그래. 보스도 잡힌 몸이나 다름없고, 미술품을 숨겨둔 장소도 곧 드러나겠지. 겐, 바깥에 있는 동료들에게 들어

오라고 전해."

천장에서 "알겠습니다" 하는 대답이 들림과 동시에 스위트룸의 육중한 문이 활짝 열렸다.

"VWA다!"

VWA 십여 명이 신분을 밝히며 폭동 진압용 방패를 들고 뛰어들었다. 그러자 발드가 기노시타를 향해 방아쇠를 당겼다.

하지만 아무 소리도 나지 않았다.

기노시타가 어깨를 으쓱 들먹였다.

"불법 총기를 변통해준 건 국제경찰기구 동료였어."

겐 바로 옆에 있던 부하가 예란을 향해 팔을 뻗었다. 연장자를 잡아서 상황을 호전시키려는 게 틀림없었다. 나머지 둘이 한꺼번에 덤벼드는 걸 가까스로 피한 겐은 예란을 발코니 쪽으로 힘껏 밀었다. 그 뒤를 따라가는 겐의 뒤통수에 둔탁한 일격이 가해졌지만, 때린 남자는 곧 많은 방패에 제압당했다. 다른 두 사람은 이미 동료 VWA에게 얌전히 붙들려 있었다.

예란을 등 뒤로 감싸고 돌아섰을 때였다.

"겐!"

저항할 수 없는 외침과 함께 뭔가가 높이 던져졌다. 반사적으로 몸이 움직였다. 펄쩍 뛰어올라 날아온 물건을 낚아챘는데, 잡고 보니 자기 것과 똑같은 관급품官給品인 마취총이었다.

겐은 착지하자마자 책상 방향으로 총구를 겨눴다. 그러나 발드는 이미 동료 VWA의 손에 제압돼 책상에 엎어져 있었다.

"21시 14분, 전원 체포."

옆에서는 기노시타가 코피를 흘리며 힘없이 미소 짓고 있었다.

겐은 주위를 둘러봤다. 부하들은 모두 붙잡혔고, 발드는 책상에 엎드린 채 으르렁대고 있었다. 예란은 주저앉아 있긴 해도 무사해 보였다.

—겐, 괜찮아? 끝났어?

네네가 물었지만 아직 대답할 여유가 없었다. 어느새 되돌아온 다이크가 괜찮습니다, 하고 겐 대신 대답했다.

파트너는 이번에는 음성으로 VWA 대원들에게 말했다.

"발코니 유리문 근처, 예란 아베니우스 주위에 불가시不可視 베일이 쳐져 있습니다. 방금 베일에 가시신호를 보냈으니, 보호하기 전에 베일을 제거하십시오."

겐이 스위트룸에 들어간 뒤 가장 먼저 한 일이 그것이

었다. 발코니 밖을 살피는 척하며 불가시 베일을 쳐두는 것. 난투극이 벌어질 경우 예란을 지키기 위해서였다.

"앞서 한 말은 철회하지. 꽤 용의주도하군. 쓸모없을지도 모르는 장치를 차선次善으로 설치해두는 건 생명을 지키는 일을 하는 사람으로서 아주 좋은 자세야. 신물질주의 만세."

겐은 목소리가 들려오는 쪽을 응시했다. 기노시타가 손수건으로 코를 누르며 고개를 절레절레 흔들고 있었다.

"도대체 어떻게 된 일이죠?"

겐은 총을 겨눈 채 힐문했다.

"부끄럽군. 총 손잡이에 맞았어. 뺏길 것 같아서 그쪽으로 던진 거야."

"지금 그 얘기를 하는 게 아니잖아요."

"가만히 생각하면 답은 다 나와 있을 텐데. 내가 말해줄 건 이제 한 가지밖에 없어."

"한 가지?"

겐은 총구를 살짝 흔들어 대답을 재촉했다.

기노시타의 눈이 웃는 건지 슬픈 건지 알 수 없는 모양으로 가늘어졌다.

"아직도 모르겠어, 겐? 내 목소리를 알아들어서 순순히

총을 받아준 거라고 생각했는데. 아니면 청동화라도 보여줘야 할까?"

총이 천천히 내려갔다. 가늘게 떨리면서.

겐은 온몸이 후들거려서 서 있는 게 고작이었다. 누군가 잽싸게 팔을 받쳐줬지만, 겐은 그가 타라브자빈이라는 사실조차 깨닫지 못했다.

"삼촌……."

손수건을 얼굴에 댄 효도 조지는 눈으로 웃고 있었다.

"뒤통수를 맞았다고? 바보, 멍청이, 등신!"

나오미가 굳이 F 모니터로 화상통신을 한 건 분명 겐의 면전에 대고 욕을 해주고 싶었기 때문이 틀림없다.

뒤통수에 냉각제를 댄 겐은 휘황찬란한 번화가를 배경으로 끝도 없이 욕설을 퍼붓는 나오미를 향해 인상을 찌푸렸다.

"목소리가 너무 쩌렁쩌렁해서 골이 다 울린다."

나오미는 눈을 부릅떴다.

"이러지 않으면 안 들린다고, 이 바보야! 지금 여기가 얼마나 시끄러운 줄 알아? 한 시간만 있으면 자정이야. 다들 난리라고."

말마따나 배경 소리에 술 취한 사람들의 함성과 젊은 여성들의 웃음소리가 섞여 있었다.

"너 아직도 일해? 낮 근무잖아. 내일은 더 바쁠 텐데."

"알아. 이제 거의 끝나가. 페스티벌 오프닝 이벤트만 확인하고 돌아갈 거야. 그럼 쉬어."

"아니, 사람이 그렇게 많다면 순찰을 좀 도는 게 좋을 것 같아. 샤워하고 그쪽으로 갈게."

"무슨 소리야. 그 정도만 다친 걸 감사히 여겨. 이런 위험한 곳에는 올 생각도 하지 마."

"위험을 예방하는 게 경찰의 일이잖아. 솔직히 오프닝 이벤트도 보고 싶고 말이야. 순찰도 돌고 겸사겸사…… ."

거기서 겐은 몰래 심호흡을 했다.

"어…… 겸사겸사 같이 봐도 좋고."

"정 오시겠다면. 환자를 나 몰라라 할 순 없지."

또 한 번, 심호흡.

"그리고 둘이서 야식이라도……."

"야식은 내가 사줄게. 대신 혹의 내력을 자세히 설명해야 한다? 그럼 좀 이따 봐."

통신이 뚝 끊기며 F 모니터가 까맣게 바뀌었다.

"아니, 그러니까 난, 너와 함께 축배를……."

겐은 말하다가 어깨를 툭 떨구고 고개를 내저었다.

사건 해결 직후, 겐은 테살리아 호텔 의무실로 이송돼 가는 몇 분 사이에 기노시타가 말한 대로 답은 이미 다 나와 있었다는 걸 겨우 깨달았다.

"나는 내 나름대로 너한테 설명을 했던 거야."

기노시타라고 자칭하던 남자는 그렇게 말하며 다정하게 웃었다.

남는 의문에 대해서는 다카히로와 네네, 예란과 동석 중인 타라브자빈, 그리고 다이크가 번갈아 가며 대답해줬다.

우선 예란이 명작을 원한다고 말한 건 진심이 아니었다. 물론 겐을 힐난했던 것도. 백전노장인 대기업 회장은 신입 경찰을 제물로 써서 아트스타일러의 신뢰를 얻으려고 했다. 적의 적은 아군이라는 전략이다. 그런 다음 큰돈으로 유혹해 범죄성이 높은 그림을 꺼내 오게 함으로써 악행의 확실한 증거를 잡을 생각이었다고 한다.

호텔 별실에서 예란과 함께 있던 타라브자빈은 재미있어하는 어조로 예란의 말을 전해 왔다.

"회장님이 미안해하셔. 상의도 없이 계획해서 행동했다고. 넌 등에 칼을 맞은 기분이었겠지만, 어쩔 수 없었어.

사전에 알았다면 네 얼굴에 다 드러났을 거야."

결과적으로 예란의 연극은 매우 효과적이었다고 기노시타였던 남자는 만족스러워했다.

그는 발드 일당이 아프로디테에 방문하는 것을 다시없을 좋은 기회로 봤다. 7년에 걸쳐 아트스타일러에게 신뢰를 얻은 남자는 아프로디테 위작 사건의 공로를 인정받아 출장에 동행할 수 있었다. 일단 이곳에 오기만 하면 지구에 있는 보스와 통신할 기회가 생길 테고, 보스가 있는 곳을 알아낸다면 조직을 무너뜨릴 수 있겠다고 판단했던 것이다.

"기노시타 고로와 관련된 내용은 우리도 몰랐어."

F 모니터 너머에서 다카히로가 미안한 듯이 말했다. 발드가 보스에게 연락을 취하던 단계에 이르러서야 VWA의 스콧 은구에모 서장을 통해 국제경찰기구로부터 기노시타 고로와 관련된 내용을 전달받았다고 한다.

네네도 미안해하며 말했다.

"협의가 이뤄지지 않았다고 대답했잖아. 실은 기노시타 고로에게 현장을 맡기라는 지령이 있었어. 알려주지 못해서 미안해. 하지만 널 아니까. 알았으면 아마 들키지 않았을까?"

그 타이밍에 다이크가 느닷없이 일장 연설을 시작한 것은 가디언 갓이 통신 추적을 하고 있다는 사실을 알았기 때문이다. 아트스타일러의 컴퓨터 엔지니어가 추적을 방해했을 텐데, 하는 질문에 다이크는 이렇게 대답했다.

"어떻게 추적을 계속할 수 있는지 저도 의아했습니다. 그런데 그때 가디언 갓으로부터 진실을 전해 들었습니다. 주파수를 어지럽게 바꾸는 통신을 추적해 팜 탓탄이라는 이름을 밝혀내고 위치를 오차 없이 특정할 때까지 시간을 벌자고 생각했습니다. 죄송합니다. 사정을 설명할 겨를이……."

"돌려서 말하지 않아도 돼, 다이크. 난 얼굴에 다 티가 나니까 알리지 않았겠지."

자포자기한 어조로 말하자, 다이크는 순순히 "네" 하고 대답했다.

"엔지니어 이름이 올리였나?"

겐이 중얼거리자 이번에는 다카히로가 나섰다.

"올란도의 애칭이 올리야. 올란도 조르지. 들은 기억이 있을걸?"

둥근 의자에 앉아 치료를 받던 겐은 소리를 지르며 일어섰다. 목덜미에 통증이 느껴졌다.

"C2를 만든!"

어린 나이에 감정 획득을 목표로 하는 AI를 만들어 세상에 내보내고, 목표를 이뤘을 때를 대비해 세실이라는 이름을 준 인물.

금이 간 코뼈에 부목을 댄 남자는 아픈 내색도 하지 않고 올란도의 인상을 설명했다.

"올리는 아트스타일러의 지시를 받아 크래킹을 했지만, 나는 그가 진짜 나쁜 사람으로는 보이지 않았어. 경찰의 감이란 거지. 그래서 어떻게든 조직을 없애고 싶다고 시간을 들여 내 뜻을 전했어. 그러던 중에 아프로디테가 야생 AI들을 잡아들였다는 뉴스가 들려왔고. 그 안에 C2가 있다는 걸 알고 올리는 몹시 동요했어."

그는 C2가 긴 세월 동안 숨어서 자신의 명령을 수행하고 있었다는 사실에 눈물을 흘렸다고 한다. 그리고 한 가지만 약속해주면 경찰에 협력하겠다고 했다.

C2의 소원을 모두 이뤄주길 바란다. 자신은 체포돼도 상관없으니까.

그게 올란도 조르지가 내놓은 협력의 조건이었다.

다카히로가 부드러운 목소리로 말했다.

"겐과 다이크의 공이 커. 둘의 노력이 한 명의 사진작가만이 아니라 미술계 전체를 살렸어."

그렇다고는 하나, 뜻밖의 행운과도 같은 성과라 겐은 칭찬에 어찌할 바를 몰랐다. 그게 또 얼굴에 드러났던 걸까. 다카히로가 활짝 웃었다.

"그 약속과 상관없이 C2는 아프로디테에서 돌볼 준비를 하고 있었어. 아주 잘 자라줘서, 온화한 여신 슬하에서 보살핌을 받는다면 더 훌륭하게 성장할 거야."

이곳은 낙원. 초보 학예사도, 초보 경찰도, 아직 인간의 마음에 대해선 초보인 AI도 부드럽고 따뜻하게 인도해주는 곳.

기노시타였던 남자는 화면을 향해 고개를 숙였다.

"올리를 대신해서 감사의 뜻을 전하고 싶군요. 고마워요, 다시로 씨."

조용한 그 동작을 보면서 겐은 이 남자가 자신의 삼촌인 조지가 확실하다고 새삼 깨달았다.

삼촌은 악인이 아니었다. 아버지가 한탄하던 인물이 아니라, 악인을 잡기 위해 악인 행세를 하는 경찰 스파이였다. 흰 양복을 입고 찾아와 조카에게 선물을 주던 모습이 진실한 그였던 것이다.

그 사실은 겐의 마음에 스며들어 진실을 갈구하며 방황

하던 긴 시간을 기분 좋게 녹여줬다.

"아버지는 이 사실을 알고 계셨어요?"

VWA 본부로 향하는 차 안에서 자율주행으로 전환하면서, 겐은 삼촌에게 첫 번째 질문을 던졌다.

경찰이었던 아버지는 정도에서 벗어난 동생을 골칫거리로 여겼다. 때로는 분노하고 때로는 슬퍼하며 얘기하던 아버지의 모습이 떠올랐다.

단둘이 있는 차내에서 효도 조지는 한없이 먼 곳을 응시했다.

"알고 있었지. 내가 되찾아 오는 미술품들의 반환수속을 은밀하게 해줬으니까."

"그 선물들이 그럼……."

"그래."

"아버지는 내색을 전혀 안 하셨어요."

"경찰에든 암거래 조직에든 알려지면 큰 문제가 되니까. 너는 아직 어렸고, 그냥 보이는 대로 단순하게 받아들여주길 바랐던 거야. 그게 안전하니까. 그렇잖아도 너는 예나 지금이나……."

"얼굴에 다 드러나니까. 미안해요, 미숙해서. 그래서 아버지는 삼촌과 사이가 안 좋은 척을 하셨던 거군요."

겐이 작게 중얼거리자 조지의 얼굴이 일그러졌다.

"형은 중간에서 여러 가지로 힘들었을 거야. 난 항상 그게 마음이 아팠어. 둘 다 경찰인 게 얼마나 원망스러웠는지 몰라."

조지는 겐의 얼굴을 정면으로 응시했다.

"그래도 겐, 형과 나는 포기하지 않고 사명을 다할 수 있었어. 선물을 손에 쥐고 천진난만하게 웃는 네 얼굴을 보면 힘이 났거든. 자, 받아. 이게 마지막 선물이야."

겐은 청동화 하나를 건네받았다.

"은퇴 선물로 네가 반환수속을 해주렴."

동전에서 눈을 떼지 않은 채 겐이 물었다.

"은퇴하고 어떡하시려고요?"

"마누라 역을 몇 번 해준 여자가 특별보호 구역에 있어. 그쪽으로 가려고. 사연 있는 사람들을 보호하는 장소지. 이제 성형할 일도 없으니 여유롭게 여생을 보내고 싶어."

"연락은 하실 거죠?"

"당분간은 힘들지 않을까?"

"그렇군요."

겐은 어리광을 참는 아이가 된 기분이었다.

"그래도 길진 않을 거야. 세상의 관심이 사그라질 때쯤 다시 여기로 여행을 올게. 그때는 흰 양복을 입고 와야겠구나. 네가 잘 알아볼 수 있도록."

청동화 표면의 마모된 야누스 신이 더욱 흐릿하게 보였다. 두 얼굴을 가진 이 신은 로마 신화에서만 회자될 뿐, 그리스 신화에는 해당하는 신이 없다. 세간의 관심이 식어 삼촌의 얼굴이 하나가 되면 그는 올림포스의 신들이 모이는 이곳을 당당하게 찾아줄 것이다.

겐은 주먹으로 눈물을 닦고 고개를 들어 웃어 보였다.

"기다릴게요. 빨리 오지 않으면 에밀리오 영감님이 돌아가실지도 몰라요."

조지의 눈빛이 순간 아련해졌다.

"에밀리오……. 그 수동 오르간을 연주하던 에밀리오 사바니 말이야? 네가 그를 어떻게 알지?"

"좀 도와드린 적이 있어요."

그렇구나, 하고 조지는 깊은 한숨을 내쉬었다.

"실은 이미 몰래 보고 왔단다. 나보다 젊은데 휠체어 때문인지 많이 늙어 보이더군. 그래도 체크무늬 카스케트*

* 윗부분이 둥글넓적하고 앞 챙이 달린 모자를 통틀어 이르는 말.

는 그때랑 똑같고, 주름투성이 얼굴은 햇볕에 잘 그을려 건강해 보였어. 제자 옆에서 낡은 수동 오르간과 함께 기분 좋게 졸고 있었지. 왠지 마음이 놓였어. 비록 출처가 깨끗한 오르간은 아니었지만, 적어도 에밀리오는 햇빛을 받는 인생을 살 수 있었던 거야. 여긴 좋은 곳이야, 겐. 삶의 태도까지 아름답게 만들어주거든."

조지는 VWA 본부에서 간단한 수속을 마치자마자 서둘러 돌아가려고 했다.

"은퇴하기 전까지 해야 할 일들이 있어서 말이야. 그럼 갈게, 겐."

겐은 예전처럼 홀연히 떠나려는 삼촌을 두 팔을 벌려 와락 껴안았다. 말은 나오지 않았다. 말로 할 수 없는 것이 체온으로 전해졌다.

겐은 이것을 다이크에게 가르치고 싶었다. C2가 애타게 원하던 접촉의 힘이 어떤 것인지 언젠가는 다이크가 경험했으면 좋겠다고 생각했다.

조지는 잠깐 놀란 듯하더니 이내 커다란 손으로 아이를 다독이듯 겐의 등을 툭툭 두드려줬다.

거리는 축제 분위기로 한껏 들떠 있었다.

고대 그리스 의상을 입은 사람들이 거리로 속속 몰려나왔다. 리넨으로 만든 키톤*이 우아하게 너풀거리고, 옷을 고정한 핀이 반짝거렸다. 밤마실을 허락받은 소녀는 키톤의 기장을 짧게 걷어 올려 아르테미스(달과 사냥의 신) 못지않은 활발함을 뽐내고 있었다. 디오니소스(술의 신)로 분장한 왜소한 남자는 거나하게 취해 길 한복판에서 포도 무늬가 새겨진 금색 잔을 연거푸 허공을 향해 치켜들었다.

밤공기는 점차 달아올라 사람들의 뺨을 붉게 물들였고, 거리마다 웃음을 머금은 말소리들이 개울물처럼 흘러넘쳤다. 자리를 잡은 사람들은 축제의 시작이 가까워질수록 흥분으로 들썩였다. 휴대 단말기로 행사 일정을 확인하는 사람, 조용히 밤하늘을 올려다보는 사람……. 모두가 저마다 벅찬 마음으로 그 순간을 기다리고 있었다.

겐과 나오미는 인파를 피해 노천카페에 자리를 잡았다. 나오미는 긴장한 표정이었다.

"행사 시작 20분 전. 제복 발광 좀 낮춰줘. 어두워야 하거든. 곧 시작이야."

* 고대 그리스의 의복으로, 장방형의 천을 몸에 둘러 핀으로 고정시켜 입는 튜닉의 일종이다.

"뭐? 벌써? 자정부터 아니야?"

나오미는 쉿 하고 입술에 검지를 대더니 그 손가락을 그대로 들어 밤하늘을 가리켰다.

하늘에서는 뚝 하고 떨어질 듯한 거대한 리본이 분홍색 빛을 더해가고 있었다. 사람들은 웅성웅성하며 모두 위를 올려다봤다. V자 칼집을 넣은 리본 꼬리가 꽃향기처럼 은은하게 빛을 발하며 밤바람에 나부낀다.

"굉장하다. 레이저가 아니구나."

"표제는 〈누군가가 무언가에게, 무언가가 누군가에게 건네고 싶은 마음〉. 길지? 작가는 티티 샌더스."

"티티라고?"

"응. 글라이더로 리본 매듭의 불가시 베일을 공중에 설치했어. 계획을 제대로 세워 와서 허락했지. 네네 씨는 떨떠름해했지만."

사람이 예술에게, 예술이 사람에게 건네고 싶은 마음이란 뜻일까. 겐이 얕은 미술 지식을 동원해 그렇게 생각했을 때였다. 고층 호텔 뒤에서 둥근 지구가 푸르른 모습을 드러냈다.

아아, 무심결에 탄성이 터져 나왔다.

지구에 리본. 지구에서 본다면, 아프로디테에 리본. 서로가 자신을 선물하는 것인가! 적어도 겐은 그렇게 느꼈다.

거리 곳곳에 있는 스피커에서 바리톤 솔로의 풍성한 목소리가 흘러나오기 시작했다.

O Freunde, nicht diese Töne!

오, 친구여! 이 소리가 아니야!

아는 노래인데, 하고 겐이 고개를 갸우뚱하자 다이크가 바로 응답했다.

―감지했습니다. 이 곡은 범용 데이터베이스에도 등록돼 있습니다. 베토벤 교향곡 제9번 라단조, 작품 번호 125, 제4악장 중간 부분입니다. 일명 <환희의 송가(Ode) An die Freude>*.

가장 잘 알려진 멜로디 라인은 아직 나오지 않았다. 낭랑한 바리톤에 현악기 소리가 합쳐진다.

Sondern laßt uns angenehmere

anstimmen und freudenvollere.

* 독일 시인인 프리드리히 실러가 1785년에 지은 송가 형식의 시를 원래의 1/3 길이로 다듬어 베토벤이 곡을 붙였다. 단결의 이상과 모든 인류의 우애를 찬양하는 내용을 담고 있다.

더욱 즐겁고,

더욱 기쁨에 찬 노래를 부르세.

주위에서 아쉬워하는 소리가 들렸다. 노래 때문이 아니었다. 모터 글라이더가 충돌 방지등과 위치등을 작게 빛내며 소리 없이 날아오더니 리본을 푼 것이다.

짧은 퍼포먼스였다. 그러나 그렇게 느낀 것도 잠시, 곧 경탄의 환호성이 터져 나왔다. 풀린 리본은 무언가에 의해 사방으로 당겨져 사각형을 이루며 밤하늘을 넓게 뒤덮었다. 그리고 거기에 우주 공간에서 바라본 아프로디테의 모습이 비춰졌다. 지구와는 또 다른 땅과 바다의 모습. 기상대가 면밀히 계획한 비구름이 곳곳에 그림자를 드리우고 있었다.

바리톤 솔로가 소리를 내지른다.

Freude.

환희여.

묵직한 혼성 합창이 반복됐다.

Freude!

환희여!

"뮤즈의 이벤트 해설, 보내줄까?"

나오미가 물었지만 합창에서 느껴지는 박진감에 온몸이 후들후들 떨려 대답할 수 없었다. 이 진동을 머리가 아니라 가슴으로 흡수하고 싶었다. 있는 그대로.

Freude, schöner Götterfunken,

Tochter aus Elysium,

Wir betreten feuertrunken.

Himmlische, dein Heiligtum!

환희여, 신들의 아름다운 섬광이여.

낙원의 딸들이여.

우리는 정열에 취해

찬란한 신들의 성전으로 들어간다!

유명한 선율을 타고, 상공에 펼쳐진 스크린에 아프로디테 각지에서 보내온 영상이 떠올랐다.

Deine Zauber binden wieder,

Was die Mode streng geteilt;

Alle Menschen werden Brüder,

Wo dein sanfter Flügel weilt.

가혹한 현실이 갈라놨던 자들을

당신의 신성한 힘으로 다시 결합시키니.

부드러운 날개가 머무르는 곳에서

모든 인간은 형제가 되노라.

바리톤이 실러*의 시를 소리 높여 부르고 코러스가 같은 구절을 한 번 더 합창한다.

하늘에는 아프로디테의 명소들이 무수히 떠 있었다. 새하얀 박물관, 코린트식** 기둥을 자랑하는 콘서트홀, 싱그러운 초원. 여신들은 단절됐던 사람들의 마음이 다시 연결되는 모습을 자신의 자리에서 조용히 지켜보고 있었다.

* 독일의 고전주의 극작가이자 시인인 프리드리히 실러. 괴테와 더불어 독일 고전주의 문학의 2대 거성으로 추앙받고 있다.

** 기원전 6세기부터 5세기경 그리스의 코린트에서 발달한 건축 양식. 화려하고 섬세하며, 기둥머리에 아칸서스 잎을 조각한 것이 특징이다.

Küsse gab sie uns und Reben,

Einen Freund, geprüft im Tod;

Wollust ward dem Wurm gegeben,

und der Cherub steht vor Gott.

자연은 입맞춤과 포도나무

그리고 죽음으로도 가로막을 수 없는 벗을 줬어.

벌레도 쾌락을 누리고,

지혜의 천사 케루빔은 신 앞에 서나니.

여기서 키프로스섬을 비추지 않은 까닭은 자못 억지스러운 느낌이 들기 때문이었을까.

하지만 겐은 보이는 듯했다. 투명한 우리 안에 갇힌 무지갯빛 벌레에게 환희의 빛이 내리비치는 모습이. 노래는 고독한 키메라*의 털을 어루만지고, 흉포한 짐승의 영혼을 달래준다. 그곳은 지금 낮이다. 누구에게나 공평한 태양빛과 함께 환희의 입자가 찬란히 쏟아지고 있을 것이다.

* 서로 다른 종끼리의 결합으로 새로운 종을 만들어내는 유전학적 기술과 그 기술로 만들어진 생물종을 일컫는 용어. '키메라'라는 명칭은 그리스 신화에 나오는 머리는 사자, 몸통은 양, 꼬리는 뱀 또는 용의 모양을 하고 있는 짐승에서 따왔다.

und der Cherub steht vor Gott.

Steht vor Gott. vor Gott. vor Gott!

지혜의 천사는 신 앞에 서나니.

신 앞에. 신, 신!

긴 음가音價로 세 번 반복되는 신에 대한 찬사. 거기서 시작되는 오케스트라의 변주곡. 테너 솔로는 천상으로의 순례를 행진곡풍으로 풀어낸다. 그리고 길게 이어지는 오케스트라 연주.

클래식 음악에 관심이 없는 사람이라면 지루한 부분일 수도 있었다. 그러나 아프로디테가 소장한 수많은 작품들이 현란한 속도로 하늘에 비쳤기 때문에 하품을 하는 사람은 단 한 명도 없었다.

렘브란트, 고흐, 르누아르, 피카소, 샤갈, 칸딘스키, 미로. 러시아 황실의 보물인 파베르제의 달걀*이 비칠 때는 새소리와 함께 일본 전통의상을 입은 일본인이 피리를 불었다. 조각, 책, 보석, 웅장한 환경예술, 신종 꽃들, 티레누

* 러시아 황제 알렉산드르 3세가 황후에게 선물하려고 보석 세공 명장인 칼 파베르제에게 지시해 만든, 부활절 달걀을 형상화한 공예품.

스 해변의 해중 수족관.

그 영상을 호텔 테바이 2층 테라스 자리에 앉아 흐뭇하게 바라보는 이들이 있었다. 어둑어둑한 조명에 어렴풋이 떠오른 얼굴은 일흔이 훌쩍 넘은 노인들이었지만, 반짝반짝 빛나는 눈으로 작품들을 열심히 좇고 있었다. 그들은 바로 아프로디테 창건 당시에 분투했던 학예사들이었다.

흑단 같은 피부를 한 노인 뒤에 어느새 네네가 서 있었다. 인터페이스 버전 2.00 C-R을 가진 오자칸가스는 그녀의 기척을 느끼고 돌아보며 환하게 웃음 지었다.

테라스 바로 아래 군중들 사이에서 평상복 차림의 소녀가 걸어 나와 무심한 얼굴로 화단 경계석 위로 올라갔다. 그녀를 따라 그 위로 올라가는 사람들이 여기저기서 나오기 시작했다.

천공의 보물에 정신이 팔려 있던 사람들이 그들에게로 시선을 돌린 그때.

노래가 다시 처음으로 돌아갔다.

환희여, 신들의 아름다운 섬광이여.

낙원의 딸들이여.

우리는 정열에 취해

찬란한 신들의 성전으로 들어간다!

평범한 관광객인 줄 알았던 이들이 힘차게 독일어로 노래한다.

플래시 몹flash mob이었다. 불특정 다수가 정해진 시간과 장소에 모여 미리 정한 퍼포먼스를 하고 흩어지는 일종의 행위예술. 밤하늘 화면에는 각지에서 동시다발적으로 펼쳐지는 플래시 몹이 하나도 빠짐없이 중계됐다.

아울 홀 앞에서는 시대 의상을 입은 독일인들이 계단으로 모여들어 힘차게 노래를 부르기 시작했다. 번화가 네거리에서는 학생들 무리가 멋들어진 하모니를 만들어냈다. 호텔 안티키테라 지하 주차장은 유니폼 차림의 직원 네 명이 전부였지만, 소리가 반향反響을 일으켜 노래를 화려하게 장식해주고 있었다. 엇갈리며 돌아가는 회전목마에서는 노인은 아이와, 젊은이들은 이성과 미소를 교환하며 선율을 엮어갔다. 햇살이 강한 데메테르의 사막지대에서는 북과 칼림바*를 안은 아프리카인이 힘찬 목소리로

* 아프리카의 체명악기體鳴樂器. 울림통 위에 젓가락처럼 얇은 금속 건반들이 나열돼 있다. 양 손가락, 특히 엄지를 주로 사용해 건반을 위아래로 튕겨 연주한다.

노래에 기운을 불어넣어주고 있었다.

포장마차로 꾸며진 경트럭에서 팀파니가 나오고, 뒷골목에서 바이올린 연주자가 등장했다. 평소 근엄하게만 보였던 오케스트라 멤버들도 실은 서프라이즈를 무척 좋아하는 모양이었다.

가혹한 현실이 갈라놨던 자들을

당신의 신성한 힘으로 다시 결합시키니.

부드러운 날개가 머무르는 곳에서

모든 인간은 형제가 되노라.

옆 사람이 내는 관록 있는 목소리에 놀라는 사람들도 더러 있었다. 사진작가는 마치 새총을 맞은 비둘기 같은 그 얼굴과 곧 터져 나오는 웃음을 주름상자가 달린 고풍스러운 카메라로 기록했다. 그는 필름을 교체하기가 답답해졌는지 목에 걸고 있던 최신식 디지털카메라로 바꿔 들고 "좋아요, 좋아요" 하는 입 모양을 하면서 웃는 얼굴을 놓치지 않으려고 셔터를 쉴 새 없이 눌러댔다.

Seid umschlungen, Millionen!

Diesen Kuß der ganzen Welt!

포옹하라, 만인이여!

온 세상에 입맞춤을!

이 노랫말을 들은 사람들은 옆 사람을 끌어안으며 기쁜 얼굴로 서로의 뺨에 가벼운 키스를 했다.

Brüder, über'm Sternenzelt

Muß ein lieber Vater wohnen.

형제여, 별의 장막 저편에는

경애하는 아버지가 있으니.

천천히, 풍성하고 깊게 울리는 남성합창. 이어지는 조용하고 장엄한 마지막 단락.

Ihr stürzt nieder, Millionen?

Ahnest du den Schöpfer, Welt?

Such'ihn über'm Sternenzelt!

Über Sternen muß er wohnen.

경배하는가, 만인이여?

창조주를 느끼는가, 천지여?

천공 저편에서 창조주를 찾으라!

별이 지는 곳에 반드시 계시리니.

사람들은 다시 하늘로 시선을 돌려 둥근 지구를 생각했다. 별들을 보며 창조에 대해 생각했다.

예술을 창조하고, 여신들의 존재를 창조하고, 이 행성을 창조한 인류에 대해 생각했다.

창조주로서의 신이 존재하는지 어떤지는 중요한 문제가 아니다. 다만 뭔가에 이끌려 이 순간, 이 장소, 이 사람들과 함께 있는 것은 미의 여신의 소행이 틀림없었다. 예술을 창조하고, 예술의 해석을 창조하고, 예술의 계승법을 창조하는 우주의 예지의 결정체, 그것이야말로 확고한 신이었다.

성스러운 노랫말이 밤하늘에 녹아들고 관현악 연주가 피아니시모로 잦아든 그때, 아프로디테에 있는 모든 종이 울려 퍼졌다. 자정이었다.

"원래는 변주가 이어지면서 막바지로 치달아야 하는데."

나오미는 커다란 눈동자를 휙 돌려 장난스러운 얼굴로 겐을 쳐다봤다.

"아폴론과 카리테스 여신들도 축제가 계속되길 바라겠지. 그래서 편곡을 했나 봐."

댕댕 울리는 종소리에 겹쳐 〈환희의 송가〉가 또다시 울려 퍼졌다. 누구나 아는 그 멜로디가 시작되자 스크린 속에서도, 주위에서도 사람들이 일제히 일어섰다.

환희여, 신들의 아름다운 섬광이여.

낙원의 딸들이여.

여러 번 반복된 그 독일어 노래를 이제는 따라 부를 수 있었다. 아직 외우지 못한 사람들은 단말기로 가사를 찾고 있었다. 그조차 어려운 언어권에 속한 사람들은 "아아아" 하는 함성으로 노래에 참여했다.

작은 행성의 대기에 사람들의 환희의 목소리가 충만했다.

타라브자빈은 VWA 청사 앞에서 흐미*를 기분 좋게 흥얼거리고 있었다. 음정과 박자를 무시하고 고래고래 소리 지르며 과장되게 지휘봉을 휘두르는 피에로가 과학 분석

* 몽골의 전통 배음 창법으로, 한 사람이 동시에 여러 음을 내는 이른바 일인 다중창.

실 주임인 줄은 아무도 몰랐다. 4분쯤 뒤에 노래가 처음으로 돌아가자 모두가 주저 없이 다시 목청을 돋웠다. 이번에는 자유를 구가하는 방식으로.

어디선가 "창공에 떠다니는 구름이여" 하고 일본어 노랫말이 들려왔다. 저 한쪽에서는 라틴어로 부르는 무리도 있었다. 어느 나라인지는 모르겠지만 정확하게 가락을 맞춘 노랫소리도 어우러졌다.

사막의 아프리카인들은 북을 두드리고, 토킹 드럼*으로 노래하고, 셰이커를 흔들었다. 몸 밑바닥에서 솟구치는 환희의 에너지를 견딜 수가 없는지, 리듬에 맞춰 겅중겅중 뛰기까지 했다.

어깨에 숄을 두른 단아한 노파가 역내에 놓인 피아노 앞에 앉아 첼로 연주자의 모습이 담긴 오래된 사진을 흐뭇하게 바라보며 노래를 클래식하고 중후하게 편곡해 연주하기 시작하자, 주변에 있던 사람들이 술렁거렸다.

데메테르에서는 꽃을 든 인도 무용수가 춤을 추고 있었다. 학예사 롭 롱사르는 시타 사다위의 일거수일투족을

* 서아프리카 지역에서 연주하는 모래시계 형태의 타악기로, 음높이를 조절해 사람이 말하는 음색과 운율을 흉내 낼 수 있다.

만족스럽게 지켜봤다.

술집에서는 재즈 트리오가 자신들만의 스타일로 편곡을 선보였고, 멕시코 음식점에서는 기타론* 소리가 울려 퍼졌다. 보도블록에서는 플라멩코가 시작됐고, 다리 위에서는 칸초네** 가수가 목청을 돋웠으며, 화교들이 이호***와 월금****, 고쟁*****을 연주했다.

신타그마 공원에서는 내일부터 공연되는 뮤지컬 〈물론이야, 허니〉의 배우들이 화려하게 춤추며 노래하는 가운데, 눈이 보이지 않는 여인이 하얀 팔을 밤공기에 드러낸 채 그 모습을 감상하며 웃고 있었다.

사람들은 저마다 제각각의 소리를 내고 있었다. 무직한 소리가 쿵쿵 울리고, 날카로운 소리가 끼익 하고 귀를 관통한다. 하지만 이상하게도 그 소리들은 전혀 불쾌하게 들리지 않았다.

* 일반적인 기타보다 낮은 음을 내는 멕시코 기타.
** 이탈리아의 대중 가곡.
*** 중국의 찰현악기로, 줄이 두 개이고 몸체는 대나무 등의 단단한 나무로 만든다.
**** 중국의 현악기. 달 모양의 둥근 울림통에 가늘고 긴 목을 달고 네 개의 현을 매었으며, 뒷면에 끈을 달아 어깨에 멜 수 있게 돼 있다.
***** 중국의 전통 탄현악기로, 긴 목판에 21개의 현이 매여 있다. 한국의 가야금과 비슷하다.

아프로디테의 모든 땅이 노래하고 있었다. 유리공예의 섬세한 테두리, 먹물에 젖는 붓끝, 두껍게 칠한 유화물감. 온갖 아름다움이 메아리친다. 만인의 영혼이 떨린다.

여신이 지켜보는 이곳에서 물질도 생물도 모두 형제가 된다.

행복이 충만하고, 일체감이 가슴을 채우고, 소리가 몰아치고, 말하는 모든 것, 보는 모든 것, 향기 나는 모든 것, 느끼는 모든 것, 광경마다 모든 것이 아름다운 빛으로 변해 하나의 별이 되어 반짝이고 있었다.

별은 리듬에 맞춰 박동했다. 여신의 심장처럼.

연기가 나지 않는 불꽃이 성대하게 솟아오르고 사람들의 환희는 드높아져만 갔다.

볼품없는 아폴론 청사도 오늘 밤만큼은 화사해 보였다. 불꽃이 반사돼 벽에 색을 입혔고, 시원한 바람이 끝없이 이어지는 노랫소리를 드문드문 실어 오고 있었다.

다카히로는 미와코와 나란히 불꽃놀이를 바라봤다. 발밑에는 C2가 무표정하게 앉아 있었다.

미와코가 바람에 살랑거리는 검은 단발머리를 손으로 누르며 말했다.

"예쁘다."

다카히로는 잠깐 뜸을 들인 뒤 대답했다.

"음, 무척 예뻐. 당신처럼 정동 기록 능력이 있으면 좋을 텐데."

"기록만으로는 부족해. 제대로 재현하려면 공간 로그를 병용해야지. 이 행성 전체가 한없이 아름다우니까."

그 자리의 모든 것을 기록하는 공간 로그 시스템은 정동 기록보다 훨씬 규모가 크다. 다카히로는 아내가 또 엄청난 일을 시도할 것 같은 불길한 예감이 들어 견딜 수 없었다. 하지만 그녀는 몸을 빙글 돌려 다카히로 쪽으로 돌아서더니 태연하게 말했다.

"C2 재우고 야식 먹으러 갈까? 나오미가 한턱내겠대. 감사의 표시로."

"뭐 감사받을 일이라도 했어?"

"글쎄. 실은 기억이 잘 안 나. 내가 뭘 해준 걸까?"

미와코니까 지극히 자연스럽게 상대에게 도움이 되는 말을 해줬을 거라고 다카히로는 생각했다. 그녀가 이런 상태를 계속 유지해 나간다면 분명 C2도 가이아도 건강하게 성장할 것이다.

환희여, 환희여.

—므네모시네, 접속 개시.

다카히로는 머릿속으로 살며시 말했다.

—오늘 밤만큼은 기록하지 않고 기도할게. 아름다운 곳의 아름다운 영혼을 가진 사람을, 부디 영원히 지켜달라고.

겐과 나오미도 카페 캐노피 밑에서 불꽃놀이를 구경하고 있었다.

아까부터 바로 근처에서 〈환희의 송가〉에 맞춰 라인댄스인지 꽃찾기놀이인지를 하는 무리가 있었다. 귀가 점점 윙윙 울려와, 아쉽지만 그만 돌아가야 할 것 같았다.

"슬슬 갈까? 내일도 일해야 하니까."

나오미는 대답이 없었다. 움직이지도 않았다.

겐이 눈썹을 찡그렸다.

조금 뒤에 나오미는 응, 하고 대답하며 허리를 꼿꼿하게 세웠다.

"저기…… 고마워."

"응?"

겐은 무엇에 대한 사례인지 감이 오지 않았다.

"이런 멋진 날에 너는 미술계에 큰 공헌을 했어. 혹까지 만들면서. 힘들었겠지만 내겐 가장 큰 선물이야."

예상 밖의 말에 겐은 순간 당황했다.

—다이크, 표정을 읽을 수 있겠어?

지푸라기라도 잡는 심정으로 물었지만 파트너는 차갑게 대답했다.

—순수한 감사라고 판단됩니다.

도대체 어떻게 반응하면 좋을까. 농담하지 마? 아니면 고마워?

어찌할 바를 몰라 망설이던 겐은 문득 나오미의 옆모습을 물끄러미 쳐다봤다. 그리고 그제야 깨달았다.

늘 묶여 있던 머리가 풀려 있고, 꼭 채워져 있어야 할 재킷 단추가 끌러져 있는 것을. 화장이 지워지고 눈 밑이 거뭇해진 것을.

너도 오늘 하루가 힘들었구나…….

그렇게 생각한 순간, 가슴이 뻐근하게 아파오는 걸 느꼈다.

—감지했습니다. 잠시 회선을 끊겠습니다. 힘내십시오. 파이팅.

"뭐야, 다이크?"

나오미의 커다란 눈이 무슨 일인가 하고 겐을 쳐다봤다.

—넘겨짚지 마, 다이크. 야!

그러나 이미 다이크의 기척은 없었다.

"왜 그래?"

나오미가 팔짱을 꼈다. 좋지 않은 징조였다. 머릿속이 들끓어 아무 생각도 떠오르지 않았다.

꺄 하는 소리에 번쩍 정신을 차리니 자신의 팔 안에 나오미가 있었다.

"뭐 하는 거야, 이 변태야!"

큰소리에 오히려 대담해진 겐은 나오미를 안은 팔에 더욱 힘을 줬다.

"아니, 그러니까, 포옹하라잖아, 노래에서."

"그 부분은 이미 지나갔거든."

"내 머릿속에서는 계속 재생되고 있어. 이대로 조금만 있어줘, 제발."

나오미가 차츰 몸에서 힘을 뺐다.

"……바보."

이마를 겐의 가슴에 기대며 말하는 바람에 그 말은 조금도 욕으로 들리지 않았다.

환희여, 환희여!

신들이 노래한다.

우리는 정열에 취해
찬란한 신들의 성전으로 들어간다!

나오미의 땀에 젖은 머리를 어루만지며 안도의 숨을 내쉬고 있는데……. 휙휙 하고 요란한 휘파람 소리가 들려왔다.

"보기 좋은데요, 두 분!"

젊은 취객들이 히죽히죽 웃으며 장난스럽게 농담을 하고 지나갔다.

"이런, 제복 차림이었네."

갑자기 정강이로 통렬한 킥이 날아왔다. 나오미는 힘이 빠진 겐을 냅다 밀어내고 새빨간 얼굴로 소리를 질렀다.

"바보!"

이번에는 모자람도 흠도 없는 그야말로 완벽하게 훌륭한 욕이었다.

"몰라! 갈 거야."

겐은 발끈 화를 내고 또각또각 하이힐 소리를 울리며 걸어가는 나오미를 허둥지둥 쫓아갔다.

—므네모시네. 다이크가 없으니 내 말이 전해지진 않겠지?

나오미의 팔을 붙잡자 그녀가 무서운 눈으로 겐을 노려봤다.

—기도할게, 므네모시네. 부디 나와 다이크를 아프로디테의 경찰로 계속 있게 해줘. 100주년을 맞는 그날에도 아름다운 삶의 방식을 고수하는 사람들이 있는 이 아름다운 곳을 지킬 수 있게 해줘.

나오미는 잠시 겐의 얼굴을 바라보다가 눈빛을 약간 누그러뜨렸다. 팔을 뿌리치지도 않았다.

어디선가 여신들이 축복을 내린다.

환희여!

옮긴이 : 정경진

일본어 번역가. 15년째 번역 중. 언어의 질과 양을 확장하기 위해 부단히 노력하고 있다. 스가 히로에의 '박물관 행성' 시리즈, 우에노 지즈코의 『불혹의 페미니즘』, 슈노 마사유키의 『가위남』, 기타무라 가오루의 『하늘을 나는 말』, 우타노 쇼고의 『절망노트』 등 다수의 책을 우리말로 옮겼다.

박물관 행성 3 : 환희의 송가

1판 1쇄 인쇄 2024년 5월 16일
1판 1쇄 발행 2024년 5월 23일

지은이 스가 히로에
옮긴이 정경진
펴낸이 김기옥

문학팀 김세화 | 마케팅 김주현
경영지원 고광현, 김형식, 임민진

편집 제갈은영
표지디자인 곰곰사무소 | 본문디자인 고은주
인쇄·제본 (주)민언프린텍

펴낸곳 한스미디어(한즈미디어(주))
주소 (04037) 서울시 마포구 양화로 11길 13(서교동, 강원빌딩 5층)
전화 02-707-0337 | 팩스 02-707-0198 | 홈페이지 www.hansmedia.com
출판신고번호 제313-2003-227호 | 신고일자 2003년 6월 25일

ISBN 979-11-6007-980-7 04830
979-11-6007-975-3 04830(세트)

한스미디어 소설 카페 http://cafe.naver.com/ragno | 트위터 @hans_media
페이스북 www.facebook.com/hansmediabooks | 인스타그램 @hansmystery

책값은 뒤표지에 있습니다.
잘못 만들어진 책은 구입하신 서점에서 교환해드립니다.